雨月（うげつ）先生は催眠術を使いたくない

奥野じゅん

角川文庫
23589

CONTENTS

イラスト／煮たか

有島雨月（ありしま・うげつ）

京橋大学文学部心理学科の准教授。童顔の35歳、色白痩躯でひねくれ者。「ある目的」のため、その能力を活かして警察に協力している。

織辺玲（おりべ・れい）

文学部の2年生。4人きょうだいの長女で、節約大好き。天真爛漫な明るい性格。陰謀論にハマった友人を助けようと調べものをしている最中、雨月に出会う。

不破修平（ふわ・しゅうへい）

警視庁捜査二課の警部補で、雨月の友人。爽やかで人懐っこい。高校時代、ある大ピンチを雨月に救われ、それ以来彼と親しくしている。

プロローグ　～催眠術の非科学的記憶～

目に焼きついて離れない、鮮烈な光景――これが結構、間違いだらけだったりする。

人間の脳は、様々なエラーを抱えている。人の記憶は不確かだ。絶対に、絶対に忘れられない思い出だと信じていても、実は、いくつもの記憶違いやすり替えがある。繰り返し話すうちに思い込みが強化されたり、無意識に新たな情報を付け足してしまっていることも多い。

皮肉なことだ。長く生きれば生きるほどに、大事な記憶が変形していくような仕組みになっているなんて。本当に大切にしたい思い出は、一切思い出さない方がよいとさえ言える。

それなのに人は、思い出すことをやめられない。

有島雨月（ありしまうげつ）の一番古い記憶は、幼稚園のスモックの袖（そで）から始まる。

「ねえ、雨月。手だしてみて」

素直に右手を差し出すと、同じ大きさの両手で軽く包まれた。

「いーい？　おれが五こかぞえたら、雨月の手はひらかなくなるよ」

「なにそれ。そんなの、なるわけないよ」

「なるよ」

一緒に数えようと言われて、ふたりはカウントダウンをした。

薄水色の空の下、シロツメクサが咲く土手に、ふたりだけの声が響く。

ごー、よーん、さーん、にー、いーち！

「ぜろ。はい、あけてみて？」

「あ、あれ？　あかない。なんで？　どうしよう」

拳(こぶし)が石のように固まってしまった。軽いパニックで泣きそうになる。どれだけ力を入れても開かない。

「だいじょぶ、あけてあげる。それに、ひらくときに、雨月はきのう友達に言われた悪口をわすれちゃうよ」

「……？　そんなの、わすれられないよ。ずっと思い出しちゃうもん」

幼稚園で言われた、些細な言葉だ。些細なことだが、脳内で何度も繰り返されて、止められなかった。

固まった拳が再び、手のひらに包まれる。やわらかな声帯から紡ぎ出される「ひらくよ、ひらくよ」という言葉が、体に流れ込んでくる。

優しくさする手の体温が移ってきて、指がほどけるように開いて——それと同時に、雨月の頭の中で繰り返されてきた友達の声が、まるきり消えてしまった。

「あれ？　ぼく、なに言われたんだっけ。えっと」

どうして急に思い出せなくなったのか、さっぱり分からない。

ただ、頭の中を埋め尽くしていた悲しみや怯え（おび）が全て消え去り、心が軽くなったのは、いまもよく覚えている。

帰ろ、と言われて、同じ色のスモックから伸びた手を握った。

「雨月もあとで、やってみようね」


このとき向けられた表情が、本当に笑顔だったのか——はたまた、何度も呼び起こすなかでそう塗り替えてしまったのか。

もはや確かめる術（すべ）は無いが、思い出せば思い出すほどに、この記憶が原形を失っていく感覚はある。

味気ない正確な記憶と、自分の願いや祈りが全て成就した不正確な記憶。どちらを持っているのが幸せな人生だろう。幸せでなくてもいいから正しい記憶を返してくれと思うのは、愚かな生き方だろうか。

執務机の上に積み上げた本を端に寄せ、ネクタイをゆるめながら読書灯を消した。窓の無い部屋は、真っ暗闇になる。

だるさのままに机に突っ伏すと、書ききったルーズリーフの束から万年筆が滑り落ちて、床の上でコンと音を立てた。

机の下に入ってしまわないよう、革靴の先で万年筆を転がす。転がしながら、徐々にまぶたが重くなってゆくのを感じる。


「あれれ、雨月は逆だ。おれ、わすれてたこと、思い出しちゃった！」

「それはかなしいこと？」

「ううん。母さんのおやつのかくしばしょだよ。あとでさがしに行こう」

淡い記憶に包まれて眠る。

薄水色の空にとんびが飛んでいたのも、シロツメクサを踏んで歩いた感触も、つないだ手のぬくもりも——全て、脳のエラーが作り出した、存在しない光景かもしれないのに。

一章　陰謀論ライブ配信事件

ぼたぼたと水を含んだみぞれが、ガラス窓の表面を叩(たた)いてはずるりと落ちてゆく。

ガラス張り、高い吹き抜けと一部が回廊のようになった珍しい設計で、この図書館は、国立京橋(きょうばし)大学の名物だと言われている。東京駅から徒歩圏内という好立地なのもあり、一般にも開放されて人気のスポットだ。

四人きょうだいの長女、倹約が染み付いた織辺(おりべ)玲(れい)にとって、借りてきた本を読むことは、支払い済みの学費から千円札を取り戻していく行為でもある。

読めば読むほど元が取れ、好きな物語や随筆を体に取り込むことができ、無料で心が満たされる。あてもなく訪れ、書棚の間をゆっくり移動しながら、中指の腹で背表紙を撫(な)でつつ進むのが好きだ。書籍の厚さによって、ペンペン、ペン、と、弾(はじ)かれるリズムが変わるのが心地よい。

聖なる不可侵領域。時の流れが違う場所——そう思っていた図書館に、まさかこんなふうに『なんでもいいから助けてほしい』『役立つ本をください』と取りすがる日々が来るとは思わなかった。

窓際で勉強する学生たちの横を足早にすり抜け、奥の質素な資料室へ。こちらはなんの工夫もない書棚が並んでおり、学生しか入ることができない。専門書や、古い本、貸し出し不可の大きな事典が並んでいる。

一月も半ばに差し掛かろうというところ。来月には春休みになってしまう。春休み前半の入試期間は、学生はキャンパス内への立ち入りができなくなってしまうため、探しもののタイムリミットが近づいている。

いつもは、卒論の提出期限前の四年生が命懸けの形相で本を厳選しているため、二年生の玲は若干肩身が狭い。しかしきょうは誰も居ないので、ついにこの調べものの日々にけりをつけられるのではないかと思った。

どこから攻めようか。説得材料になりそうな国の仕組みについて書かれた資料を探すか、はたまた、強い思い込みをやめさせるための心理系の本を探すか……。

本の中に答えがあるとは限らない。でも、数百ページの中に一行でも二行でも、友人を現実に引き戻すヒントがあるなら、取り込んでおきたい。

そんなことを考えながら棚を眺めていると、使えそうな一冊が目に留まった。ほのかな期待を抱きつつ、背表紙の頭に指を引っ掛け手前に倒した、そのときだった。

――ギギッ

背後で、金属同士が擦れるような鈍い音がした。振り返ると、資料室の一番奥にある閉架書庫の扉が開いていた。ここは学生でも立ち入り禁止のはずだが……？

不審に思い、ドアの隙間から室内を覗いてみると、天井ギリギリの高さのスチールラックがびっしりと並んでいた。書棚の間の通路は狭く、まさに、入りきらない本が詰め込まれた部屋という感じ。

そんな無機質な部屋の隅に、なぜか芝生のようなマットが敷いてあった。周りにはひざの高さくらいまで積まれた本がいくつも塔を成していて、その一角だけが異様だ。

芝生の上に置かれた籐のかごには、何やら白くてふんわりしたものが入っていて――

「肉まん？」

つぶやいた瞬間、バタンと音を立てて、扉が勢いよく閉まった。視界がさえぎられるのと同時に、頭上のななめ後ろから、ボソッとした声が降ってくる。

「見た？」

「うわっ⁉」

思わず大声を出して振り返ると、男性が立っていた。

学生だろうか。色白痩躯、白いシャツの上に、グレーのセーターを着ている。ぼさぼさの黒髪の下からかろうじて覗く瞳は、一切の感情が見えない『無』という感じだった。

さらに一歩、距離を詰めてくる。並んで立つと、思ったより背が高い。一六三センチの玲より、十五センチはありそうだ。

「見たの？」

芝生マットのことだろうか？　しかし、急に話しかけられて驚きすぎて、言葉が出てこない。

男性は眉をひそめて黙る。そして、玲の目をじっと見つめながら、顔の前に人差し指を立てた。

「積み本のタイトルはなんだった？」

「え？　と、書名までは分かりません。よく見えなかったので」

「…………は？　分からない？」

質問に答えただけなのに、相手は目をまん丸く見開いて驚いている。

何か変なことを言っただろうか？　いや、普通に答えただけだ。一瞬見ただけで書名など答えられるはずがなく、驚かれる筋合いもない。

男性は、中指と人差し指の二本を揃えてあごにつけ、先ほどよりはっきりした声で、再び尋ねた。

「一番手前に積んでいた五冊のタイトルは？」

「え。いや……だから、一瞬だったんで覚えてないです」

「覚えてない？　本当に？　何も思い出せないの？」

何度も聞かれて、若干いら立つ。玲はむっとした顔で男性を見上げた。

「芝生マットの上に肉まん入りの可愛らしい籐のかごがあったのは見ましたけど？」

玲が大仰に首をかしげて見せるも、男性はなぜか超常現象を見たかのように目を見開いており、玲の言葉には答えない。

「……なんで思い出さないの」

ただでさえ青白い肌は完全に血色を失っていて、いまにも倒れそうだ。なぜだか息切れもしている。

怒りから一転、玲はおろおろしながら顔をうかがう。

「あの、ちょっと、大丈夫ですか？」

「……おかまいなく。失礼。思い出せないなら一生忘れて。安らかな後生を祈る」

「は？」

玲がぽかんとする間に、男性は書棚の横をすり抜けて閉架書庫の鉄扉に手を掛ける。

……とここで、男性が首からＩＤカードを提げていることに気づいた。

【文学部心理学科　准教授　有島雨月】

「心理学っ、のっ！　先生⁉」

突然大声を上げた玲を完全無視して、有島という名前らしい男性は、必要最低限だけ開けた扉の隙間に、体を滑り込ませようとしている。

「すみません！　先生、質問がっ！」

腕を摑（つか）もうとするも、ギリギリのところで空振り。有島は扉から顔だけ出して、最初に見たあの無の目で、玲を見下ろしながら言った。

「授業外での質問は受け付けていないの」

バタンと扉が閉まる。何度か名前を呼びながらノックしてみたが、当然返事はない。

玲は肩を落としたまま、抜き取りかけていた本を再び手に取り、貸し出しカウンターへ持っていった。

有島先生。知らないひとだけど――知らないひとだからこそ、あの先生に聞くしかない。

『最近、リア恋こじらせててつらいんだぁ』

……と幸せそうに言われたのが、玲の図書館通いの始まりだ。

女友達が、ライブ配信者に恋をしてしまい、貢ぎまくっている。芸能人でもない、一般人のちょっと顔がいい男のしょうもない雑学を毎日熱心に聞き、コメントを読み上げてもらうために投げ銭をしている。

問題なのは、そのしょうもない雑学の内容が『陰謀論』だということ。我が国に奨学金制度があるのは、政府が劣った人間を減らそうとしているかららしい。

なんだそれと呆れつつも、真剣に信じてしまっている彼女を笑うことはできない。

友人――朝比奈真紀の異変に気づいたのは、二ヶ月ほど前、十一月の中ごろだった。

『玲、奨学金ってヤバいんだよ』

ランチの最中、突然深刻な表情で切り出された。お金のことなんて言うタイプではなく、驚いたのをよく覚えている。

『急になに』

『実は、日本で大学の奨学金制度があるのは、政府が劣った人間を選別するためなんだって』

『はあ？　何それ、聞いたことないよ』

『極秘で行われてることだから、一般人が知らないのは当たり前。でも、政府の目的を知らずに借りちゃってるひとが多すぎだし、実際玲も、四年間の学費全額借りて、バイトめいっぱい入れてる状態だって言ってたじゃん？』

『まあ……そうだね』

『それ、政府の思うつぼの典型なんだよ』

宇宙人になってしまったのかと思った。

真紀は政治的な話なんかするタイプではなく、ましてや、自分の意見を人に押し付けるなんて、したことがない。ファンデーションのおすすめですら、一応ドラッグストアで試してから買ってねと言ってくれるような、優しい子なのだ。

以降、真紀は妙な噂話ばかりするようになって、他のひととも熱心に話し込んでいるのを何度も見た。どう考えても、真紀がおかしくなっている。

自分なりに調べるうち、こういう類の話が陰謀論と呼ばれ、怪しい言説を本気で信じる人々がいるのだと知った。

真紀の叶わぬリア恋の相手は、ユイリというライブ配信者——いわゆるライバーだ。最近人気のライブ配信アプリ・アミティアで、科学の不思議や人体の謎、未解決事件といった、変わった雑学を毎日配信している。

アミティアは、リアルタイムの配信を楽しむアプリだ。ライバーは大体顔出しで、雑談や、弾き語りをするひとが多い。視聴者はコメントをチャットで書き込めるので、用意された動画を見るのとは違い、その場に集まったひと同士でみんなで盛り上がれるようになっている。

また、ライバーにはランキングがあり、視聴者数やフォロワー、投げ銭額などで常に変動している。『好きなライバーに投げ銭して、ランキングを上げてあげよう』という思考は、ホストやキャバクラに少し似ていると思う。

図書館通いの成果は芳しくないが、春休みに入る前に目を覚まさせてあげたいと思っている。なんでも、もうすぐ交流イベントの抽選があるらしく、ゲストハウスを貸切にして、ゲーム大会だとかなんとか。

真紀は無邪気にパーティーだと信じているようだが、玲としては、怪しい人間が主催のイベントが、ゲームだけで終わるとは到底思えない。

万が一当選してしまって、あんな妄信状態で直接会ったら、なんかもう、その男の言いなりになってしまうのではないか……とか。

絶望的な思案に暮れるうち、自宅にたどり着いた。傘を閉じてばさばさと振りながら、表情を取り戻す。

「ただいまー!」

築四十年の古い貸家のドアを開ける。廊下の奥からドドドドと足音が聞こえてきて、小学生の妹と弟が出迎えてくれた。

「おねえちゃん、おかえり〜」

「なー、お母さんきょう帰るの遅いんだって！　ウーバーがいい」

「ダメだよ、何も無い日にそんな高いの。お姉ちゃんが作るから、ほらどいてどいて」

抱きつく妹の頭を撫でながら、立ちふさがる弟をあしらい、二階の自室へ向かう。

織辺家は両親と子供四人の六人家族で、玲は一番上の姉だ。大学から電車で四十分ほどの東京都小金井市で、慎ましやかながら楽しく暮らしている。

真紀の言うとおり、玲は大学費用の全てを奨学金でまかなっている。家族の生活費や弟妹の未来の教育費をひとりで使うわけにはいかないし、自分のことは自分でしたい。ガッツが取り柄なので、家族のために頑張るのは活力になっているし、全然苦ではない。

母はパートの掛け持ちで忙しく、父はタイで単身赴任中。困ったことは、なんでもお姉ちゃんに相談しなさい。そうやって生きていて、自分も満足だし、友達とはいえ経済的なことで他人に口出しされるのは、少々不満でもある。

「夕飯、何にしようかなあ」

気分を変えるように、ベランダから庭の家庭菜園を見下ろす。

きのうの晴れているうちにかぶを収穫しておいたのは、良い判断だった。豚こまとパプリカがあったはずなので、かぶの葉も一緒にオイスターソースでざっくり炒めて……。

「おねえちゃんまぁーだぁー？」

階下から、妹の声が聞こえる。

「納戸からかぶとってきてくれるー？　大きかったら二個、ちっちゃかったら三個」

「はぁーい」

鞄とアウターを定位置に戻し、スマホを取り出すと、ロック画面に通知が表示されていた。ユイリのツイッターだ。きょうも九時から、アミティアで配信をするらしい。

大変不本意ではあるが、陰謀論の内容を知るため、玲はユイリのSNSアカウントを全てフォローしている。

アミティアのランキングで常に上位のユイリは、他のSNSでも、多くのフォロワーを獲得している。

インスタとTikTokでは、自撮りや交流イベントの華やかな投稿にいいねがつきまくり、告知ばかりのツイッターも、なぜか万アカだ。

きょうは途中から、ユイリと仲が良い弾き語り系ライバーのあおはると、ファッション系雑談の日向を呼んで、コラボ配信になるとのこと。

このふたりもイケメンだと人気だが、特定のアプリ内で人気なだけの三人が、まるで芸能人かのように振る舞っているのは、お山の大将のようで、滑稽にさえ思える。

真紀を助けるには、陰謀論の思い込みを崩せるような根拠を見つけて突きつけるか、恋心を冷めさせるような説得をしないといけないのだろう。

「……やっぱり、あの先生に聞いてみた方がいいよねえ」

ため息をつきつつ、階段を降りていく。

とりあえず、文学部の学生なのに、名前も顔も知らなかった非礼は詫びないと。大学の公式サイトの教員紹介を調べればいいかな。それにしても、あのひとが准教授って？　完全に学生だと思ったし、相当若く見えたけど……。

そんなことを考えながら一階に降りると、目の前に、かぶを振り回して遊ぶふたりが居た。

「こらー！　なあにやってんの！」

「やべっ、逃げるぞ蘭！」

「景にいちゃんまってー！」

玲が追いかけようとしたところで、ガラガラと玄関が開く。中学の制服の肩をぱたぱたと叩きながら、上の弟が入ってきた。

「さぶいさぶいさぶい！」

「うわっ、丈。傘持ってかなかったの？」

「…………と、友達に貸した」

分かりやすく赤くなってそっぽを向いたり、怒られ待ちで廊下の向こうからこちらの様子を見ていたり――うちの弟と妹は世界一可愛いなと思うと、憂鬱な気分も、少しの間だけ脳の隅っこに追いやられていてくれる。

帰ってきた母とみんなで夕食をとり、手伝いを分担して、妹と一緒にお風呂に入り……バタバタのすえ自室に戻ったのは、ユイリの配信が始まる少し前だった。

玲は鞄を探り、借りてきた本を手に取る。

表紙、裏表紙のあらすじ、奥付、目次、あとがきを先に読み、本文へ——いつもの読書ルーティンのとおりにパラパラめくりながら、この本は初学者には難しすぎる内容だと気づいた。

そんなことは借りる前にぱぱっと見れば分かったはずだが、有島が謎の質問を何度もしてきて焦ったせいで、全てをすっ飛ばして借りてしまった。

また別のものを借りるしかないか……と思いながら壁掛け時計を見ると、九時を過ぎている。慌ててアミティアを開くと、ユイリの配信は始まっていた。

『みーちゃんさんこんばんはー。レイちゃんもこんばんはー』

まだ序盤のようで、入室してきたひとの名前を読み上げながら、あいさつをしている。

玲は一度も発言したことはなく監視しているだけだが、向こうにとってはランキングに貢献する常連視聴者にカウントされているかと思うと、腹立たしい。

『きょうはなに話そっか。なにがいい？』

毎回、テーマは最初の雑談のなかで決めるようで、平和な豆知識の場合もあれば、人工地震の未来予測といった、胡散臭いものということもある。

画面の中のユイリが、コメントの流れを読みながら言った。

『あー、奨学金？　そだよね、受験生さんたちは気になるだろうし～、大学生でも、就活チラついてる子は真剣に考え始めなきゃいけない時期だよね』

この、眉(まゆ)を八の字に下げて控えめに笑うのが可愛いと人気らしい。いや、フィルター加工が強すぎて、あごとか鼻とか細すぎだから……と思うのだけど。

『何度か話してることなんだけど、はじめてのひともいると思うから、軽く説明するね』

ユイリ曰(いわ)く、大学の奨学金制度は、日本政府が密(ひそ)かに人間の選別をするために存在しているのだという。劣った人間を減らし、優秀な人間だけを残す極秘の計画。

奨学金と人間の選別――全く関係ないと思われるこのふたつを結ぶ重要なキーワードが【優生思想】というものらしい。

『優生思想っていうのは、ちょー簡単に言うと、障害とか病気で働けない人を減らして、遺伝的に優秀な人間だけが生き残るようにすれば、社会が発展するって考え方ね。酷(ひど)くない？　ヤバいよね。って思うけど、日本ではこの考えを元に制定された「優生保護法」っていう法律が、平成八年まで実際に使われてたの。信じられる？　こんな差別の殺戮(さつりく)みたいな激ヤバ思想が、結構最近まで普通に国の法律だったなんて』

真紀からこの話を聞いたとき、玲は嘘だと思った。しかし調べてみた結果、これが本当のことだと知った。

特定の病気や障害を持った人が子供をもうけないよう、本人に無許可で、または別の手術だと騙して、中絶や強制不妊手術を行っていた。

『それで、一応法律は改正されて、「母体保護法」っていうのに変わったんだけど、優生思想自体は裏で続いてるんだ。だってね？　表向きには差別廃止って言っても、頭の固い政治家たちが、法改正した瞬間に一斉に個人の思想も全部改めます〜ってなるわけなくない？　自分たちは優れてる方って思ってて、お荷物になるような人間を見下してたって当たり前の世界で、「建前のためになくした法律に代わる仕組みを考えよう」っていう流れになったのは、まー、ある意味自然なんだわ。悲しいけどね』

ユイリの話は、ここから陰謀論めいてくる。

……と言っても、語り口がおどろおどろしくなるわけではなく、あくまでもここは、イケメンライバーの雑談の場。誰かが投げ銭とともに質問コメントをすれば、きょうの夕飯のメニューを話すような気軽さで答える。

『で、ようやく奨学金が出てくるんだけどー……。ちょっと、マジで心の叫び言うね？　大学、学費高すぎじゃない？　払えねーよ！』

笑いながら萌え袖の腕をぱたぱたさせる。視聴者たちが、共感と可愛いのコメントで沸く。

『みんな当たり前になってるから感覚麻痺ってると思うけど、普通に考えてさ、絶対借金しないと行けないような値段に設定してて、そのくせ大学行かないと就職できなくて人生詰むみたいな社会で、都合よく「ここで借金できますよー！」っていう窓口を作ってるってヤバくない？』

　加工でキラキラになった瞳が、ずいっと問いかけてくる。

　まあ、そういう気持ちは、無くはないけど……と思う。織辺家は、単純計算で一〇〇〇万円以上の借金をしなければ、子供たち全員を大卒にしてやれないわけで。

『親に大学費用の支払い能力があるか。これは、優生学が適用されている良い例なんだよ。優秀な親は、奨学金なんか使わなくても大学に行かせられるし、その子供も当然、遺伝子的に優秀という判定になる。逆に、学費が稼げない親は劣った人間で、言い方悪いけど、バカな親が遺伝的に劣った子供を無制限に作ったら、国が破綻する。だから、劣った人間を減らすために、日本の大学の学費はめちゃくちゃ高く設定されてるんだ。払えない人が子供を作れないようになってる。……ね？　だんだん、国の魂胆が見えてきたっしょ？』

　このあたりだ。いつも、真紀の話がこの話題に差しかかってくると、だんだん反論が思いつかなくなってくる。

　言っていることはおかしいはずなのに、何が変なのかがはっきり言えないし、下手に意見すると、三倍の理論で返してくる。

『で、奨学金はなんの役割をしているかというと、この人間の選別システムがバレないようにするためなんだよね。もし金持ちの子供しか大学に入れなかったら、当然批判が湧くし、学費を下げろという動きも出てくる。それを防ぐためには、「貧乏な子でも、大学で学べますよ！」っていう、善の皮を被った仕組みが必要だったわけ。……あ、質問？　全然いいよ。他の子も、分かんなかったらどんどんコメントしてね』

質問コメントが流れていく。ユイリは目に入ったものを拾ってゆくので、普通に書くよりは、百円でも投げ銭をして色付きにしてもらえた方が読まれやすい。五百円にはウィンクのおまけがつく。千円には質問者の名前を呼んで、投げキスをする。視聴者が沸く。玲は絶望する。

『奨学金団体ってふたつあるんだけど、何回も組織改編を繰り返して、名前も変わりまくってるんだよね。平成十六年に独立行政法人の日本学生支援機構、平成二十年に財務省所管の日本政策金融公庫がいまの組織になって……その間に何があったかというと、平成十八年に、奨学金制度を維持する資金繰りのための団体が完成した。【財団法人高等教育文化持続支援協会】……優生思想が色濃～く反映された団体。これが、現在の日本の優生思想計画を推進する、首謀者なんだ』

何度も調べたが、出てこなかった。

真紀は、秘密の団体だから、ネットに載っていないのは当たり前だと言う。そして、陰謀の壮大なバックグラウンドを語り始めてしまうので、会話にならない。

『毎年毎年、奨学金が払えなくて経済破綻するひとがあふれてる。貸した分を本当に回収できているか分からないふたつの団体がずっと続いているのは、首謀者が資金を動かしているから。そういう黒い金を発端に、国の優生思想計画は維持され続けていて、それを知らずに奨学金を借りてるひとは、人間の選別に加担しちゃってるんだ。オレこれ知ったときマジで悔しくて、本当にやだった。国に利用されてたんだって。……うん、やっぱみんなもそう思うよね？』

ユイリがコメントを拾いながら、正義ヅラで力強くうんうんとうなずいている。

画面の端の数字を見ると、現在の視聴者数は三〇〇人以上。冷やかしも含まれているだろうが、読み上げられるコメントを聞くに、本気でユイリの思想を信奉しているひとは多そうに思える。

『もし、これから奨学金借りようとしている子がいたら、思いとどまってほしい。莫大な借金を抱えて社会に出るってことは、長い目で見たとき、必ず人生のどこかで人間の選別システムに関わることになる。もう借りちゃってて不安って子いたら、相談乗るし。とにかく、奨学金に関わらないようにするのが、劣った人間として切り捨てられないようにする第一歩だからね』

一見優しく、みんなの味方だというその態度が腹立たしい。話をでっち上げて他人の不安を駆り立てて、そんなことをしてまで人気取りをする思考が、理解できない。

玲はスマホを消して、ベッドに倒れ込んだ。

「まきの……ばかぁ……」

涙がにじんでくる。

真紀は、玲が大学に入ってはじめてできた、大切な友達だ。明るくて素直で、少し夢見がちなところはあるが、優しい子なのだ。

　こんな、しょうもない男のはちゃめちゃな理論に惑わされる友達を見ているのは、つらすぎる。目を覚ましてほしい。

　壁に掛かったカレンダーが目に入る。

　春休みまで、あと半月。


　翌日の午後、玲は旧ゼミ棟を目指していた。

　文学部がある京橋キャンパスは、自然が目に優しいゆったりとした造りになっている。図書館目当てで訪れるひともいるし、敷地内を老夫婦が手を繋(つな)いでデートしている……なんていうのもよくある話なので、大学は居心地がよい。

　そういうわけで、二年間で敷地内は色々探検したが、旧ゼミ棟だけは入ったことがなかった。

　ゼミが三年生からだから縁が無かった、というのもあるが、そもそも『旧』と名のつく建物に学生が立ち入ってもよいなんて、思いもしなかった。

　文学部旧ゼミ棟は、立ち入り禁止ではない。それどころか、ここに研究室を構える風変わりな先生が居るらしい。

　有島雨月、そのひとだ。

　教員紹介とシラバスに目を通し、ついでに友達何人かに聞いてリサーチした結果、有島先生というのは、かなり変わったひとなのだという。

社会心理学の准教授で、年齢は三十五歳。その若さで准教授なのもすごいが、どう見ても学生なあの見た目で三十代半ばというほうにも驚く。

性格は心理学の先生とは思えないほどドライで、授業外の質問には答えないし、雑談もしないし、個人的に相談に乗るようなことも絶対にしてくれない。

講義が終わるとどこかへ消えて、時間になるとまた現れる。その間どこで何をしているのかは一切不明の、神出鬼没。

「癖強すぎなんだよなあ……」

つぶやきながら、蔦が生い茂る古いコンクリート造の建物を上がってゆく。

学生課で聞いた最上階三階の一番奥の部屋にたどり着くと、なんと、ネームプレートも何も無い。あらかじめ聞いていなければ、絶対に見つけられなかった。

ノックをしながら、少し声を張って呼びかける。

「すみませーん。ごめんくださーい」

……返事は無い。金曜四コマ目は講義は持っていないと確認済みだが、やはりどこにいるか分からないという噂は本当なのだろうか。

「すみませー……、あ、開いてる？」

ドアノブをひねると、簡単に開いてしまった。勢いのまま室内に入ると、ドアと窓以外の全ての壁が書棚という感じで、大変圧迫感のある部屋だった。

長机の真ん中に、学術系の新書と蛍光ペンが置いてある。これは、ちょっと席を外しているだけの可能性が高いのでは？

廊下で待とうかとも思ったが、ドアの前に見知らぬ学生が立っていたら、二度と戻ってこない気もした。

失礼は承知で部屋の隅に隠れる。しかし、五分ほど待っていても帰ってこない。そして、じっと見ているうちに、この部屋が妙なことに気づいた。

「なんか……狭い？」

廊下から見たドアや窓の位置と、微妙に合っていない気がする。いま自分がもたれかかっているこの本棚も、ここが壁というのはおかしいのでは……？

まさかと思いながら、試しに横方向へ力を入れてみると本棚がずるっとずれて――

「え⁉　うわ！　え⁉」

「…………チッ」

盛大な舌打ちで迎え入れられた。

クラシカルな執務机とハンモックがアンバランスな、隠し部屋だった。

部屋に入り、隠し扉になっていた本棚を閉じると、窓ひとつない空間になった。広さはあるものの、なんだか居心地が悪い。

部屋の左半分は洋館のような調度品で揃えられているのに、右半分は、ハンモックやふかふかのラグ、寝袋、サイドテーブルの上にはなぜか、ジェンガやバランスタワーなどのおもちゃが置いてある。

「文学部二年の、織辺玲です……」

部屋の端、あごでしゃくる形で勧められたパイプいすに腰掛け、小さく頭を下げた。

有島は仏頂面で壁にもたれかかっていて、腕組みをしながらこちらを見下ろしている。

「すみません、勝手に入って。実は、有島先生に相談したいことがあって来たんです」

まずは謝るのが礼儀だと思っての言葉だったが、有島はかったるそうに「ふうん」と言うだけだった。やや高めのハスキーボイスが、だるさマックスを表現している。

人の心に寄り添う学問を教えている先生だとはにわかに信じがたく、人間らしい愛想がまるきり削げ落ちているのではないかと思う。

「……あの、授業外では教えてもらえないっていうのは分かってるんですけど、」

言いかけた言葉をさえぎり、有島が早口に尋ねた。

「向こうの部屋に入ったとき、正確に何時何分だった？」

「へ？」

「向こうの部屋に入ったときの時間」

人差し指を立て、玲の目をじっと見つめながら、不機嫌そうに答えを迫ってくる。そんなの見ていない。玲は戸惑いつつも、素直に答えた。

「時計見てなかったので分かんないです」

「壁に時計があったことも覚えていないの？」

「はい」

「…………そう。いや、違うな」

有島は気怠げに首を傾け、サイドテーブルを指差しながら、まくしたてるように言った。

「いま黒ひげ危機一発の樽に刺さっている短剣は三本だね。三、二、一」

片手の指三本でピストルの形を作り、玲の目を見据える。

「君は本当に思い出していないの？」

奥行きのない瞳だった。なぜだか少しゾッとして――しかしすぐに立ち直り、玲は慌てて口を開く。

「すっ、すみません。本当に覚えてないです。勝手に入ったことを怒っているんだったら、ごめんなさい。この部屋のこと、もし秘密なら絶対誰にも言わないので……話を、聞いてほしいです」

大きく頭を下げ、答えを待つ。しかし有島は何も言わない。ダメかと思いながら、おそるおそる顔を上げると――

「え、ちょっ、有島先生!?　大丈夫ですか、めっちゃ顔色悪いですよっ」

「……はぁっ、…………」

苦しそうに額に手を当てながら、革張りのチェアに座る。机にひじをつき、重い頭を支えるようにしながら、浅く呼吸を繰り返している。

心配した玲が立ち上がろうとするも、有島は空いた片手をちょっと上げて制止した。

「……いや、君、すごいね。本当に思い出さないの。はじめて見た。うん……まあいいや。その相談とやら、言うだけ言ってみたら」

「え？　い、いいんですか？」

「答えるとは限らないけども」

玲がキョトンとしても、有島は反応しない。ありがたいことだが、なぜ急にオーケーになったのか？

もしかして、意図不明の質問は、心理的に揺さぶられていたのだろうか。嘘を言わないか試すみたいな……。

色々聞きたいことはあるし、有島の体調が悪そうなのも気になるが、このチャンスを逃したら二度と聞けないかもしれない。玲は申し訳なく思いつつ話を始めた。

友達が陰謀論にはまっていること。その原因が、陰謀論者に恋愛感情を抱いてしまっているからだということ。説得しようとしても全然うまくいかない。奨学金と人間の選別計画は本当にあるのか。どうしたら彼女を救い出せるのか。

スマホを差し出し、きのうの配信のアーカイブを見てほしいとお願いする。すんなり受け取った有島は、倍速再生に設定し、大事なところ以外はさっさと飛ばして、十分ほどで見終えた。

「陰謀論の真偽と、お友達の救済方法、どちらを先に聞きたい？」

「じゃあ、陰謀論で」

「陰謀論は、当然嘘だよ。信じる方が難しいくらいめちゃくちゃな理論だけども、でもこの彼、お話が上手だね」

真顔。いや、なぜ陰謀論者を褒めるのか。玲は少しムッとして、有島に詰め寄る。

「なんで悪者を褒めるんですか？　不謹慎ですよ、投げ銭で貢いじゃってるひとがいっぱいいるのに」

「……？　別に褒めてはいないよ。被害者が続出するのもうなずけるトークスキルだと思っただけで。生まれた世が違えば、安楽椅子から一歩も動かずにクーデターを起こせたかもしれない」

有島はひとりで納得しており、困っている学生の心に寄り添う気はゼロのようだ。

玲は深くため息をついた。はーっと、口から息が漏れる……と同時に、陰謀論は嘘だと言い切ってくれた事実が、あとからじわじわ追いついてきた。

ほっとしたような、でもやっぱり腹が立つような。

「う、嘘ってことは確かなんですね？」

「もちろん」

「でも、優生思想？　とかは実在してますよね？」

「うん。この手の論者は、実在のもの、実際の数字をうまく物語に交ぜて話すの。でも、よくよく聞いてみると、時系列があべこべだったり、意味の無い事柄を繋がっているように見せていたりするわけ」

有島の解説で、ユイリの話の何が嘘で、何が本当なのかが整理されてゆく。

平成八年に優生保護法が母体保護法になった。これは本当。独立行政法人の日本学生支援機構と、財務省所管の日本政策金融公庫、実在する。それぞれが平成十六年と二十年に組織改編された、これも正しい。

「……結構ほんとですね？　何が嘘なんですか？」

「まず、その第三の財団法人云々協会とかいうロマンティックな団体は、僕の知る限りは存在しない。実在の機関は大学と繋がりがあるし、定期的に資金や運営の説明会があるから、不正があればすぐに明るみに出る」

「そりゃそうですよね」

「それから、日本の大学の費用だけが、海外に比べて不当に釣り上げられているような印象の語り方をしているけど、そんなことはない。組織改編の平成十六年と二十年という数字にも意味は無い。出しただけ。そして、奨学金団体はふたつだけではなく、大学や企業、慈善団体などで、給付型や無利子のものもあります。というわけで、奨学金が人間を選別するために存在しているというのは、真っ赤な嘘です」

容赦なくぶった切っていった有島は、顔の前で手を組み、ちょこんとあごを載せて言った。

「というか、本当に政府が人間の選別を考えているなら、全国で子供に一律の能力テストでもして、点が良い者を集めて教育した方が効率的でしょう。ちいちゃな奨学金団体をこさえて親の経済力を計ることに、なんの意味も感じない」

有島の言うとおりだった。玲は大きくうなずく。

「わたしもそう思って、一応、そんな感じのことを、友達に言ってみたんです。……まあ、有島先生みたいに理路整然と言えたわけじゃないんですけど」

「お友達の反応は？」

「ダメでしたね。『海外からの批判を避けるためには、首謀者は国政とは無関係を装わないといけない』って言って、今度は選挙に行かない若者の心理とか訳分かんない話に発展しちゃったりして……もう、全然話にならないんです」

言いながら情けなくなってくる。玲はしょんぼりと肩を落としたが、有島にそれを気遣う様子はない。

「人は、終末論や陰謀論のように、世界が危機に陥っているような話にハマると、仕入れた知識をいますぐ誰かに話したいと思うのだよね。だって、知らないままでは、相手がかわいそうだから。この説を一刻も早く説かなければならない……と考え始めると、他者との会話が全て、キャッチボールではなく『知識の披露』になってしまう。だから、相手からの疑問も反論も、新たな知識を披露するきっかけにしか感じられなくて、受け答えにならない」

「そっか……わたし、知らなくてかわいそうな子って思われてたんですね」

「そう。彼らは、情報を知らない人々を本気で哀れんでいるから、こちらから説得すればするほど、訂正するためにめちゃくちゃな理論を重ねる。そういうわけで、外部の人間が彼らを説得するのは難しいの」

「なるほど。めっちゃ分かりやすいです」

「なお、これは個人の見解であり、科学的な手法で検証された説ではありません」

「へ？」

玲がキョトンとするのとは対照的に、有島は大真面目な顔だった。注意書きのパロディネタというわけでもなさそうだ。

玲は脱力した。有島が噂どおりの変なひとで、ちょっと笑えてくる。

ほぼ初対面の先生相手だが、まともなコミュニケーションをとらなくてよいと分かって、心の中で何かが吹っ切れた気がした。

「……で、どうすれば助けられるんですか？」

「やり方はいくつか考えられるけれど、お友達の場合は、求心力のあるひとりを信奉して陰謀論も信じている状態だから、『そのひとを信じていること自体が馬鹿らしい』と冷める瞬間が来たら、脳内の陰謀ドリームワールドも終焉を迎えると思うよ」

「うーん……となるとやっぱり、リア恋状態が厄介ってことですよね。あーあ、なんで見たこともないことをそんなに信じられるんだろ。第三の団体なんて、あるはずないのに」

玲がむくれていると、有島は机の端を見つめながら言った。

「存在しないことを証明するのって、すごく難しいの。織辺さんは『悪魔の証明』って、聞いたことある？」

「……？　いや、ないです」

「悪魔が存在しないことを証明せよ、というシンプルな問題。誰にも証明できないんだ。だって悪魔はいないから、証拠なんて出しようがない。よって、第三の団体が無いという証明もできない」

「あー……だから陰謀論にハマるひとがいるんですね」

「そう。無いものは証明できないの」

その口ぶりはなぜだか、玲ではない誰かに向けて言っているように感じられた。

有島がユイリについて知りたいというので、玲はひととおりSNSアカウントを教えて、アミティアの会員登録も手伝った。

ユーザー名に悩む青白い横顔を眺めながら、ふと、ずっと考えていたことが頭をよぎる。

心理学の先生なら、この思案に明確な答えをくれるだろうか？

「あの……真紀が抱いている恋愛感情って、本物なんですか？　一方的に話を聞いてるだけなのに」

疑問ではなく、願いだったのかもしれない。学術的に、そんなのは偽の感情だと言ってほしかったのかも。しかし。

「よくある話でしょう。芸能人のストーカーとか」

「一般人ですよ？　しかもあんな顔加工してるの、さすがにみんな知ってるっていうか、ライバーなんて盛ってるのが前提って分かってるのに」

「加工技術が浸透しているなら、加工を差し引いた素顔も大体想像がつくんじゃないの。画面どおりの顔ではなくても好きだと」

思わず頭を抱える。そんなのはもう、ピュアな恋心じゃないか。

玲が絶望する横で、有島はスマホを覗(のぞ)き込みながら、何やら感心したようにつぶやいている。

「うーん、大変興味深いね。この彼、人気取りや投げ銭だけが目的というわけでもなさそうだし」

有島は配信アーカイブのバーをスライドして、最後の二分あたりを再生した。

『首謀者の団体に個人情報を全部知られてるのって、すごく怖いことなんだ。もし奨学金借りちゃってて不安って子いたら、ＤＭくれたら相談乗るよ』

「……これ、やっぱり何か意味がある発言なんですか？」

「相談に乗るひとが、話を聞くだけなわけないでしょう。個人的にやりとりをする目的があるはず。あとね、ちょっと確かめたいことがあるから、三分待って」

有島は過去の配信とSNSを見比べながら、さらさらとメモをとり始めた。そして、予告どおり三分後に出来上がったグラフのようなものを、万年筆の先でトントンと叩きながら指し示す。

「この交流イベント、毎月催されているようだけど、公平な抽選じゃなくて、投げ銭の額でふるいにかけていると思うよ」

「えっ？　そんなわけないですよ。わたし配信見てて、投げ銭を積んでも当たらないひとは当たらないんだなあって思ったので」

ユイリがファンをひいきしないというのはSNSでもよく言われている。真紀も、『イベントで特定のお気に入りの子だけを呼んだりしないから優しい』と言っていた。玲としても、人気の理由は陰謀論より、そういうリア恋のしやすさなんじゃないかとさえ思っていたくらいだ。

しかし有島は、なんでもないような顔で、首を横に振る。

「アミティアの配信アーカイブと、インスタのコメントに書いてある参加者名を照らし合わせてみると分かる。一ヶ月の投げ銭の合計額で、価格帯によって当たりやすさがあるようだね。低すぎたら当たらないし、高すぎるひとも当たりにくい。中間層は二〇〇円刻みくらいかな。うまくランダムになるように、独自の計算式があると思うよ」

「いや……なんで分かったんですか？」

「数えたから」

「は？　三分で？」

「心理学は数える学問だから。統計でも実験でも、僕は年がら年中何かを数えている」

はあ、と、ぼんやりした返事をしてしまう。全然ピンとこないが、本人が言うならそういうことなのだろう。

有島は頬杖をつき、空いた片手でユイリの写真を拡大する。

「ユイリくんには、洗練された嘘つきの才能があると思う。彼は『希少性』というものの価値をよく理解しているから」

「希少……？　と言いますと？」

「ここで講義はしたくないからざっくり言うと……人間は、期間や数量が限定されたものや、『いまがラストチャンス』なんていう言葉に弱いでしょう？　これが希少性。このイベントは、その希少性が何重にもなっている」

「え、ちょっと意味が分からないです。当たりづらいイベントが貴重っていうのは、なんとなく分かるんですけど……」

玲は早くもちんぷんかんぷんになりつつあるが、有島には、かみ砕いて話してあげようというような様子はうかがえない。授業外だからなのか、元々そういうスタイルなのか。有島の解説は続く。

「ユイリくんに恋愛感情を抱いているひとにとっての一番の願いは、彼と付き合うことでしょう？　でも、ユイリくんに会うには、必ず交流イベントに参加しなければならない。そのイベントは人数が限られていて、抽選である。アーカイブを見た感じ、毎月の抽選日はランダムなようだから、たまたま抽選日に見ていないと応募すらできない」

強調した言葉の意味に気づき、ハッとする。

毎日配信を見ていた玲にとっては、抽選日は貴重でもなんでもなかった。しかし、見られる日が少ないひとには、抽選日に居合わせられたこと自体がラッキーに感じられるのだ。

「日付を不確定にするだけで、視聴者にとっての『偶然』を意図して作れる。こういう作業の積み重ねが、交流イベントの価値そのものを上げていく。他にも色々仕込んでいて、お手本のようだね」

「そういえば真紀もやたら、偶然とか運命とか言ってました」

疑い始めると、色々思い当たるふしがある。相手は思っていた以上に手強いようだ。

「これだけ賢いユイリくんだから、投げ銭以外にも、イベントに呼ぶ基準を様々考えているだろうね。いいように使えそうな子を選んでいるのかも」

「ええ……真紀、思いっきり狙われてそうなんですけど」

玲が動揺する一方で、有島は本棚の上の方をぼんやり眺めながら、何やらつぶやいている。

「投げ銭を突っ込むより、あえてお金は払わず接触した方が効果的かな……」

「えっ？　有島先生、イベント申し込んでくれるんですか？」

　驚く玲の質問には答えず、有島は生気の無い目でやる気なく手を振る。

「織辺さん、有益な情報をありがとう。僕はユイリくんに話を聞いてくるから、君はお友達が変なことをしないように見張っていてあげて。じきに解決するでしょう。それではごきげんよう」

「ちょっ、先生に丸投げなんてできないですよ。わたしも手伝います」

「嫌だよ。なんの予備知識も無い学生なんか連れて行ったって、面倒なだけだもの」

　有島は不機嫌マックスというような表情で、出て行くように促す。……が、玲も引き下がるわけにはいかない。

「じゃあいいです。自分で応募します。きょうからめちゃめちゃ投げ銭します」

「……チッ」

　舌打ちする有島を、玲はまっすぐ見据える。

「有島先生にとってはただの興味かもしれないですけど、わたしにとっては、大事な友達の人生がかかってるんです」

　じっと目をそらさずにいると、有島は観念したようにため息をつき、スマホを取り出した。差し出された画面には、ラインの登録画面が表示されている。

「お友達に、この件は一切言わないように」

有島に相談した翌週の日曜、夜。

玲は代官山駅の改札で、緊張気味に待ち合わせの相手を待っていた。

数日前、スーパーのバイトから上がってスマホを見ると、同時刻に二件のラインが届いていた。

[まき：イベント落選したぁあああ……]

[有島雨月：一月二十一日（日）十九時　カーサデルソーレ代官山]

有島は本当に参加権を勝ち取った。しかも、多額の投げ銭をしてやっと名前を認知してもらえた真紀を蹴落として。

[有島雨月：ドレスコードはインフォーマルです]

インフォーマル……なんのことかさっぱり分からず、必死に検索したのは言うまでもない。

白い息を手に当て擦り合わせながら、履き慣れないパンプスに目線を落とし、ぐるぐると考える。

場違いだったらどうしよう。いや、有島先生もそんなおしゃれな感じじゃないだろうし、張り切っていたら逆に浮くかもしれないから多分ちょうどい――

「織辺さん」

呼ばれて振り返った玲は、ギョッとして一歩後ずさる。有島が、大学で会ったときと別人のような出で立ちだったからだ。

高そうな黒いコートの下からピシッとしたスラックスが伸びていて、足元は上品な革靴。ぼさぼさのくせ毛は、前髪を上げてふんわりパーマのように活かされている。

端的に言って、イケメンだった。残念なイケメンというのが、フィクションではなく本当にこの世に実在するのだということを、はじめて知る。

「……有島先生、なんか、雰囲気違いますね？」

若干上擦った声で尋ねると、有島は面倒くさそうに答えた。

「僕の趣味じゃないよ。学会とか冠婚葬祭とか、用事のときにやたら張り切って世話を焼きたがる人間がいるの」

それは要するに、彼女さんか奥さんということだろうか？　学生とはいえ一応自分は異性なのだが、相手の女性に許可は得ているのか？

「え……わたし、一緒に出掛けて大丈夫ですか？」

「は？　君が来たいと言い出したんでしょう」

有島がむすっとしながら、鞄の中を漁る。そして手渡されたのは、淡い色合いの花が重なるヘアゴムだった。

「……こういうので髪を結わえたりするって、聞いたから」

「あ、ありがとうございます？」

プレゼント、なのか？　気遣いのようなものとは無縁の人物だと思っていたため、混乱する。いや、お相手の女性が気を利かせてくれた可能性が高いか。有島の脳からこんな行動が出力されるはずがない。

苦労してストレートアイロンかけたんだけどな……という言葉は飲み込み、サイドの髪を少しねじってハーフアップに結ぶ。

顔を上げると、有島はさっさと歩き出していた。毎回パーティーに使われているゲストハウスは、駅から徒歩五分もかからないらしい。玲は慌てて追いかける。

「なんか作戦とかあるんですか？」

「最小限の動きで制す」

「はあ……。よく分かんないですけど、できるだけコテンパンに論破してほしいです、配信パートのときに」

交流イベントは、最初の二十分だけアミティアで無料配信される。有島が配信時間内にユイリを完全論破してくれれば、真紀以外のリア恋の子たちも、目を覚ましてくれるかもしれない。

……と思ったのだが、有島はイエスともノーとも言わず、遠くを見つめたまま言った。

「アーカイブやSNSの投稿を見ていて分かったのだけど、実は、ユイリくんの陰謀論やエセ科学には、不可解なことがあるんだ」

「……というと？」

「彼の主張は、どこにも似た話が見つからないの」

有島曰く、陰謀論者のほとんどは、既に広まっている話を信じて話している——要するに、陰謀論の作者ではないのだという。

「陰謀論にハマるひとの多くは、別人が話す同じ内容のコンテンツが大量に流れてくるのを見て、『みんな言っている』と感じるの。でもユイリくんの場合は、誰もしていない話をして、ひとりで信頼を得ている」

「たしかに、そう言われると変ですね」

「ひとりでやっているにしては、うまくいきすぎている。……というわけで、これは彼個人の活動ではなさそうだなと」

個人ではない？　それはつまり……。

「なんか、ヤバい団体とか？」

「さあ、なんだろうね。良い機会だし、頭の体操がてら予想してみたら？」

有島があごでしゃくる。その先には、海外の邸宅のようなゲストハウスが建っていた。

リッチな外観を見て、玲は悟る。こんなの、ただの交流イベントなわけがない。


カーサデルソーレ――イタリア語で『太陽の家』を意味するらしいゲストハウスの中は、モダンな家具とボリュームのある観葉植物で構成された、おしゃれ空間だった。

参加者は三十人。ユイリと、ライバー仲間のあおはると日向が主催で、招待客は有島を除いて全員女性だった――みんなリア恋状態なのだろうか。

「えーと、お名前教えてもらっていいかな？」

スマホを持って現れたのは、無加工のユイリだった。白に近いパープルの髪で、服やアクセサリーも韓国アイドルっぽくしているが、予想どおり微妙な顔である。

「あっ、レイちゃんね！　じゃー、そちらがお兄さんかな？」

「レイです」

「兄のタロです」

無表情のまま頭を下げる有島に倣って、玲も軽くお辞儀をする。

「タロくん、ちょー話したかったんだ！　来てくれてありがとね」

どういうネーミングセンスなのかは分からないが、有島は相談した日からきのうまで、タロとして毎日配信に参加して、積極的にコメントしていた。

設定上は社会学の大学院生で、優生思想の歴史を研究している。奨学金陰謀説について詳しく聞きたいとDMを送ったところ、抽選無しで招待されたそうだ。

サバ読み十二歳はさすがに無理ではと思ったが、他の参加者たちは、この寡黙な人物が三十代半ばだということには全く気づいていないようで、「タロくんだ～」「緊張してる？　かわいー」などと声を掛けている。

「レイちゃんも、一緒に来てくれてありがと。ピンクメイク、可愛いね」

ウインクされてゾッとしていると、飲み物のお盆を持った黒髪ボブの男性がやってきた。弾き語りライバーのあおはるだ。

「なに飲む？　ジュースもアルコールもあるけど」

「水で」

有島が即答すると、あおはるは笑いながら、シャンパングラスに高そうなミネラルウォーターを注いだ。

ふたりが立ち去ると同時に、有島が玲に耳打ちをする。

「出されるものには一切口をつけないように」

危ない、言われなければ普通に飲むところだった。……というのが表情に出ていたのか、有島は露骨に眉をひそめる。

「足引っ張らないでよ？　君を連れてきていること自体、僕にとってはリスクと負担でしかないんだから」

「気をつけますけど、その言い方やめてください腹立つ」

「人が無償で負担を負うとき、そこにあるのは慈愛だよ。でも僕はそんなもの持ち合わせていない。どうして僕はこんな無駄なことをしているんだろうね」

嫌味が独特すぎる……。内心頭を抱える玲の様子には気づかず、有島はうつむいて眉間を揉む。

「ユイリー、この辺でいいよね！」

窓際でスマホをセッティングしているのは、ファッション系ライバーの日向だ。若い女性向けのブランドのデザイナーとして配信を行い、商品はネットで販売している。

コンセプトは『星の涙』——キラキラしすぎの主張強すぎで、着回し節約重視の玲には、全く理解できない服ばかりだった。

丸めがねの日向が、温和な表情を浮かべながら、皆に呼びかける。

「もうすぐ配信始めるけど、映りたくない子はマスクつけてもらって、出てみたいな〜って子は、この辺に座ってくれるとばっちり入るよ」

即マスクを装着したのは玲と有島のふたりだけで、他の参加者は髪を直したり、映る気満々の様子だ。

ユイリと会えたことを自慢したいのかもしれない。自身もアミティアで配信をしていて、有名になりたいというような会話も聞こえた。

ユイリのひと声で配信が始まり、皆が乾杯をする。玲は周りのひとにグラスを当てて回って浮かないようにしていたが、有島は微動だにしない。

「せん……お兄ちゃん。馴染む努力はしてよ」

「配信パートが終わるまでは動けない」

「ええ？　論破は？」

「そんなことするわけないでしょう。あんなヘラッとした見た目だけど、遠隔で何百人も引っ掛けようとしている子だということは、お忘れなく」

先ほどとは違う意味で、ゾッとする。

「ゲームやりたいひと集合！」

ユイリがテレビの前でゲーム機の電源を入れながら呼びかけると、何人かの女性が集まってきた。他のひとたちも、あおはるの弾き語りと、日向がアクセサリーを並べるテーブルに分かれて、ゆるやかにグループができる。

ゲームのスタート画面で大はしゃぎしているのが、なんだか不気味だ。異様なハイテンション。みんな、ユイリに特別に選ばれた華やかな場で、キラキラすることに必死のように見える。

「ユイリくんとは、あとで個人的に話す時間をもらうことになっている。大学院生だという僕の肩書きを利用したいんだろうね」

「肩書き？」

「古今東西、怪しい集団の幹部は、高学歴の者で固められているものなの」

これは心理学でいうところの、『権威バイアス』というものに関係しているらしい。同じ発言でも、専門家や高学歴のひとが言った方が、正しく感じる。

要するにユイリは、タロを仲間に入れて、院生ブランドを存分に使いたいのだろう。

玲たちは、比較的無害そうなあおはるの弾き語りの聴衆に交じる。あおはるはアコースティックギターのチューニングを合わせながら、聴衆と会話を始めた。

「皆さん、セブンススターの密着動画、見てくれましたか？」

「見たよー！　かっこよかったぁ」

「めっちゃ泣きました～」

セブンススターというのは、先日あおはるが所属しようとしていたインディーズレーベルだ。オーディションに密着した動画を撮影していて、受かっても落ちてもユーチューブチャンネルに載せてもらえる。

　夢を追う若者の挑戦が泣けるということで、チャンネル登録者は十万人以上。受かればCDデビューができるし、落ちても動画で知名度アップには繫(つな)がるので、応募者は多いらしい。あおはるは落ちたが、アミティアのランキングでは急上昇したと、ユイリとのコラボ配信で言っていた。

「きょうは新曲を作ってきたので、正式にリリースする前に、みんなに聴いてもらいたいです」

　ギターのボディを四拍叩(たた)いて、ミドルテンポの曲が始まる。普通の、なんのひねりも個性も無いラブソングだ。退屈に思いながら何曲か聴いていると、隣に座っていた女性が話し掛けてきた。

「はじめましてだよね？　あたし、春菜(はるな)。お名前は？」

「レイです。こっちは兄です」

「はじめまして、タロです。春菜さん、お話ししてみたかったんですよ。いつも鋭い質問をしていてすごいなと」

　露ほども思っていなそうな声のトーンだが、春菜は素直に受け取ったようだ。

「えーうれしい。こんなふうに、視聴者同士繫がれるのもいいよね、イベント」

　玲も、春菜のことはコメントでよく見ていた。ほぼ毎日ユイリが寝るまで見ているような、熱心なファンだ。

　有島がさりげないふうに、春菜に問いかける。

「この交流イベントに参加するのは何回目ですか？」

「二回目。当たると思ってなかったからびっくりしちゃったよ。タロくんもすごいね、妹さんと一緒になんて」

「ちなみに、きょう参加されてる方で、前にも会ったひとってどれくらいいますか？」

「うーん、前話した子もいるはずなんだけど、名前があやふや」

　有島が玲の服の袖を引っ張り、一歩離れて耳打ちする。

「織辺さん。いまから僕が聞き出す情報は全て、一〇〇％絶対に正しいという前提でいてほしい」

「一〇〇パー？　絶対？」

　有島は答えず、人差し指を軽くあごにつけながら、春菜の顔を覗き込む。

「前回のイベントで会ったひとの名前、全部教えて？」

　玲はキョトンとする。

　いや、話を聞いていなかったのだろうか。ついさっき、名前はあやふやだと言っていたではないか。……と思ったのだが、春菜はとろっとした表情で答え始めた。

「えーと、ゲーム組は右から順番に、りんかさん、ゆうねちゃん、真ん中のふたりは初対面で、その隣はほのかちゃん――」

ゆっくりした口調ではあるものの、よどみなくスラスラと答えていく。なんだこの状況は。なぜ突然思い出した？

聞き終えた有島は、春菜の肩を軽く叩き、頭を下げる。

「なるほど、ありがとうございました。レイ、ちょっと来て」

「えっ、え？　あ、春菜さん、またあとで！」

ずるずると引きずられながら窓際を見ると、ユイリがスマホに手を振りながら「またね〜！」と言っていた。

配信が終わったようだ。

「キノコとって！　カーブカーブカーブ！」

「むり〜っ！」

レーシングゲームのポップなキャラを操作する女の子が、カーブを曲がりきれないタイミングで何度も体ごと傾けて、ユイリに密着している。

てっきり、配信パートが終わったら陰謀論のスピーチが始まると思っていたが、意外にも、普通にパーティーが続いている。

部屋の中央にケータリングが出てきて、食事やお酒を楽しみながら、参加者同士で親睦を深めている様子も見られた。

玲はおいしそうな食べものを恨めしく眺めつつ、有島に尋ねる。

「さっきの春菜さんの、なんだったんですか？　急にスラスラ答えるから、びっくりしました」

「……心理学的なテクニックで聞き出したの。小さな要求から少しずつ大きな要求にシフトしていって、目的のことをさせる技術の……まあ、早送り版みたいな」

「へえ。心理学って便利なんですねえ」

玲と有島は、どの輪にも入っていないが浮いてもいない絶妙な位置に居て、男性の参加者が珍しいのか、何もしなくても女性たちが話しかけてきてくれる。

「タロくんって、学生さん？」

「はい。大学院で社会学を」

「えー院生さんなんだー、かっこいい！」

社会心理学者の有島先生。院に出入りしているのも社会学もまるっきりの嘘ではないせいで、シュールな会話になっている。そういえば、うまく嘘の話をするひとは、本当のことを少し織り交ぜると言っていたっけ。

……などと考えていたら、ゲームの輪から抜けてきたユイリが、笑顔で片手を上げていた。

「ごめんね〜、お待たせして」

どうやらユイリはほろ酔い気味らしい。機嫌よさそうに有島の背中をバンバンと叩き、無理やり肩を組み、玲の手首を摑(つか)んでキッチンの手前に連行する。

「いつも配信見てくれてありがとね。タロくんって博識だよね〜。しかも顔もかっこいいしさ、ライバーになったら人気出ると思うよ」

「いえ、配信には興味無いです。国の優生思想計画についてうかがいたいだけなので」

「じゃー、もしオレの話聞いてちょっとでも研究に役立ちそうって思ったら、顔出しナシでいいからゲストで配信出てくれない？」

玲が口を挟む間も無く、ユイリはどんどん話を進めていく。有島は真顔のままのらりくらりとかわしている。

「ね、レイちゃんも、お兄さん配信出てたらうれしくない？」

ユイリが玲の手を握ろうとしたところで、有島は肩で間に割って入り、人差し指を唇につけて、小声で言った。

「ユイリくん。君がその陰謀論を思いついた正確な日時は？」

ユイリが口をつぐむ。そして、いままで弾丸のようにしゃべっていたのが嘘のように、虚ろな目でぽつりと答えた。

「思いついてない……」

視線をさまよわせるユイリの背中を、有島がトンと叩く。するとユイリは、自分の言葉に驚いたように、大きく目を見開いた。

「やべ、何言ってんだオレ……？」

うろたえ頭を抱える耳元に、有島が小声でささやく。

「他言はしないから、本当のことを教えてくれない？」

ユイリはハッとして天井を見上げたあと、有島の二の腕のあたりにしがみつき、弱々しい声で言った。

「タロくん、助けて」

涙目だった。そして、懺悔のように早口で語り始める。

「オレ、これ、配信も交流イベントも、組織みたいなとこに命令されて全部やらされてて。陰謀論は上の人間が考えたやつ。顔出しちゃってるから逃げられないし逆らえないし、命令聞いて生きるしか道が無い」

「えっ、じゃあユイリさんは、陰謀論を信じて言ってるわけじゃないんですか？」

「分かんない。決められたとおりに配信してるだけで、最初は全然信じてなかったけど、毎日しゃべってるうちに本当かもって思い込み始めてて、そしたらオレも削減される側の人間なのかなって……」

予想外すぎて驚く玲の横で、有島は腕組みをしたまま直立不動だった。特に驚く様子もなく、肩にしがみつくユイリを剝がす。

「首謀者は誰なの？」

「それも分かってなくて。普通にアミティアで雑談配信してたら、都市伝説とか雑学ネタを話してみないかってDMが来て、時給三千円もくれるっていうから、軽い気持ちで引き受けちゃって……。でもなんか、組織的な上下関係があるっぽい」

あおはると日向については、立場が不明。ユイリと同じ立場かもしれないし、組織側の人間かもしれない。イベントの参加者はもちろん抽選ではなく、数人のターゲット候補以外は全てサクラ。

普段のチャットでも、一般の視聴者に悟られないよう、投げ銭の額やタイミングが細かく指示されていた。

「サクラの中でも、お金で雇われているひとと、弱みを握られているひとと、組織の人間が入り混じってるみたいなんだけど、オレは把握してなくて……」

「要するに、誰が敵で誰が味方か分からない、疑心暗鬼の状態なんだね？」

「多分。てかそれも自信無い。いまも、タロくんがあっち側だったらどうしよって思ってるし。オレが裏切らないか監視するために派遣されたんじゃないか……とか」

めまいがする。真紀がピュアに恋していたカリスマライバーが、ただの捨て駒だったなんて。

有島はユイリに目を合わせ、確認するように尋ねた。

「奨学金陰謀論と、この交流イベントの目的は、闇金融への、ローン借り換え、だね？」

ユイリは泣きそうな顔で、ガクガクと大きくうなずく。

「そう。陰謀論を信じさせて、国の奨学金やめたいってなった子に、オレがおすすめっていうていの闇金で奨学金の残金分全額借りさせるの。奨学金は一括で支払って無くなるけど、闇金の方はなんだかんだ利子とかで膨れ上がる。で、それを巻き返すために、ハイリターンの投資やりませんかって誘う」

　想像して鳥肌が立った。少し考えれば、知らない金融機関でローンを借り換えるなんて危ないことはすぐ分かるはずだ。

　それでも信じてしまうのはきっと、時間をかけてゆっくり陰謀論を説いたり、イベントで視聴者同士が友達になったり、ユイリに真剣に恋をするように仕向けているからで——そういう作戦の全てが、人の思考を乗っ取っていくのかもしれない。

　有島はしばらく黙って考えたあと、ユイリにこう告げた。

「きょうのところは、いつもどおりに振る舞っていてほしい。僕は妹と一緒に調査するから」

「ありがと。ごめんねっ」

　ユイリが輪に戻る。先ほどのほろ酔いのテンションで「ごめんごめーん、お待たせっ」と陽気に言っているが、内心監視に怯えていると思うと痛々しい。

「先生、どうするんですか？　誰が首謀者か分かんないんじゃ、止めようがないですよ」

「まあ、実を言うと、ローンの借り換えが目的だろうというのは、最初に動画を見せてもらった時点で予想はついていた」

「ええっ？　どこのシーンですか？」

「『もし奨学金借りちゃってて不安って子いたら、DMくれたら相談乗るよ』……と言っていたでしょう。でもこんなのはもう『こちらで別の金融機関をご用意しています』

と言っているのと同義だから」
全然気づかなかったことを恥じ入る。
有島は、金の回収方法について、疑問が残っているようだった。ユイリの説明してい
た方法では、ローンの借り換えやニセの投資話で借金を膨らませることはできても、返
済させる具体的な手が無い。
「ユイリくんは多分、この件の全貌は知らされていない。ここまで末端扱いだったのは
意外だね。やっぱり彼には、洗練された嘘つきの才能があったと思う。食いものにされ
てかわいそうに」
「素直に頼ってくれてよかったです。……で、わたしたちは何をすればいいんですか?」
「ローンの契約がどこで行われているかを突き止めて、阻止したい。毎回これだけサク
ラを集めているということは、どこかの密室で、正常な判断力が奪われた状態で、熟考
する時間を与えられないまま契約させられているのかな、と」
少ないターゲットをたくさんのサクラで固めるのは、同調圧力を生じさせるためだと
いう。
陰謀論やローンの借り換えに賛同するサクラに囲まれると、ターゲットは異を唱える
ことができず、考え自体が大多数の方へ流されてしまう可能性が高いらしい。
有島がスマホを取り出し、エクセルのシートを表示する。何かの集計表のようだ。
「これは、過去の全配信のアーカイブを見て、コメントをした視聴者の名前と、配信に

参加した日数、投げ銭額の合計を洗い出したものです。インスタや先ほどの春菜さんの証言も合わせて、サクラを割り出すよ」

「はあ、なるほど。すごい、んですけど……あの、先生なんか、めちゃめちゃ顔色悪くありません？　少し休みます？」

ずっと気になっていたのだ。春菜と話したあたりから、少し息切れしていたり、ユイリと話している最中も、なんだかつらそうに見えた。

しかし有島は、無表情のまま顔を背ける。

「香水臭くて嫌だね、こういう場は」

なんだかはぐらかされてしまった気がした。


有島が参加者たちを目で追うのを眺めながら、玲は小声で言った。

「二手に分かれましょうか。わたしは、ローンの契約場所になってそうなところがないか、ゲストハウスの中を調べてきます。先生は必要な情報収集とかしててください」

「ええ？　ダメダメ。ひとりで嗅ぎ回るようなことをして、ドジ踏む未来しか見えない」

「タロがウロウロしてる方が怪しくてバレますよ。しかも体調悪かったら動けないでしょうし」

「体調は悪くない」

「たいして広くもないですし、ぱーっと見て帰ってくるので」

五分くらいで戻ると言い残し、玲は密室探しを始めた。

ゲストハウスの公式サイトを確認したところ、一階はパーティールームで、二階には宿泊用に個室が三つあるらしい。

壁をぺたぺた触りながら進んで行くが、有島の研究室のように、本棚がずれて隠し部屋発見……なんてことは起きそうにない。全体的に明るく、装飾は観葉植物が中心なので、死角が少ないオープンな空間だ。

地下室の可能性も考えて、一階のキッチンや廊下を調べてみるも、扉は見つからず。

「んー。やっぱ普通に、二階のどこかの部屋を閉め切って出られないようにする感じなのかなあ」

二階に上がってみたが、三部屋とも鍵（かぎ）が閉まっていて、中は確認できない。ただ、物音はしなかったので、誰かが潜んでいるということはなさそうだ。

庭に出れば二階の電気がついているかを確認できるはずだが、玄関へ行くには、日向がアクセサリーを広げているテーブルを横切らなければならない。

階段を降りて玄関側を見ると、テーブルの周りに女性が数人集まっていた。

「このネックレス、うちのブランドの新作で出そうと思ってるんだけど、どう思う？」

「めっちゃ可愛い！　デートのときとかにつけたぁい」

「一応この、星が三つ繋（つな）がってる部分がこだわりなんだけど、肌に触れる部分がどうかなって気になってて」

「うーん、そんなにチクチクとかはしなそうじゃない？」

「もしよかったら皆さんにプレゼントさせてもらえないかな。ネットショップだけだと直接お客様の声が聞けないから」

日向がひとりひとりに小包を配り始めて、女性たちが玄関への扉の前に広がってしまった。これでは外へは出られそうにない。

特に収穫も無いままパーティールームへ戻ると、有島は壁際にもたれかかっていた。腕組みした指先が、イライラしたように一定のリズムを刻んでいる。

「遅い」

「すみません、ちょっと時間かかっちゃって」

「……まあ、何も無くてよかったけど。で、どうだった？」

見てきた様子を話すと、有島は静かに視線を移した。その先には、モデルのような美女がいる。

「彼女、春菜さんから聞いた話では『りんか』という名前だそうだけど、僕の視聴者リストに入っていないの」

「え？　じゃあ、一回もコメントとか投げ銭とかしてないのに来てるってことですか？」

「うん。それに、どのSNSにも一切写真が載っていない。でも春菜さんは、前回会っている」

「なんか、もしりんかさんがサクラなら、その中でも特別な位置のひとっぽいですね」

有島は悩んでいるようだった。どう考えても重要人物だが、下手に探るようなことをして仲間に密告されると面倒なことになる……と。

玲と有島がりんかを盗み見しつつ話していると、その様子を察したのか、ユイリが遠くで大きくうなずいた。やはり、りんかには何かあるのかもしれない。

有島はりんかの方へ一直線に進んでいく。

「いまから聞く証言も、一〇〇％正しい前提でいてほしい。けど、若干強引に聞き出す形になるから、その後どうなるかは分からない。少しでも危険を感じたら、僕のことは置いて外へ逃げるように」

「えっ、危険……？」

急に人並みの配慮らしきことを言われて、玲は驚く。そして、大事なことが聞けないまま、りんかの前に着いてしまった。

仕方がないので、有島が話し掛けるのを、邪魔にならないよう半歩下がって聞く。

「すみません」

「あら、タロくんと妹さん？　こんばんは。はじめましてよね？　私、りんかです」

香水がきつくて、有島の体調が心配になる。怪しまれないためにも、とっとと聞いて引き上げてほしいところだが、有島は世間話をしていてなかなか本題に入らない。

「──って感じで、ユイリくんのことは結構、弟みたいな感覚で見ちゃうのよね」

リラックスしたようにくすくすと笑い、赤ワインに口をつける。……と、有島がりんかの目をじっと見つめながら、顔の前に人差し指を立てた。りんかはなんだか眠たそうに、ゆっくりとまばたきしている。

質問は唐突だった。

「奨学金の借り換え契約をした日時を教えて？」

「……去年の二月五日、二十一時三十三分」

「へ⁉」

驚いて思わず声を上げる玲を、有島は無言のまま、ひじで小突く。玲はハッとしてスマホを取り出し、インスタを遡った。りんかが口にした日は、ユイリの交流イベントの初回開催日らしい。

「借り換えた金額と、いま抱えているローンの残金を教えて？」

「借りたのは三〇四万円で、いまは一五九二万八六六円」

玲は有島のジャケットを引っ張り、耳打ちした。

「これ、なんの質問ですか？　しかもめっちゃ返済額増えてる……」

「このひとが、どの立場でサクラをしているのかを調べた。おそらく借金で首が回らなくなって手伝わされているのだろうと……思うんだけど……はぁっ」

「ちょ、先生大丈夫ですか？　真っ青ですよ」

「ごめん、ちょっとだけ話繋いでおいて」

有島がひざに手を置いて呼吸を整える間に、玲はりんかに声を掛ける。

「あの……大変ですね、お金」

「……うん」

ぼんやりとした返事で、視線も夢の中にいるような感じに見える。こちらの話を聞いているのかもよく分からない。

有島は『心理学的なテクニック』と言っていたが、こんなに都合よくきっちり答えさせることなんてできるのか？　テクニックというより、怪しい術だと言われた方がしっくりくるような。

玲がいぶかしがる横で、少し復調したらしい有島が体を起こす。

「……失礼失礼。ええと、りんかさん、君がローンを組んだとき、誰がいた？」

「堤宏之さん、佐久間浩二さん、松山勝義さん、ユイリくん」

「君が契約書にサインした場所はどこ？」

「246の上馬交差点」

「……最悪だ」

有島が息を切らしつつ、後ろに二、三歩よろける。

「ちょっ、大丈夫ですか？」

「…………ごめん、正直に言うとね。この質問の仕方、すごく気力体力を使うんだ。だからなるべく少ない回数で情報を聞き出そうと……してたんだけど……」

「そうだったんですか。気づかなくてすみません」

やはり、ただの質問ではないらしい。

有島は額から流れる汗を手の甲で拭い、長く息を吐いて言った。

「倒れる前に君に託しておこうかな……。彼女は、この詐欺の被害者第一号だと思う。一年で残金が五倍以上になっているけど、これでもサクラとか色々やって免除されてるんじゃないかなと……」

「サインした場所は？　交差点って、全然密室じゃなくないですか？」

「……車の中。サインしたときちょうど、国道二四六号線の上馬交差点を通過していたんだろうね。ただ、代官山から近すぎるのが気になる。数分で精神を追い詰められたとは思えないから、サインするまで都内をぐるぐる回っていたんじゃないか……と」

そこまで言い終えると、有島は天井を仰いだ。

「あとひとつだけ、質問を追加する。けど、内容が露骨すぎて、密告される可能性が高い……から、聞き終えたらすぐに、君は外へ逃げて」

「先生は？」

「どうにかする」

有島はりんかの目の前に立つと、小さくピースサインを作り、顔の前で軽く振った。

「りんかさん、ローンを組んだ日に乗った車のナンバーを教えて」

「品川　３５０　ゆ――」

りんかがナンバーを言い終えた瞬間、有島は玲を突き飛ばした。

ように驚いたあと、有島に向かって大声で何かをわめき始めた。

　振り返ると、有島がひざからくずおれるのが見える。りんかは突然夢から目が覚めた

「わ!?」

「レイちゃん！」

　ユイリが廊下から飛び出してきて、玲の手首を摑む。

「大丈夫？　何があった？」

「よく分かんない、兄が逃げろって……」

　ユイリは玲を背中側に隠し、室内の状況を見回して、コクリとうなずいた。

「ついてきて」

　ユイリに手を引かれ、玄関から建物の裏へ回る。コート無しのパーティー服姿に真冬の風が吹きつけてきて、思わず身を縮める。

　裏庭へ回ると、黒いワンボックスカーが、ドアを半分開いた状態で停まっていた。背中をぐいぐい押され、車に近づいてしまう。

「え、え？　これっ」

「あの……レイちゃん、ごめんな？」

　思い切り背中を押されて、バランスを崩すのと同時に、車の中から出てきた人物に羽交い締めにされた。ずるずると車内へ引きずり込まれる。

　ユイリは棒立ちのまま、悲しそうな目で玲が押し込まれるのを見ている。

「んー！　んーッ！」

　粘着テープで口と手首を封じられたところで、ユイリが黙って乗り込んできて——車が滑らかに発進した。


　三人掛けの後部座席の右側に座らされている。車の揺れのままに、重い頭がぐらぐらと揺れる。口の粘着テープを剝がしてもらえたのは、車に押し込まれて三十分以上は経ったかというころだった。

「……………っ、はぁっ」

　玲は肩で息を継ぎながら、手首足首の拘束を外そうと試みる。しかし、何重にも巻かれたテープは全く解けそうにない。

　窓には黒い遮光カーテンが引かれていて、カーナビの画面には、陰謀論に関連する動画が流れ続けている。

　どれも、古い映像のようだ。優生学の講義の録画らしきものや、国会の質疑応答で優生保護法を支持した答弁の繫ぎあわせ、遺伝子研究の専門家を名乗る人物の長いインタビューなど……。

　酸素不足もあり、既に頭が働かなくなってきていた。だから、この状況がよく分からない。なぜ、ユイリまで拘束されているのか？

　拉致されたのは玲だ。玲はユイリにはめられた。玲が酷い目に遭うなら分かる。なのになぜ、玲よりユイリの方が酷い扱いをされているのか――

ユイリの体はロープでぐるぐる巻きなうえに、目隠しまでされて、左側に座る大男と玲の真ん中に挟まれる形で座っている。

心許(こころもと)ないシートベルトのせいで体が傾くたび、左側に座る大男が罵(ののし)りながら、ユイリを無理やり起き上がらせる。

玲はなんとか状況を判断しようとしていたが、どうしても頭が回らない。ただ会話のなかで、三人の男の名前が、りんかから聞いたものと一致していることは分かった。

助手席に座った男――堤が、のんびりとした口調で問いかけてくる。

「君さあ、奨学金の話、信じてないでしょ？」

玲は答えず、口を結ぶ。

「ユイリくんのことも、別に好きじゃないね？」

答えない。すると突然、ユイリの隣に座っていた大男――佐久間が、勢いをつけてユイリの肩を殴った。

「痛っ……………！」

「ちょっ、なんで」

玲は驚いて、思わず声を漏らしてしまう。堤は進行方向を向いたまま、同じペースで玲に語りかける。

「君がちゃんと答えてくれれば、ユイリくんは痛い思いしなくて済むから。ごめんなぁ？　ユイリ」

顔は見えないが、楽しそうな声で、いたぶる気満々というのが伝わってくる。三人とユイリが対等な立場でないことはよく分かった。

「レイちゃんというのは本名なの？」

「え……」

答えてよいものか悩んでいると、ユイリが小さくうめいた。裸足にされた足の甲を、ぐりぐりと踏まれている。

「レイは、本名です」

「カタカナ？」

「漢字です」

「どう書くの？」

「…………」

「いっ……てぇッ」

「お、王へんですっ」

「ああ、可愛い名前だね」

尋問と呼ぶほどでもない、小さな質問が繰り返される。五分、十分、執拗に、細かく細かく。

最初はなるべく何にも答えないようにしていたが、ユイリが殴られるのを見るのがつらくて、徐々に、知られても問題無さそうな質問には答えるようになってしまった。

車は何度も右左折を繰り返しており、カーナビは陰謀論の映像を延々流しているので、時刻も場所も分からない。

玲が抵抗するたびにユイリは殴られ、ぐったりしていく。痛々しくて、耐えられなくて、『これくらいなら』という範囲がどんどん大きくなっていく。自分のフルネーム、年齢、家族構成——大事なことを明かしてしまっていることに気づいたのは、ずいぶん話したあとだった。

有島が言っていたことを思い出す。たしか、小さな要求を徐々に大きくしていくのは、心理学的テクニックなんだっけ。簡単に引っかかってしまう自分はやっぱり、足手まといだった。

「四人きょうだいのお姉ちゃん。てことは、タロくんは赤の他人だね？」

「……はい」

「今回ユイリに招待されたのは、タロくん？　玲ちゃん？」

「タロさんです……」

すると突然、穏やかだった堤が、豹変(ひょうへん)したように低い声で指示した。

「はい、佐久間。ユイリやって」

佐久間が、ユイリのみぞおちに警棒のようなものの先端を押し付ける。

「……ぐはっ」

「な、なんで？　わたし、答えました！　やめてください！」

玲の叫びは無視され、佐久間が鬼の形相でユイリに迫る。

「勝手なことしてくれてんじゃねぇぞコラ」

「すみません……使えそうだと思って……」

「立場わきまえろや！」

佐久間が、ユイリの腹に棒をめり込ませる。ユイリは激しく咳(せ)き込みながら謝罪を繰り返していて、玲は思わず目をつむった。

そつなく嘘つきの才能を見せていたユイリが犯した失態は、許可無く有島をパーティーに招いてしまったこと。いまこの状況は、玲への尋問と、ユイリへの懲罰を兼ねたものなのだろう。

「すいませ……っ、ゲホッ、すいませ……んっ」

玲もようやく、自分の立場を理解してきた。この尋問の先にあるのは、ローンの契約ではない。

きょうの本当のターゲットは、別の女性だったのだと思う。ユイリが有島と玲を呼ばなければ、ターゲット女性を乗せて、サインをするまで都内をぐるぐる回っていたはずだ。そして、ユイリもいつもは殴られ役なんかではなく、リア恋状態の女性が契約するよう、誘導する役割だったと思われる。

では、元々ターゲットでもなく、ユイリに恋心も抱いておらず、急遽拉致(きゅうきょらち)して暴力行為を見せてまで尋問をしなければならなくなった、織辺玲に用意された末路は？

「ねえ、玲ちゃん？　教えてほしいんだけど――」

自分がこんなに強情だとは知らなかった。

車に乗せられてから一時間以上は経っているはずだが、玲はまだ、有島に関する情報はひとつも漏らしていない。

しかしそれは、ユイリの命をないがしろにした上で成り立っていることで、この判断が正しいかどうか、自信はない。

「タロくんは、何者なの？　ユイリくん、死んじゃうよ？」

堤は相変わらず落ち着き払っていて、指示無しに暴力を振るい始めた佐久間を止めもしないから、色々な意味で怖い。

「……タロのことは、答えられません」

「いっっ……ッ！」

ぐったりしたユイリが、玲の肩へもたれかかった。そして、車に乗せられてはじめて、玲に対して言葉を発した。

「レイちゃん……助けて」

玲にしか聞こえないくらいの、かすれた小声。

異様な密室と、繰り返される映像と、止まらない暴力。これを終わらせられるのが自分しかいないことも、分かっている。玲が有島のことを話せば、こんな苦しいことからは解放されるのだ。

「レイちゃん、ごめんね……」

ユイリにリア恋状態の子だったらきっと、すぐに言うことを聞いてしまっていただろう。真紀じゃなくてよかったと思う。空いた脳のスペースに、早口な音声が滑り込んでくる。

「あのねぇ、玲ちゃん。これ以上時間をかけても答えられないとなると、そろそろ違う手段に出ないといけないんだよね。海に沈めるとかさ」

声色が真実味を帯び始めた。沈めるつもりなのは、玲なのか、ユイリなのか。

頭が痛い。気持ち悪い。また一発ユイリが殴られて、玲は吐きそうになるのをこらえながら口を開いた。

「……ユイリさんを殴るの、やめてもらえますか。そしたら、話すので」

「まずは言うのが先」

「……タロは、大学院生じゃないです。あなた方みたいなひとを相手にする専門家だから、仲間に入れようとしたって無理です」

「ふーん？」

堤は間延びした返事をしながら、ちょいちょいと指を右方向に差した。運転手が急ハンドルを切り、強引に右折レーンに入ってウィンカーを点ける。運転席の窓の向こうに、首都高入口の看板が見えた。

有島はどうしているだろうか。男たちは向こうの仲間と連絡を取って状況を知っているだろうに、そのことを玲に一切言わない。

こちらより酷い状況かもしれないし、悪い想像をし始めてしまうと際限がなく、もう全て話してしまおうかという気になってくる。

意地を張って黙秘し続けたせいで、有島やユイリにもし何かあったら、何を守っていたのか分からなくなる。

「専門家というと、警察かな？　君は一般人なのかい？」

「…………っ」

「答えないと。なあ、佐久間？」

佐久間がユイリの首に手をかける。玲が迷う間にも、ユイリの細い首をじわじわと絞めていく。

「…………ぐ……」

「分かりましたっ、話す、話すからやめて！」

ぱっと手が離れる。堤が、冷たい声で言った。

「タロに関して知ってることを全部言え。隠したら殺す」

もうだめだ、言うしかない。

「……タロは、」

言いかけた、そのとき。突然パトカーのサイレンが聞こえてきた。

『黒のワンボックスカー、停まりなさい！』

急ブレーキで運転席のシートに思い切り頭をぶつける。顔を上げると、道に対して斜めに刺さるように、黒い車が行く手を阻んでいた。

屋根にはパトランプ――覆面パトカーだ。

サイレンが何重にもなり、完全に停車した車の周りに、パトカーが集まってきていることが分かった。

助かるのだろうか。それとも、色々見聞きしすぎたわたしは、ここで口封じに殺されるのか――

男たちが大声で罵りあうのを聞きながら、あきらめて目を閉じる。車が大きく揺れて、警官たちが一斉に突入してきたのも、他人事のように聞いていた。

「大丈夫か⁉　意識ある？」

肩を揺さぶられてうっすら目を開けると、茶髪にスーツの男性が目の前にいた。頭が回らず返事ができないでいると、そのまま横抱きに抱えられて、車の外へ運び出された。

車道に降り立ち、手足の拘束をほどくと、男性は「待ってて」と言い残し、男たちをねじ伏せる警官たちの方へ加勢した。

「織辺さん！」

振り返ると、汗びっしょりの有島が苦しそうな表情で走ってくる。

「先生！」

目の前まできた有島が両腕を伸ばし、フラつく玲を抱き留める……ことはなく、空中で空振りしてそのまま盛大に転んだ。

「わ⁉　あ、有島先生！　大丈夫ですか⁉」

真冬の風と、すっころんだ有島のおかげで、正気に戻る。慌ててしゃがむと、有島はほっとしたように軽くため息をついて、玲の髪に触れた。

「へ？　えっ」

慌てる玲の様子には構わず、そっとヘアゴムを引き抜く。

「よかった、無事で」

……と安堵する有島の目線はヘアゴムに向いている。花びらをむしると、そこには小さな四角い機械がくりつけられていた。ぷちっとボタンを押す。

『こういうので髪を結わえたりするって、聞いたから』

『あ、ありがとうございます？』

「うん。ちゃんと録れてる」

ジャケットの内ポケットにしまおうとする有島を見て、玲はわなわなと震え出す。

「……は？　これ、なにっ、有島先生……、録音っ……してたんですか⁉」

「うん。ボイスレコーダー。コサージュと迷ったのだけど、髪の方が取れにくいかなと」

「はあああ⁉　失礼すぎるでしょ、女子学生の髪に盗聴器仕掛けるなんて変質者の思考と変わんないですよ⁉　てか、心配してたのはボイスレコーダーですか。わたしの心配はしてくれなかったんですか？　なんかもう、もう……っ」

ぼろぼろと泣き出した玲を見て、眉をひそめる。

「なぜ泣くの。先に女性警察官に聴いてもらって、後日必要部分だけもらうつもりだったし。君のことはもちろん心配していたよ。怪我はない？」

「ついで感が見え見えですよ！　わたし、怖かったんですっ。急に車に押し込まれて、よく分かんないこと尋問されて、知らないところに連れて行かれそうになって……わたしのせいでユイリくんもボコボコにされちゃって……」

口にしたら、抑えていたものがこみ上げてくる。玲は子供のようにわーっと泣き出した。恐怖と申し訳なさが遅れて押し寄せてきて、涙が止まらない。

有島は困惑したように玲の顔を覗き込む。

「別に、君をボイスレコーダーとして見ていたわけじゃない。そんな気はさらさら無く……ああ、無いものは証明できないのか。そういえば、思考に関する悪魔の証明は、まだ深く検討したことが――」

腕を組み考え込む有島と、ぐずぐず泣き続ける玲。論点のズレたふたりの会話が崩壊したところで、先ほどの茶髪の男性がこちらにやってきた。

「なんだこの空気……？　えーと、警視庁捜査二課の不破修平と申します。織辺玲さんですね？」

「はい。助けてくれてありがとうございました」

「いやいや、俺は有島に呼ばれて来ただけだから。せんせーお手柄だよー？　いきのいい若者ふたりぶっ飛ばしちゃうんだから。玲ちゃん連れてかれて、ブチ切れちゃったみたいで」

「え⁉　うそ！」

玲は目を大きく見開き、バッと有島の方へ振り返る。こんなフラフラの人物が、あおはると日向を……ぶっ飛ばした？

有島は同じように目を丸くしたあと、ばつの悪そうな表情で舌打ちをし、顔を背けた。

「余計なこと言わなくていいから」

有島と不破は、随分親しそうに見える。

「……あの、おふたりの、ご関係は？」

「んー？」

不破は有島の肩に手を回し、こてんと首をかしげる。

「お友達。なー、うーちゃん？」

「やめろ気色悪い」

「いや、すみません。話が全然見えないです」

男たちがパトカーに乗せられてゆく。不破はそれを見届けたあと、事の真相を話してくれた。

「俺は捜査二課っていう知能犯を捕まえる部署の所属で、特殊詐欺を担当してます。有島せんせーとは高校の同級生で、捜査協力してもらって、大変お世話になってんの」

「はあ……なるほど。じゃあ、今回のこれも？」

「そうそう。玲ちゃんから話を聞いた段階ですぐ連絡くれてて、こっちも逮捕に向けて色々準備してたんだけど……ごめんな、玲ちゃんを危ない目に遭わせちゃったのは、警察の落ち度です」

ぺこっと頭を下げる不破を、有島はため息をつきつつ小突く。

「違う。僕の落ち度。無理に聞き出すやり方をしたのも、後先考えずにやりすぎたのも、考え無しに外へ逃げろと言ったのも僕だから」

「まあ……お前はいつも慎重すぎるくらいだし、大胆なことするからビビったわ。催眠何個分やったんだ？」

「え……さいみん？　って？　あ、あ……っ！」

不破のひとことで、謎だったことが全て繋がった。

一〇〇％正確な証言――あれはもしかして、心理学的テクニックではなく、催眠術的なことだったのでは？　超能力みたいなもので無意識状態にさせて、聞き出すみたいな？

だとしたら、相手がなんだかとろんとして答えていたのもつじつまが合う気がする。

「有島先生、催眠術使えるんですか!?」

「はあ？　使えません。そんな非科学的なもの、この世に存在しません。ものすごく誘導尋問がうまいだけです。催眠なんて…………不破ァッ！」

聞いたこともないような怒声だった。

週明けの講義後。玲は有島の研究室に呼ばれていた。

本棚をずらすと、ハンモックに座る有島と、ふかふかのラグに正座して平謝りする不破が目に入る。

「あっ、玲ちゃん！　助かったぁ。おい、教え子が来たぞ。機嫌直せよ」

「僕は織辺さんの講義は担当してないです」

有島があごでしゃくる形で、隅のパイプいすを勧めてくる。不破は笑いながら立ち上がり、玲に警察手帳を開いて見せた。

「改めまして、警視庁刑事部捜査二課の不破修平です」

「ど、どうも。えっと、文学部二年の織辺玲です」

はじめて見る、本物の警察手帳。ちょうどいま読んでいる小説の主人公が警視庁の刑事なので、つい食い入るように見つめてしまう。

「玲ちゃん、その後体調とか大丈夫？　精神的にも」

「わたしは平気です。友達も、ユイリくんが捕まって目が覚めたみたいで、ちょっと凹んでましたけど、いまは元気になりました」

「そかそか。ふたりとも元気ならよかった」

人好きのする笑顔を見ながら思う。

あのときは混乱していてよく分からなかったが、改めて見ると、不破は全く刑事らしくない。

こげ茶色の髪は耳にかかる長さでサイドがカールしていて、身長は一八〇は超えていそうだ。どう見てもヤンチャ系なお兄さんで、有島とは違う意味で、かなり若く見える。

「捜査二課ってどういうお仕事なんですか？」

「二課は、企業の汚職とか選挙違反がメイン。だから、基本的には年がら年中偉そーなオッサンたちを調べてる感じなんだけど、俺は特殊詐欺の係だから、だいぶ市民寄りだな」

聞けば、不破は若者が加害者として巻き込まれる事件が許せない性分で、元々は生活安全部という部署で、市民の相談を受けていたのだという。

しかし、若者を助けるには根本からやっつけないとダメだと考え、捜査二課に異動。大企業や政治家を相手にするエリート刑事たちとは真逆の、市民が関わる事件を担当しているということだった。

そういうわけで、有島は、玲を連れてイベントに行くことをあらかじめ不破に告げており、警察も把握していた。有島の合図で突入できるよう、周りで待機していたそうだ。

玲が車に押し込まれてしまったのは、代官山駅でひったくり事件が起きて、応援のために現場が一時的に手薄になったからとのこと。もちろんそれも犯人側の作戦だった。

潜入先が若者向けパーティーだと知った不破は、ノリノリで有島の服を選び、潜入前に有島宅へ赴いて髪をセットし、ついでに女子学生へのお土産として花のコサージュを置いていった。もちろん、ボイスレコーダーは仕込まれておらず──

「追跡中のパトカーの中で、ヘアゴムに付け替えてボイスレコーダーを仕込んだだなんて聞かされてさあ。もうめちゃくちゃ叱ったけど。そゆとこ分かんないの、こいつ。ごめんなー」

「いえ、役に立ったならいいです」

「玲ちゃんに怪我がなくて何よりだわ」

「犯人はなんの組織だったんですか？　あと、ユイリくん、大怪我しちゃったんじゃないかって思ってて……」

「まーすっごいざっくり言うと、流行りモンを利用した詐欺集団って感じかな。表向きには、インフルエンサー事務所の『エトワ』っていう会社で、配信アプリとかSNSで活躍している子をスカウトして、若い子向けの詐欺をやってた」

インフルエンサー事務所とは、動画配信やSNSで有名になった個人が所属する団体だ。普通の芸能事務所とは違い、ネットで活動するうちに素人の域を超えて有名になってしまったひとが、マネージメントしてもらうために入る事務所である。

アミティアの上位ランカーは事務所に入っているひとも多く、その中に、ユイリに声を掛けてきたエトワが交じっていた。

「じゃあ、配信アプリのアミティア自体は、事件とは関係なかったんですね？」

「そうそう。アミティアは、人気者探しに利用されただけ」

エトワの手口は、奨学金のローン借り換えからの、投資詐欺だった。

大学の奨学金を、エトワが用意した闇金融に借り換えさせ、支払いが苦しくなったところで、投資詐欺を持ちかける。この投資をやれば、大学費用を大きく上回る利益が得られると言い、契約させる。

「投資っつっても、元々借金状態でスタートしてるから、圧倒的に元手が足んないわけ。それで、学生でも簡単にできる裏バイトを用意したり、就活できないくらい投資セミナーを詰め込んで、内定取れない子をグループ企業に就職斡旋したり、社宅を用意して退職しにくくしたり……。とにかく囲って人生しゃぶり倒すみたいな、ひっでえことしてたんだわ」

「うわ……人としてやばいですね。ユイリくんはどうなりました？」

「二日入院して、あしたから取り調べ。玲ちゃんのおかげで色々会話が録れてたから、情状酌量で刑が軽くなるといいなって、個人的には思ってる」

玲は複雑な気持ちになった。

真紀やたくさんの視聴者を騙してきたユイリは悪者だが、利用されていたと考えると、被害者ともいえる。何より、自分のせいで入院するほどの怪我を負わせてしまったのは、心苦しい。

　不破は、浮かない顔の玲に視線を合わせ、にっこり微笑む。

「玲ちゃんはなんにも悪くないからな？　頑張ってくれてありがとうの気持ちしかないから」

「そう言ってもらえると、だいぶ気が楽です」

　有島は、サイドテーブルの上にあったワニのおもちゃを手に取り、歯をひとつずつ押し始めた。

「……多分その詐欺、余罪が色々出てくると思うから頑張って」

「あ、やっぱ有島もそう思う？」

「うん。あの配信パーティー形式は始めて一年ほどのようだったけども、やり口がシステマティックすぎるし、別の形でもっと前からやっていたんじゃないかと」

　有島の予測に、不破は大きくうなずく。

「俺もそう踏んでる。なんか足つかないように、結構短期間で潰して次々作ってるみたいでさ。関連企業もどんくらいあるか分かんねえし」

「手伝えることは手伝うよ」

「いや、でもお前、気をつけろよ。なんであいつらがお前の素性を知りたがってたのかはまだ分かってなくて、俺も完全に守ってやることはできないからさ」

　バチンッと音を立てて、ワニが口を閉じる。有島は真顔で指を挟まれたまま動かない。

何か考えているように見えるが、なんだか気軽に聞ける雰囲気ではない。

　居心地の悪い静寂に包まれた。


　不破が気を利かせて、三人分のお茶を買ってきてくれた。玲はそれを受け取りつつ、空気を変えるように切り出す。

「あのー……、わたしがここに呼ばれたの、どういう用件なんですか？」

　有島は何も答えない。不破は苦笑いを浮かべながら、がりがりと頭を掻いた。

「きょう玲ちゃんに来てもらったのは、俺が口走っちゃった有島の催眠術の件。ふたりで潜入するくらいだから、知ってるもんだと思って普通に話しちゃって。ごめんなー。有島はずっとこのことを隠して生きてて、できれば玲ちゃんも、他言しないでもらえると助かる」

「よく分かんないんですけど……有島先生は本当に、催眠術が使えるんですか？」

　おそるおそる表情をうかがうと、有島はため息をつき、真顔で問いかけてきた。

「織辺さんがイメージする催眠術はどんなもの？」

「うーん……指パッチンで体を操ったり言うこと聞かせたり、眠ってるみたいな意識の状態にして深層心理を聞き出すとか？　あと、顔を見るだけで何を考えてるか分かるとか」

「それは、超能力と催眠術と催眠療法とマジックがごちゃごちゃになった、全部乗せ状態だね」

「分かんないです。ていうか先生、自分で全否定してたじゃないですか。催眠術なんて非科学的なものは存在しないとか」

「僕は催眠術も催眠療法も否定派だよ」

何を言っているのか……助けを求めて視線を向けると、不破は苦笑いしながら肩をすくめた。

「有島には特殊能力がある。でもなんにも当てはまんなくて、強いて言うなら、リラックス状態で記憶を引き出す催眠療法が近いかな……ってとこなんだけど、せんせーご本人が催眠療法否定派なもんで、断固として認めたがらないっていう」

「能力というのは、具体的にはどんなものなんですか？」

有島はなかなか答えない。浮かない顔でしばらくハンモックを揺らしていたが、やがてあきらめたような表情で言った。

「本人が覚えていない記憶を引き出せる」

「あー、なるほど。だから、日時とか金額とか一桁単位まできっちり答えてたんですね」

「そう。対象者が一度でも見聞きしたものは、正確に引き出せる。無条件にできるわけじゃないけども」

そういえば『この聞き方はすごく気力体力を消耗する』と言っていた。何か特別なやり方があるのだろうか？

「玲ちゃんさー、有島が証言聞くとき、指立ててたの気づかなかった？」

「指……？」

記憶をたどる……と、有島が証言を聞き出すときはいつも、じっと相手の目を見ながら、人差し指を立てていたということを思い出した。

「指を立てた質問のときだけ能力が発動するんですか？」

「そうそう。日常動作に紛れてやるから、よーく見てないと気づけねえんだけど」

「あ。指立てるのって、人差し指だけのときと、二、三本立ててるときがありません？何か違いがあるんですか？」

玲が首をかしげると、有島は懐から手帳を取り出し、何かを書き始めた。

「学者のくせに、こんなポエムみたいなことは言いたくないのだけど……」

有島が書いたのは、縦に並んだ六つの箱だった。1から6までの数字が振ってあり、だんだん小さくなっている。

「僕が引き出すときのイメージで、人の記憶は、海中に沈む箱に入っている。簡単な記憶は、水面に近い1の箱におさまって浮いていて、開けやすい。深くなるほど、本人が忘れている古いものや、重大な隠し事がしまわれている。指は鍵みたいなもの」

「指の本数で、開けられる箱が違うってことですか？」

玲の質問に、有島は黙ってペンを走らせた。

1　曖昧（あいまい）な記憶を正確に思い出す
2　見聞きしたが自覚していなかった記憶を思い出す
3　覚えているが意図的に隠していることを聞き出す
4　忘れた古い記憶
5　重大な隠し事
（6　開けてはいけない箱。トラウマや人格形成に深く関わる）


「たいていは1で済むのだけど、ナンバープレートのように、一瞬目に入っただけで本人が自覚していないことだと、2を使わざるを得なくなる」

深い箱ほど体に負担がかかるらしい。1でも五〇〇m全力ダッシュくらいの感覚だというから、相当無理をさせてしまったようだ。

「こんな能力、人に知られたら生きづらいことこの上ないから、普段は絶対に出さないようにしているのだけど……近ごろ、これが効かない人間を発見してね。何を聞いてもぜんっぜん思い出さないの」

「……あ！　わたしですか⁉」

「そう。君、3まで使ってもさっぱりだったでしょう」

玲はハッとして、散々聞かれた有島の謎の質問を思い出す。

最初に図書館で会ったとき、閉架書庫の床に積んであった書名を答えられずにいたら、超常現象を見たかのような顔で驚いていた。3についても思い至る。ここに入ったときに、有島は唐突に、黒ひげ危機一発に刺さった短剣の数を数えた。あれは違和感なく指を三本立てるためだったのか。

なるほど……とつぶやく玲の目の前で、有島がピースサインを作る。

「不破の警察手帳の証票番号」

「……………全く思い出せません」

「ぼーっとしたりは？」

「いえ、元気です」

「……っはあ。最悪だ、無駄に体力を使うだけで、何も得るものが無いなんて」

ふたりのやりとりを見て、不破が腹を抱えて大笑いする。

「うわ、まじ？　すげえー、マジで効かないんだ！　信じらんねえ」

「全然ピンときてません」

「俺なんて、捜査中に容疑者にかけたときのもらい事故で、チラッと見ただけなのに何回もかかっちゃってさ」

ゲラゲラ笑う不破の横で、有島は何やらつぶやいている。

「なるほど……効かない相手でも体力は消耗するという、新たなことが分かって……ちょっと、他にも知りたいことはあるけども……」

ごにょごにょと口ごもる有島の代わりに、不破がニヤけながら言う。

「そういうわけで、有島せんせー、玲ちゃんに興味津々なんだってさ」

「その言い方は語弊がある」

「素直に言えよ～、ゼミ入ってほしいんだろ？」

「………僕は、この世に催眠術なんて無いことを証明したい」

真顔、だが、少しむくれているようにも見える。

というか、ハンモックでゆらゆらしていたり、ワニで遊んでいたり……照れ隠しなのかなんなのかは分からないが、きょうの有島は、なんだか子供みたいだ。

「いや、先生すみません。無理です。わたし日本文学科に進むつもりで、専攻希望用紙をもう書いちゃったんで」

京橋大学は、三年生から専攻が分かれる。同じ文学部でも、日本文学を専攻したら、心理学の有島ゼミに入ることはできない。

「書き直して。心理学科に」

「ええ？　嫌ですよ。なんで先生の実験台になるために進路変えなくちゃいけないんですか」

「君、好きな作家は？」

「……？　坂口安吾です、けど」

意図不明の質問に首をかしげていると、有島はすーっと目を細め、小声でささやいた。

「もし入ってくれたら、『堕落論』を最新の社会心理学で解説してあげる」

「え……っ！」

「芥川が死に際に抱いた『ぼんやりした不安』の正体も、松本清張が社会派ミステリとして爆売れした理由も、村上春樹のファンが熱狂的なハルキストになる仕組みも、僕のゼミに来てくれれば、一緒に考えてあげられる」

あまりに魅力的な誘惑だった。有島の言っていることはワガママっ子とほぼ変わらないはずなのに——大変不本意ながら、自分が絆されきるまであと三十秒もかからないであろうことは分かる。

「で、入るの？」

有島の膝の上に載ったアヒルが、無愛想な持ち主の代わりに、うるうるした目で玲をじっと見ている。

陥落完了。好奇心の羅針盤の針が、有島ゼミの方角にピッタリ向いてしまった。

玲は鞄から用紙を取り出し、豪快に修正テープを引く。

「あの、有島ゼミでやることって、就活のエントリーシートのガクチカに書きやすいですか？」

「ガクチカ……？　ああ、学生時代に力を入れたこと？」

「はい。そこをどれだけ充実させられるかが、就活では大事なので」

玲がボールペンを取り出す。有島は腕を組み、ちょっと考えてから言った。

「まあ、心理学は実験やフィールドワークが多いし、書くネタは色々できると思うよ」

「なるほど。じゃあ、そっちの指導もお願いします。わたし、家族のために稼げるところに就職しないといけないんで」

大きな文字で『心理学科』と上書きする。不破が口笛を吹くと、有島は思い切り舌打ちした。そして、出て行けと言わんばかりに、ドアをあごでしゃくる。

不破はわざとらしく両腕を擦り、「こえーこえー」と笑いながら、隠し扉へ向かった。

「じゃ、そろそろ帰るわ。ちなみに情報なんだけど、有島が顔ふいってするやつ、感じ悪いわけじゃないからね。急に催眠発動しないように、普段から指も差さねーし手も振んないってだけなのよ。ほんとは優しいからさ、せんせー」

「帰れ」

ケラケラ笑いながら、不破が去っていく。有島を見ると、指を出したり引っ込めたりしながら、玲の姿をチラチラ見ている。

「……目を見なければ発動しないのかな。いや……多少なら顔を見ていても大丈夫そう。……もうちょっとどうかな……、あ、結構いけそう……じっと見なければ……日常動作くらいは……いや。あれ、いけるかも」

ブツブツつぶやく有島を見ていたら、だんだん面白くなってきてしまった。

「もしかして、わたし相手なら、指出しても大丈夫そうですか？」

「そのようだね。普段は、うっかり指を出した状態で会話をすると、意図せず催眠が発動して、体力を消耗してしまう。でも君相手なら、使うつもりがなければ。ほら」

有島は無表情でピースサインを作り、顔の前で振る。

「旧ゼミ棟の階段は全部で何段だっけな」

「知りません」

「……お互い変化なし」

　ボソッとつぶやく有島は、なんだかホッとしているようだ。

　玲はニヤニヤとしてしまいそうになるのを堪えながら言った。

「有島先生、ゼミに入ったら、ビシバシご指導お願いします。もうあっちこっち指差して指図しまくって、バンバンこき使ってくれていいですよ。わたし、効かないので」

　ガッツポーズをしてみせると、有島は目を丸くして驚き――

「記憶すっからかんなんじゃないの」

　仏頂面をさらに険しくした顔で、五本指を開いてシッシッと手を払う。

「また来ます！」

　隠し扉を閉める寸前、両手を机の上に置いて、不思議そうに眺める有島の表情が強く印象に残った。研究者というよりは、弟妹とあまり変わらないように見えたからだ。

　小さな子供が、知らないことに出会ったときの、純真で素朴な表情だ。

二章　ヘグムラプタ教育塾事件

春、である。軽いブルゾンを羽織って外へ出ると、雲ひとつない青空だった。上の弟、中学二年の丈は、玲と同じくきょうから新学期だ。最寄り駅方面まで歩きながら、軽く会話をする。

「いいよなー、小学生は春休み長くて」

「二日違いでしょ。誤差誤差」

「ただ休みが短いのと、きょうだいが休んでるときに学校あるのは違くねえ？」

そういえばさっき、制服に着替える丈の周りを、小六の景がぐるぐる回りながら『おれはまだ休み～』と言って煽（あお）っていた。

去年なら一番下の蘭も一緒になって真似をしていたはずだが、四年生に上がってお姉さん気分になったのか、お調子者の兄を冷ややかに見つつ、行儀良く朝食の納豆を食べていた。

「クラス、野球部の仲いい子と一緒になるといいね」

「いまさらお願いしたって、もう決まっててプリントに印刷されてるわけだし。見るのが楽しみってだけだな。てかむしろ姉ちゃんの方が緊張してんじゃねーの？」

玲は苦笑いしながら、いつの間にか背丈を追い抜かれてしまった弟を見上げる。

「緊張ってほどじゃないよ。ただ、三年からはゼミっていう新しいのが始まるから——」

言いかけたところで、遠くの方に、大きなスポーツバッグを背負った学ラン姿が見えた。丈の友達だ。

玲は丈の背中をぽんと叩きながら微笑む。

「じゃあ、気をつけて。きょうはお姉ちゃんバイトなくて夕方には帰るから、いつもより少し夕飯早くなるからね。景と蘭が夕飯前の変な時間におやつ食べちゃわないように、見張っておいて」

「了解。行ってきまーす」

なかなかの速度で走ってゆく弟を見送ると、ようやく、自分の新年度への期待と緊張のようなものを感じる時間になる。

ゼミの抽選結果は、春休み中に出た。

外れるはずはないと思いつつ、少しだけドキドキしながら大学のポータルサイトを開き、マイページに飛ぶと、無事第一志望の有島ゼミに入れていた。

それにしても、有島ゼミというのは、本人の人格そのものを表しているような奇妙さがある。

まず、定員五人という少なさから、有島の人嫌いがにじみ出ている。なるべく入らないでくれと言わんばかりに、ゼミのリストの一番下にあった。

バイト先に文学部の先輩がいるので聞いたところ、やはり有島ゼミには、誰も入りたがらないらしい。

有島という人間が圧倒的にとっつきにくいうえに、ゼミの内容がスパルタで有名で、実験、フィールドワーク、ディベートなど盛りだくさんなのに加え、三年のうちから月一でレポートをまとめて発表しなければならないという。心理より先に、統計学や、パソコンの高度な使い方を叩き込まれるので、早々に心が折れる学生も多い。

……という諸々(もろもろ)の事情から、昨年はひとりだけだったと聞いた。旧ゼミ棟に看板が無かったのもうなずける。

もし、玲以外に三年が入ってこなかったら、その先輩とふたりで有島のスパルタ教育を受けることになるのだろうか。

駅はいつもよりかなり混雑していた。真新しい制服姿の高校生や、スマホと電光掲示板を見比べて不安そうにしているひとの多さで、思いがけず春を感じる。

ホームに滑り込んできた電車に乗り、偶然空いた目の前の席は親子連れに譲って、つり革につかまる。電車が滑らかに動き出すと、玲はスマホを開いた。

スーパーのチラシアプリとＴｉｋＴｏｋで、節約料理や百均の便利グッズを見るのが、朝の日課だ。

良く言えば倹約家、悪く言うとドケチが染み付いた性格の玲は、十円でも得をすると、その日一日幸せになれる。時短ワザも大好き。逆に、水道を出しっぱなしにしていると、一円玉をジャラジャラと排水溝に流しているような気持ちになり、具合が悪くなってくる。

玲が難関の京橋大学を目指したきっかけも、『バシ大はお得かもしれない』と思ったのが始まりだった。

国公立であれば、学費が安い。中央線の終点・東京駅までの定期券が手に入るうえに、スタバと遜色ないようなおしゃれ図書館のテラス席が、無料で使い放題。それに、来るべき就活戦線に勝つためには、バシ大のネームバリューが必要だと思った。

自由だ平等だと並べ立てても、結局は学歴社会だ。偏差値は未来の生活力に直結する。せっかく同じ予備校代を払っているならなるべくいい大学に行きたいし、東京のことはよく知らない祖父母も、京橋に受かったと言えばきっと喜んでくれると思った。

そんな漠然とした理由で決めた京橋大学文学部の専攻は、日本文学、諸外国の語学、哲学、考古学……と、多岐にわたる。

四年かけてたっぷり日本文学を学ぶつもりだったのに、まさか心理学を学ぶことになるとは——人生何があるか分からない。

周りを見回す。人は、社会のなかで生きている。全く違う他人に囲まれているから、わたしは私という個人を認識できる。

そんなことを、人嫌いのあの先生に教わるのだろうか。

初日の講義は全て、教授の自己紹介や一年間の授業の流れ、参考図書の説明などで終わった。

午後の休憩を挟み、残すはゼミのみである。

玲の隣を歩く真紀はすっかり元気を取り戻していて、春休み中にばっさり髪を切り、心機一転の様子だ。

「ゼミ楽しみだなー。どんなことやるんだろ」

英文科に進んだ真紀が選んだのは、海外文学の翻訳の歴史を学ぶゼミだ。

出版社志望の真紀にとって、人気ゼミの抽選を勝ち取ったのは、夢への第一歩だ。

『しょうもない配信の抽選で運を使わなくてよかった』と言って笑っているのを見て、玲は、あの事件の本当の終息を感じたのだった。

「玲のとこ、有島先生だっけ？　極端に人が少ないの、ちょっと心配。先生怖いんじゃない？」

「うーん、まあ、大丈夫じゃないかな。作業量が多いから不人気ってことみたいだし」

「もしアカハラみたいなのあったらすぐ言ってね？」

真紀には、ユイリの交流イベントに潜入したことは全く伝えていない。ニュースで知ったというていで貫き通しており、有島とは面識が無いことになっているし、心理系ゼミに入ったのは、河合隼雄（かわいはやお）御大の著作に激ハマりしたと言ってごまかした。

「大丈夫、大丈夫。変わってるって言ったって、准教授やってるくらいだから、普通に常識とかはあると思うよ」

　ヘラヘラ笑ってみせながら、心の中で謝る。思いきり嘘だ。本当は、有島が一般的な常識や人らしい情緒を持ち合わせていないことは、既に十分すぎるほど承知している。

　優しい真紀に心配をかけないためにも、有島の人間性については絶対に漏らすまいと心に誓う。そして願わくは、唯一の先輩がまともなひとでありますように……。

　真紀と別れ、旧ゼミ棟の階段を上がってゆく。

「はあ。これ、エレベーター無いのキツいな」

　小さくつぶやきながら階段を上がり、三階に着いて顔を上げると……。

「ぎゃっ⁉」

　思わず大声が口から飛び出す。目線の先、廊下のどん詰まりに、カラフルな風船や星のガーランドが飾り付けられていたからだ。

　金色のキラキラモールで縁取られた段ボールには、店頭ポップのような丸文字で『ようこそ有島ゼミへ！』と書いてある。

　玲は思わず後ずさり、顔を引きつらせた。

　有島がこんなことをするはずがない。となると、これは先輩が作ったものだと推察される。有島の苦情や文句や嫌味その他諸々を無視してこれを製作できるとは、どれほどの強メンタルの持ち主なのか？

玲がためらっていると、ドアがバンと開いた。そして、顔だけがひょっこりと現れる。

「あー！　きみが織辺さん⁉」

目を輝かせながら走ってきたのは、派手な男子学生だった。きれいなマッシュルームボブの金髪に、子犬のようなくりくりの瞳。戦隊ヒーローの若手俳優のような、甘ったるい顔の造りをしている。

目の前までやってきた先輩と思しき人物は、ぷっくりとした唇をアヒルのようにとがらせ、小首をかしげた。

「織辺さんだよね？」

「……あ、はい。心理学科三年の織辺玲です。……えっと、有島ゼミの方ですか？」

「そそ！　もー、超待ってたよ。待望の後輩ちゃん」

玲は引いたまま、ぎこちなく頭を下げる。口ぶりからして、おそらく三年生は玲ひとりなのだろう。悪い予感が当たってしまった。

「よろしくお願いします……」

目線を上げるついでに観察してみると、先輩は、典型的な陽のオーラを放つタイプの大学生という出で立ちだった。

大きめシルエットのパーカーは淡いパープルで中性的な雰囲気だが、細身のブラックデニムはダメージ加工で切り刻まれているし、ピアスや指輪が結構ゴツい。心理学科生というよりは、バンドマンだと言われた方がしっくりくる。

正直、有島ゼミに所属するなんて、きっと変なひとだろうと思っていた。しかし、ガリ勉の心理学オタクの方向で想像していたため、これは予想外だ。

「おいで。先生待ってるから」

ちょいちょいと手招きされ、うまく言葉が発せないままついていく。部屋に入ると、仏頂面の有島が、書棚に張り巡らされたキラキラモールを回収しているところだった。

「雨月先生、新人ちゃんをお連れしました！」

「ねえ三井くん、いつの間にこんな面倒なものこさえたの」

「先生があちらでお昼寝している間です」

有島はちらりとだけ玲の顔を見ると、大きくため息をついた。

「勘違いしないでほしいのは、いつもこうではない、と」

なんと反応すればよいのやら。いや、ノーコメントが無難か。

玲がおずおずと頭を下げると、有島はさらに深くため息をつき、棒読みで言った。

「有島ゼミへようこそ。准教授の有島雨月です。そちらは四年生の三井くん」

「三井実です。エリク・エリクソンみたいで可愛い名前ってよく言われます」

「はい？」

玲が目をぱちぱちさせていると、三井は不思議そうな顔で首をかしげた。

「あれー？　これ、心理系の子に言ったら確実に笑い取れる鉄板ネタなのになぁ。面白くなかった？」

「いや、すみません。心理学なにも知らなくて」

「え、知らないのに有島ゼミに来たの？　だいじょぶ？　希望のゼミ落ちまくった？」

「いえ……一応、第一希望で」

玲は助けを求めるように、有島を盗み見る。しかし当然と言うべきか、玲が困った表情を浮かべていることに、有島が気づく様子はない。かったるそうにパイプいすに座り、長机に頬杖をついている。

失敗した。有島が三井にどこまで話しているのか、あらかじめ聞いておくべきだった。もしユイリの件を伏せているのだとしたら、完全に間違えて入ってきた後輩キャラになってしまう。

玲はしどろもどろになりながら、無難な答えを口にする。

「えーと……わたし、ガクチカを充実させたくて。有島ゼミは理系の研究室並にレポート書くって聞いたので、成果物がたくさんできるのは、就活にいいかなと」

「おー、なるほどなるほど。それは見る目あるね。雨月先生は、教鞭を執りながら、社会心理学者としても最前線でバンバン結果出されてる超すごい方だから。頑張ってついていけば、一生ものの知識と根性がつくよ」

満面の笑みの三井と、電源オフ状態の有島を見比べながら、内心驚く。こんな他人への関心ゼロみたいな人物が、複数の場で活躍しているとは。

「オレなんて、雨月先生に教えてもらうためだけにバシ大に来たからね」

「……僕のことはいいでしょう。ふたりとも座って。ゼミの説明をするから」

三井が「はい！」と大きく返事をする。有島への態度は、さながら忠犬のようだ。

「まず、当ゼミは毎週月水金曜日で、やることが間に合っていない場合は、それ以外の日にも来てもらいます。四月中は、実験や統計のやり方と、論文の読み書きの練習期間とします。五月以降は、毎月第四金曜日に簡単な論文を提出してもらいます。最初は本を調べたまとめ程度でいいので、書くことに慣れてください。それから——」

メモをとる間も無いほど、どんどん説明が進んでいく。とにかく忙しいのはよく分かった。

「分からないことがあったら、僕や三井くんに相談して」

と言うその顔が無表情すぎて、本当に有島に相談できるのか——授業外の質問に応じないというのは、ゼミは適用外なのだろうか？

そんなことを考えていたら、三井が有島と玲を見比べながら言った。

「おふたり、親しいんですか？」

唐突な質問に、玲は慌てる。

「えっ？　いや？　親しくは……なんでそんなこと思うんですか？」

「雨月先生はあまり個人に興味を持たれない方だけど、さすがに織辺さんのこと聞かなすぎじゃない？　と思って。きみも、自分の情報を開示しようみたいな態度が全く見られなかったし。少なくとも、初対面ではないでしょ」

さすが心理学科生、よく見ている。これは最初に正直に言ってしまった方が、のちにこじれない気がする。しかし、どう言うのが正しいのか。

玲が言葉を選んでいると、有島は長机の上に山盛りになったキラキラモールを端に寄せながら言った。

「不破の世話になった子。妙な巻き込まれ方をしたの」

日本語とは便利なものである。主語を抜いてしまえば、嘘も嘘にならない。

「ああ、なるほど。その現場に雨月先生もいらしたんですね」

三井は納得したようだ。有島が警察に捜査協力していることは、三井も知っているのだろう。不破がここを訪れるのも、日常なのかもしれない。

「じゃあ、演習を始めるよ。きょうは、僕が過去に実施したアンケートを使って、中央値の出し方を覚えたあと、適切なグラフの種類を考えて完成させてください」

中央値……なんだっけ。数学の用語は全て、高校の卒業式に置いてきてしまった。

最初の二週間で、有島ゼミの『スパルタ』が文字どおりであることも知った。

「終わりましたッ！」

玲が右手を上げるのと同時に、有島がストップウォッチのボタンを止める。

「……五分二十二秒。うん、遅い」

有島は無言で玲のパソコンのモニターを覗き込む。玲は「うー」とうめきながら、机の空いたスペースに額を載せる。

　論文検索ＲＴＡ——毎回ゼミのはじめに行われる基礎練だ。膨大な論文のデータベースから、有島が指定したキーワードに関わる先行研究を三本探すという、リアルタイムアタック。短距離走の走り込みに近い。

　有島曰（いわ）く、書くことと調べることは表裏一体なのだという。良い文を書く者は、調べ方がうまい。なるべく短時間、少ない検索ワードで必要な情報を得られるようになることが研究の第一歩……という有島の持論のもと、三井も毎回欠かさずこの基礎練を行っている。

　一年間続けている三井は速さも正確性も段違いで、同じキーワードを調べたはずなのに、玲には全く見つけられなかったテキストが、三井のモニターには表示されている。

「三井先輩はすごいです。見てるものが全然違う感じがします」

「いやいや、オレの最初のころに比べたら玲の方がよっぽど優秀。ですよね、先生？」

「三井くんの場合は、キーボードの使い方からスタートだったからね。後にも先にも君だけだと思うよ、『スマホで検索した方が早いんですけど』なんて言う学生は」

　有島が玲の検索結果をスクロールして見ている横で、三井は目を細めて微笑む。

「だいじょぶ、玲は頑張ってるよ」

「あ……ありがとうございます」

　玲は小声でつぶやき、床に視線をさまよわせた。

正直に言って、男性に呼び捨てにされたことがない。ものすごく落ち着かない。

お姉ちゃん気質が全面に出ているのか、同級生の男子からは頼られることが圧倒的に多く、高校の部活やバイトの先輩たちからも、織辺さんと呼ばれていた。初手から下の名前で呼んできた不破でさえも、ちゃんづけだった。

「頑張り屋さんなのは玲のいいところだけど、疲れちゃったりしたら、ちゃんと言うんだよ？　オレもなるべく玲のこと――」

三井の言葉にかぶせるように、有島がぶっきらぼうに言った。玲が顔を上げる。

「……いい、と言いますと？」

「及第点。いいの。基礎練終わり。三井くん、悪いんだけど事務センターから僕宛の郵送物とってきてくれる？」

なんか、機嫌悪い？……と玲は身構えたのだが、当の三井は、突然暴君のようなことを言い出す有島の対応には慣れているようだ。機嫌よく「はーい」と返事をして、部屋を出て行く。

有島は長机の隅に軽く腰掛け、問いかけてくる。

「催眠術と催眠療法の違いは分かった？」

「まだおぼろげですけど、少し分かってきました」

玲にだけ出されている特別な課題。催眠とはなんなのか、だ。

玲は、考えをまとめてきたレポート用紙を取り出す。

「ええと……まず、行う環境が全然違います。『催眠術』は人に見せるショーで、始める前に予備催眠をかけたあと、本番で即興的にかけていきます。『催眠療法』では、病院のベッドなどゆったりしたところで、対象者の話を聞きながら少しずつかけていきます」

「内容の違いは？」

「催眠術は、相手の体の緊張や脳の錯覚などを利用して、対象者が自分の意思とは関係ない動きをしてしまうように誘導します。たとえば、いすから立てないという暗示は、催眠術師が体を操って立てないようにしているわけではなくて、対象者が『立てない』という脳の錯覚を起こすようにかけます。だから、催眠術では眠くなりません」

「催眠療法は？」

「言葉や環境でリラックス状態にして、眠る寸前のような感覚にしてから、施術者が質問をして、過去の記憶や幼少期のこと、トラウマなどを話すよう促していきます。基本的には話を聞くカウンセリングと同じなので、指パッチンで眠らせるようなことはできません」

玲の話を聞き終えると、有島は「ふむ」と言いながら腕を組んだ。

「検索結果の上から五つをコピペしたみたいな話しぶりだね」

「うう……まだ自分の言葉で説明できるような理解はできてないです」

「でもまあ、コピー元選びは悪くないから、インターネットに頼りすぎるのをやめたらいいんじゃないの。閲覧したウェブサイトのURLは？」

「覚えてません」

「チッ」

有島はさりげなく上げていた二本指を下げ、軽く咳込む。

このように、不意打ちで催眠のテストをされることは日常なのだが、一度もかかったことはない。

「では、もうひとつ質問。こちらは間違っていてもいいから君の考えを教えてほしいのだけど……催眠術師や催眠療法士について、世間で一番誤解されていることはなんだと思う？」

「うーん……なんだろう。『かけるひとに、特別な能力がある』と思われているところ、とか？」

「うん、それもひとつの答えだね。術にせよ療法にせよ、かける側がやることは、対象者が最初から持っているものを引き出すのが役割なので、結局は『話術』というところに尽きる。かける側に特別な超能力があるわけではない」

「でも先生はなんか使えちゃう」

玲がちょっとおどけて言うと、有島は極限まで不快の表情を浮かべながら言った。

「違います。指で数字を作っただけで過去の記憶が聞けるなんて、そんな非科学的なことあるわけないでしょう。何か別の仕組みがあるはずなの。というか催眠療法も決して科学的ではないからね。眠くなったら記憶が蘇るなんて、理屈に合わないもの」

弾丸のような早口。ほとんど息継ぎ無しでまくしたてた有島は、最後にこう言いきって話を締めた。

「日本国内の大学の心理系学部に、催眠療法学科は存在しません」

むっすりと黙る有島を見て、玲は思う。

このひとは、自分の体の中に科学で説明できないことがあるのが許せないのかもしれない。あるいは、催眠術が存在しないことをはっきり証明できないのが悔しいのだろうか。

もしも、人嫌いの有島が心理学にこだわる理由がそこにあるのだとしたら、若くして頭角を現す輝かしい成果は全て、その苦しみや足掻きの産物ということになる。

部屋を覆い尽くす書棚の全てが、有島雨月の傷に見えてくる。自身の体に爪を立ててバリバリと掻いたような、無数の傷痕だ。

「あー、むっりっだっ」

玲はコピー用紙に書き続けていたグラフの計算をあきらめ、シャープペンシルを放り出した。

有島が出す課題は、知識ゼロの玲の能力では、一コマ九十分以内にできるものでは到底ない。結局きょうも居残りをしている。

　三井が空いている日は手伝ってくれるのだが、きょうは予定があるらしく、帰っていった。有島は時間きっかりに隠し部屋にこもるので、質問することはできない。

　長机の上にうずたかく積み上げられた参考書を見てげんなりしていると、背後のドアがコンコンとノックされた。

「ありしまー、いるー？」

　不破の声だ。

「はい、はい。いま開けますっ」

　書いていた紙を裏返して端に寄せ、急いでドアを開ける。不破は少し驚いたように眉を上げたあと、ニッコリ微笑んだ。

「玲ちゃん、久しぶりだな。どう、有島ゼミは」

「うーん……すごい大変ですけど、なんとかついていけるように頑張ってます」

「そかそか。で、せんせーは？」

「向こうの部屋に居ます。きょうはもう講義無いはずなので、ちょっと休憩したら帰るんじゃないかと」

　不破が慣れた様子で本棚をずらす……と。

「あれ？　いねーな？」

「え!?　いや、居ないわけないですよ、出てきてないんで」

ふたりで部屋に踏み込むと、たしかに有島の姿はなかった。ついでに言うと、ハンモックの上にあるはずのマイクロファイバーのブランケットも無い。

不破は大笑いしながら、ハンモックの裏の観葉植物をどけた。一見ただの壁だが、よく見ると、爪を引っ掛けるタイプの取っ手がついている。

「ここにね、あんのよ。秘密の抜け穴が」

「ええー？　有島先生、どこ行ったんでしょうか」

「まあ、パターンは四つだから。玲ちゃんもついてきてくれたら、有島の隠れ場所を教えてあげるよ」

神出鬼没の方法が、この隠し部屋だけじゃなかったなんて。

……と、ここで玲は、有島との初対面を思い出す。

「わたし、有島先生が閉架書庫でごはん食べてるの見たことあるんですけど」

「おお？　それは超レアだな。芝生マットでピクニックしてただろ」

「そうです。不破さんも見たことあるんですか？」

「一回だけ。扉の隙間からチラッと見ちまったんだが、なんかもう鬼の形相で、見たかどうか迫ってきてさ。見たっつったら、『いますぐ忘れろ』『なぜ記憶を消すことができないんだこの中途半端な忌々しい無駄な特技は……』とかぶつぶつ云々って、こえーよ」

「ピクニック目撃は地雷だったんですかね……」

不破が把握している有島の生息地は、四カ所らしい。研究室の隠し部屋、閉架書庫、箱庭療法の実習室、そして……。

「ここが、有島動物園ね」

連れてこられたのは、旧ゼミ棟の一階奥。廊下には窓が無く、切れかけの蛍光灯が不規則に点滅しており、薄気味悪い。

「心理学は実験にハトやネズミを使うだろ？　有島がここで世話してるんだ」

「へえ……知らなかったです」

ズタズタに解剖とかしてたらどうしよう……という玲の不安をよそに、不破はのんきな声でノックをした。

「ありしまー、入るぞー」

大きく開いた室内は、端的に言って、楽園だった。

部屋の中央には、大きな止まり木がある。湿っぽい廊下から一転、天窓から降り注ぐ太陽光が、青々とした葉の隙間から入って、木漏れ日を作り出していた。

数羽の白いハトが、木箱から顔を出して、玲たちを見ている。

部屋の隅には、二畳くらいはありそうな、二階建ての大型ケージがあった。カラフルな回し車や迷路など、まるで遊園地のようになっている。寝袋の中ですやすや眠っているのは、ネズミの親子だ。

止まり木の向こう側、窓際から、ギィッと木がきしむ音がする。覗（のぞ）いてみると、ロッキングチェアに沈んだ有島が、ミニチュアの怪獣のようなトカゲを胸に乗せて、ゆっくりと撫でていた。

金色のトカゲがキョロッと首をこちらに向ける。有島にくったりと体をあずけながら、つぶらな瞳で、見知らぬ客人を観察しているようだ。

玲は顔をほころばせ、とろけるような声で言った。

「か、かっわいいー……」

「う？　マジ？　玲ちゃんアレ平気なの？」

「すごい可愛いです！　わたし、弟ふたりいるんで、子供のころトカゲとかよく捕まえて遊んでたんですよ。うわぁ、こんな大きい子、しかもあんなに懐いてるなんてうらやましいです。有島先生、触ってみてもいいですか？」

「嫌だよ。ていうか不破、どうして教えたの。不法侵入だよ」

「大学に住み着いてるお前の方が不法占拠だろ」

不破は笑いながらハトの木箱に近づき、口笛を吹いて気を引こうとしている。ハトは巣箱から抜け出すと、一直線に有島の方へ滑空し、ロッキングチェアのひじ掛けに止まった。二羽、三羽とそれに続き、有島は動物まみれになる。

「うーちゃん先生、全く新規の事件なんだけど、聞いてくれる？」

「内容による」

「弱者の親子が食いものにされて胸くそわりーやつ。いける？」

「聞きましょう」

有島はトカゲを肩に乗せて立ち上がり、壁際のラックに向かって、ゆっくりと歩き出した。その姿は、なんだか神々しい。ゴツゴツしたトカゲの皮膚が太陽光を取り込んで、輝いているように見えた。

有島が、トカゲをガラスケースの中へ戻しながら、ほんの少しだけ微笑んだ。

はじめて見る顔だった。

不破が持ち込んだ事件は、なんとも摑みどころのない話だった。

今朝、四月十四日未明の四時半過ぎ。東京都あきる野市の交番に、中学生と小学校低学年の姉妹が駆け込んできた。

『塾から逃げてきた』と言うが、揃って幾何学模様のワンピースに太い三つ編みという異様な格好なうえ、かなり混乱していて、ただの学習塾でないことは明らかだった。

話がめちゃくちゃで証言も食い違っているが、飛び飛びの話の中で信憑性が高そうなものは、他の子供も居て、集団で寝泊まりしていることと、その施設内でなんらかの虐待行為が行われていること。

他の子を置いて逃げてきてしまったので助けに行ってほしいというが、本人たちが、塾の場所やどうやって山を下ってきたのかも分かっておらず、捜索は難航している。

「なんで不破が調べてるの。子供の保護なんて、二課のすることじゃないでしょう」

「その子たちが言ってる『塾』が、うちが捜査してるマルチ商法団体かもって気づいた」

有島がぴくりと反応する。

「それ、誰かに話した？」

「直属の上司にだけ。一応、好きにやってこいって許可は出てるんだけど、いま所轄が総出で塾の施設を探してくれてるとこだから、下手に俺が行っても、無駄な対応が生まれて負担になるだけだろ。子供の命が最優先だし、本当に関係あるかも分かんねーこと聞き回って余計な手間かけさせるわけにもいかないっつう」

不破の発言は、玲にとっては意外なものだった。

よくある警察小説では、地元の警察が捜査しているところに、警視庁の偉い刑事がやってきて、命令してくるというような展開が多いように思う。現場の邪魔をしたくないという不破の姿勢は、好感が持てた。

「その塾とやらが、不破が追いかけているマルチだと思った根拠は？」

「俺が追っかけてんのは『ヘグムラプタ教育塾』ってとこで、引きこもりの小中学生を引き取って、不登校を治すって名目の団体。塾代を、高額教材のマルチ収入でまかなわせてる。その教材見本のなかに、『三半規管を揺らす絵』っていう、気色わりー幾何学模様の絵画があったんだわ」

「謎の塾から逃げ出してきた子供、服は幾何学模様……。無関係という方が無理なくらいだね」

不破の説明によると、マルチ商法とは、『商品を購入したひとが販売員になって、他人に商品を売ったり新たに販売員を勧誘したりすることで、売り上げや紹介料の利益を得られる』という仕組みのビジネスらしい。子会員を増やせばその分収入が増えるので、強引な勧誘等でトラブルが起きる。

ただ、マルチ商法などのネットワークビジネスは、それ自体は違法行為ではないため、会社を丸ごと摘発することが難しい。なので、個人の会員が事件を起こして逮捕したタイミングなどで、運営企業の捜査もできるよう、普段から下調べを行っている。

ヘグムラプタ教育塾は、半年ほど前に新設されたようだが、前身のスクールは、少なくとも十年以上前からあるらしい。しかし、黒い噂はあるものの、あと一歩のところで踏み込めない、巧妙な運営をしているのだという。

「膠着状態って感じで数年動きが無かったんだけど、ここんとこ急に、東京多摩方面の複数の所轄に、似たような教材販売の相談が何件も来ててさ。そっちの調査で動いてたら、幾何学模様の服を着た女の子が保護されたっつう話が偶然耳に入って」

「その子たちはいまどこに？」

「あきる野の秋川警察署ってとこ。秋川渓谷って分かる？」

「奥多摩の手前か」

スマホで検索すると、美しい山々がそびえ、穏やかな川が流れる、絶景スポットの画像が並んだ。東京とは思えない大自然だし、こんな綺麗な場所に怪しい塾があるというのも信じられない。

「一応山ん中にも、ハイキングコースとか車が通れる道はあんだけど、外れちまうとそれは即ち遭難なんだわ。っつーわけで、捜索に手こずってる理由は察してやってくれ」

不破が苦笑いするも、有島は無反応だ。何か別のことを考えているようにも見える。

「あの、その子たち、なんで半日以上も警察に居るんですか？　おうちに帰してあげた方がいいんじゃ……」

やっと出られたのだから、一刻も早く両親に会わせてあげた方がいいのではないかと、玲は思ったのだが。

「それがさあ、本人たちが帰りたくないって言ってて。夜に児童相談所が引き取りにくることになってるらしい」

「え？　親が居るのに児童相談所に行くことってあるんですか？」

「あるある。子供を警察で保護して、その子が帰りたくないって拒否してる場合は、すぐには家には帰さない。親に問題がある可能性があるからな。そういうときは、親の同意無しでそのまま児相に送れる」

児童相談所といえば、虐待されている子供が保護される場所というイメージだったが、そうとは限らないのか……。

「不登校を治すために、変な塾に放り込むような親だからな。家に帰したら、育児放棄されることもあり得るし、児相で一時保護がベストなんだけど……部外者の俺としては、ちょっと焦ってる」

不破曰く、児童相談所に引き渡してしまうと、無関係の二課の刑事が直接少女らの証言を聞くことは難しくなるらしい。また、塾施設の捜索自体も、監禁や暴行を伴っているとなると、秋川署が捜査本部を設置したり、捜査一課がメインになってくる可能性もある。そうなると、知能犯を追う二課は圧倒的に動きづらい。

このような諸々の事情を鑑みて、不破は今夜、児童相談所の迎えが来るまでに、少女らの話を聞かなければならない。有島の能力が頼みの綱ということだ。

不破は前髪を雑に掻き上げながら、申し訳なさそうに玲の顔を見た。

「それでー……できれば、玲ちゃんにもついてきてほしくて」

「えっ、わたし？　なんでですか？」

「明らかにデカい俺と愛想ゼロの有島ふたりで行って、女の子が話してくれるとは思えなくてさ」

現在、少女らの世話をしているのは秋川警察署の女性警察官だが、不破の独断で動いている現状で、所轄の警察官を同席させるのは少々まずいとのこと。

「わたしは行くのはかまわないんですけど、一般人を入れる方が問題になりません？」

「大丈夫。有島の関係者って言ったら絶対入れてもらえるから」

玲は内心おののきつつ、有島を盗み見る。このひとは、大学や学会だけでなく、警察にまで影響力がある人物なのか？

有島はサッと立ち上がり、動物たちの餌を補充し始める。

「首都高と中央道で二時間くらい？　これから帰宅ラッシュで混むよ。行くならさっさと行こう」

帰りが遅くなる可能性も考慮して、玲は母にラインを送る。

［玲：友達と飲みに行くことになって、遅くなるか泊まるかも］

［達子：泊まり!?　すごいじゃない。彼氏の写真、送ってね♡］

天然で早とちりな性格の母に、大きな勘違いをさせてしまった……。

有島の予言どおり、金曜夕方の首都高下り線は渋滞気味だった。買い込んだコンビニおにぎりなどを食べつつ秋川署に着いたのは、夜七時過ぎ。街は想像以上に暗い。

東京都あきる野市は、面積の約六割が山林だ。玲の自宅がある小金井市も、東京と呼ぶには田舎だと思っていたが、あきる野の山側は、街というより里山と呼んだ方がしっくりくるほどだった。

「すみません、警視庁の不破と申します。生安課の菅谷さんはいらっしゃいますか？」

呼ばれて現れたのは、五十代くらいの人当たりのよさそうな男性だった。生活安全課の課長だという。

「遠くからご苦労さまです。……ええと、そちらは？」

「社会心理学者の有島雨月さんと、実習生の織辺玲さんです」

有島と玲が会釈をすると、菅谷は応えるように微笑みを浮かべながら、有島に向かって尋ねた。

「有島さん……というと、有島保通さんのご親族かな？」

「息子です」

「そうでしたか。……あの事件は世間的にもショッキングな事件だったけれども、お父様の遺志を引き継いで社会心理学者になったのかな」

「そんな大それた理由ではないです。二十五年も前で幼いころの話ですし、記憶もあまり無いので」

有島は無表情のまま静かに答え、口をつぐむ。

玲は、はじめて聞く話題に驚いていた。有島が心理学を研究しているのは、催眠術だけが理由ではないらしい。しかも、幼少期に起きたなんらかの事件で、父親を亡くしている……？

不破がキョロキョロと署内を見渡しながら尋ねる。

「女の子たちの様子はどうですか。会っても大丈夫な状態でしょうか？」

「相変わらず言ってることはめちゃくちゃで、話してくれないことも多いですが、泣いて取り乱したりするようなことはないので、会話はできますよ。空き部屋に居るので、ついてきてください」

質素な廊下を進みながら、不破が菅谷に状況を聞く。

監禁現場の塾は未だ見つからず、近隣の聞き込みも続けているが、収穫は無し。山岳地帯を本格的に捜索するとなると、多方面への要請が必要になるため、ある程度の情報が集まらないことには動き出せない。

「不破さんが追っている団体は、どんなものですか」

「不登校や引きこもり状態の子供の自立支援と称して、家から直接連れ去っているようなんです。もしふたりがその団体の被害者だとしたら、家族からの申し込みで行われているはずなので、誘拐現場を目撃されることもなかったと思われます」

「なるほど……。それだと、色々説明がつくことがあるね。塾の場所が分からないのは、連れて来られたときは目隠しでもされていたのかもしれない」

部屋名のプレートも無い、質素な扉の前に着く。……と、不破が玲たちに、唐突な提案をした。

「あのさ、悪いんだけど、あだ名で呼び合うことにしてほしい」

「あだ名……というと？」

「ふわりん、玲ちゃん、うーちゃん先生」

有島は心底嫌そうな顔をしているが、文句を言う様子はなく、一定の理解を示す。

「……まあ、本名や何者かを明かしてしまうと、のちのち面倒になるしね」

カウンセリングや精神医療の現場では、患者が悩みを打ち明けるうち、カウンセラーや医師に依存してしまうというケースが少なくないという。それを防ぐため、必要以上の個人情報は教えないのが鉄則である。

不破としては、警戒されると話が聞けなくなるので、なるべくカジュアルな印象を持ってもらいたいということだった。

「菅谷さん、大変申し訳ないのですが、署の方は席を外していただいて、私たち三人で話を聞く形でもよろしいでしょうか」

「分かりました。イケメンと優しいお姉さんが来たら、何か話す気になってくれるかもしれない」

菅谷が冗談まじりに笑いながら、コンコンとノックをする。「入るよ」と声を掛けると、中から「はい」という控えめな声が聞こえた。

不破がドアを半分開けて、顔だけ出す。

「やほー、こんにちは。警視庁から来ました、不破っていいます。お話聞かせてもらっていい？」

不破は部屋には入らず、その姿勢のまま少女らと話している。

玲は有島に服の裾を引っ張られ、廊下の隅に移動した。作戦会議だろうか……と思ったが、有島の口から出たのは、なんともひねくれた注意だった。

「君はただ座っていればいいから。感情移入して余計なことを言わないように」

「い、言わないですよ。警察の捜査に勝手に口出しません」

「どうかな。『女の子同士分かってあげられる』なんて思っているとしたら、それは慢心だよ」

慢心――グサッと刺さるが、怯(ひる)んではいられない。不破からは、女の子たちを安心させる役割を仰せつかってここに来たのだ。

「先生の方こそ、デリカシーのないことを言って、ちっちゃい子泣かせたりしないでくださいよ。わたしが睨(にら)んだら口閉じてください」

断固とした態度で迫るも、有島は何も答えず、むすっとしている。有島の欠落した情緒を補うために頑張らねばと、玲は固く誓う。

「……で、先生はどういう質問をするんですか？　なるべく少ない回数で聞かないといけないんですよね？」

「うん。見立てでは、ふたりの話がめちゃくちゃだったり食い違ったりしているのは、それぞれに、隠したいことや警察に言いづらいことがあるからではないかと思っている。ふたり相手だと、1の積み重ねでもあっという間に膨れ上がるから、何個聞けるか」

「いや、1で簡単な記憶をたくさん聞くより、3の『覚えているが意図的に隠していることを聞き出す』を使ってズバリ聞いちゃった方が、節約になりません？」

何か隠しているなら、核心の部分を聞き出してしまえば全解決――玲はそう思ったのだが、有島は首を横に振る。

「なるべく、言いたくないことは言わせたくない」

「それじゃあ催眠の意味なくないですか？　普通の事情聴取と変わらないような……」

有島は深くため息をつき、淡々と語り出した。

「人はなぜ秘密を秘密にするのか。言いたくないし、知られたくないからだよ。知られたくないことを無理やり言わされるのは、すごく恥ずかしくて屈辱的なことなの」

「あ、そっか。催眠にかかっているときに話したことは、解けたあとも覚えてるから」

有島は神妙な顔でうなずく。

「絶対に言いたくなかったことを言わされて、辱められたという記憶は、そのまま心の傷になる。悲しみや苦しさと同じくらい、恥の記憶というのは強烈に脳に焼き付けられるし、何度もよみがえってくる。他人にも影響が及ぶような秘密だったら、責任感や自己嫌悪に押しつぶされるかもしれない」

「なるほど。言っちゃったってこと自体が、トラウマになるかもしれないんですね」

有島はふいっと顔をそむけ、不破が手を掛けて寄りかかるドアを見つめる。

「そういうわけで、基本的に、3より深い記憶の箱をこじ開けてしまった相手とは、二度とまともに話せないと考えてほしい。無理やり聞き出してくるような人間なんて、関わっていたら、また同じように恥ずかしいことを言わされるかもしれないのだもの。返事もしてくれなくなるよ」

「え……っ、そんな」

有島の態度は、事実を言っているだけという感じだった。悲しそうとかつらそうという様子は見られない。でも本当は、有島は能力を使うたびに傷ついているのではないだろうか？　不破はそのことを承知のうえで、有島に依頼しているのか？

玲が動揺していると、不破がドアを大きく開けながら、笑顔で手招きした。

「おーい、ふたり。話してくれるってさ」

「はい、行きます！　有島先生も、行きましょう」

「張り切らないで」

なるべく誰も傷つかない形で聞き取りを終えたい。自分には何ができるだろう？


ローテーブルを挟んで対面に置かれたソファに、聞いたとおりの異様なワンピースに身を包んだ女の子ふたりが、身を寄せ合うように座っていた。不破はニコニコしながら、手のひらでふたりの方を指す。

「えーと、こちら、お姉さんの方が高崎聖奈（たかさきせいな）ちゃんで、中学二年生。ちっちゃい子が妹の花乃（かの）ちゃんで、小一だって」

色白で清楚（せいそ）な雰囲気の聖奈と、丸い二重の瞳（ひとみ）が印象的な花乃。こんな状況でなければきっと笑顔が素敵な姉妹のはずだが、その顔に生気は無く、何もかもに怯（おび）えている様子だった。

ふたりは黒地に細い白線で描かれた幾何学模様のワンピースを着ている。花乃の胸には安全ピンでぶら下げるタイプのエンブレムがついていて、歪（いびつ）な星が刺繍（ししゅう）されたそれを、落ち着きなくいじくっている。

自分の弟妹たちと重なり、胸が痛む。

小中学生の子が、急に拉致同然で知らない場所へ連れて来られて、逃げ場もなく助けも求められない環境に閉じこめられるなんて……一体どれほどの絶望を味わっただろうか？

不破はふたりの目線まで腰をかがめ、にっこり笑って言った。

「俺の名前は、不破。刑事さんで、おしゃべりをしにきました。ふわりんって呼んで？　こっちの可愛いお姉さんは、玲ちゃん。大学生。で、このむっすーってしてるお兄さんは、うーちゃん先生っていって、めっっっちゃすごい先生なの。全然笑わない代わりに、何言っても絶対怒んないし誰にも言わないから、遠慮無くしゃべってね」

ふたりはおずおずとうなずく。警戒心は解けてきたようだが、どうしていいか分からないと顔に書いてある。

「お隣、座ってもいいかな？」

玲は努めて明るく振る舞い、笑顔を向ける。ふたりは視線をさまよわせながら、真ん中にひとり分のスペースを空けた。玲は「ありがとう」と言いながらふたりの間に座り、さりげなく腰を引き寄せて体をくっつけた。

子供が不安がっているときは、とりあえず物理的にくっつく。これだけで半分くらいは解決するというのは、お姉ちゃん経験から得た知見だ。

「ごはん、食べられてる？」

不破が聞くと、ふたりは小さく首を横に振った。

「そっかあ。ごはんは食った方がいいんだけど、食わなくてもとりあえず生きられる方法を、うーちゃん先生が知ってるんだよなあ」

ニヤつく不破が顔を覗き込むと、有島は心底嫌そうに眉を寄せた。聖奈と花乃は、ぼんやりとだが有島のことを見ており、興味を示しているふうだ。

「せんせー、食べたぁい」

不破にせがまれ、有島が鞄をゴソゴソと探って出てきたのは、フエラムネだった。

カラフルなパッケージに、白いラムネが整列している。ぽってりとした五円玉のような形のそれは、口にくわえて吹くと、笛のようにピューッと高い音がする。

遊べて、おいしくて、しかもおまけのおもちゃまでついてきて、お値段六十円。織辺家のおやつラインナップの中でも、最前線を走っている。

「ラムネはブドウ糖でできているから、脳に栄養を届けられるの」

「うーちゃん先生は、フエラムネのおまけコレクターだからさ。笛吹くのも名人だし」

有島がギロリと睨む。玲はこらえきれず噴き出しつつ、片手を伸ばした。

「先生、知ってますよ。出してください。さっきコンビニで、ふたりの分も買ってましたよね」

「……………まあ」

素直に出せばいいのに。有島は鞄をあさり、パッケージをふたつ、テーブルの上に置いた。……それきり動かない。

不破はニヤニヤしながら有島の隣に座り、ふたりにフエラムネを手渡す。

「食っていいよ」

先に手を伸ばしたのは花乃で、おもちゃの箱を開け、プラスチックの指輪を人差し指にはめた。ほんの少し、表情がゆるんだか。

ラムネを口にくわえると、自然な呼吸で、わずかにヒュウと鳴る。最初は弱々しかった音が、少しずつ軽快になっていく。

聖奈はためらっていたが、「栄養……」とつぶやいて、ラムネを口に入れた。おもちゃは花乃に譲って、口の中でコロコロと転がす。こちらも、自然と表情がやわらかくなっていった。

花乃がおもちゃに夢中になっている間に、玲は聖奈に小声で話し掛ける。

「あだ名とか、駄菓子とか、ちょっと子供扱いでごめんね」

「……大丈夫です。花乃はふわりんさんに懐いてそうですし、わたしも合わせます」

妹思いで、空気が読めて、賢い子だなと思う。もしかしたら、学校に行けないのは、そういう真面目な性格も原因になっているのだろうか？

優等生タイプの子が、周りに気を遣いすぎて疲れて不登校になる……なんて話を、どこかで読んだことがある気がする。

不破は人懐っこい笑みを浮かべながら、日常会話に交じった聞き取りを始めた。

「俺ねー、子供のころ塾入ってたけど、まじでめんどくさくて嫌いでさ。サボりまくって三ヶ月でやめたの」

　不破がヘラヘラ笑うと、花乃は小さく首を振る。

「花乃たちの塾は、学校みたいなお勉強をするところじゃないよ」

「そうなの？　どんなことしてた？」

「毎日遠くまでお散歩してた」

「いえ、塾からは一歩も出してもらってません」

　玲と不破は顔を見合わせる。早速証言が食い違ってしまった。どちらも嘘を言っている感じはしないから、余計に不思議だ。

　有島は動く様子がなく、まだ催眠は使わないらしい。交流パーティーのときはガンガン催眠を使って聞き出せていたので、便利な能力なのだと思っていたが、本来はそう簡単には使えないのだということを理解する。

　不破はふたりの様子を見ながら、ざっくばらんに質問を続けた。

「塾の友達は全部で何人居たんだ？」

「んー、分かんない」

「わたしも……なんて言っていいか分からないです」

「先生は？」

「四人だよ」

「泊まり込みで、週に一回交代で来てくれます。若い男の先生が三人と、女の先生がひとりです」

「ふーん、先生の方は分かるんだな」

玲は首をひねる。一緒に過ごしている子供の人数は分からないのに、たまにしか会わない先生たちの方がはっきり分かるというのは、どういうことなのだろう？

「建物はどんな感じだった？」

「広いよ。いっぱいお部屋があるし、宇宙のお部屋とかもある」

「でも、全部ボロボロの和室なんですけど」

不破は「そっかそっか」と笑顔でいるが、相当困っているように見える。玲もちんぷんかんぷんだ。

印象だけで言えば、花乃の発言はどこか空想の世界のような感じで、聖奈がそれを訂正しているように聞こえる。しかし、小さい子の言うことが全て間違っていると決めつけるのはよくない。花乃も一生懸命伝えようとしているのだ。

「塾の場所、大体でもいいんだけど分かんない？　交番までの道とか、ちょっとでも覚えてることとあったら」

不破が質問した瞬間、ふたりの表情がふっと消えた。

「……分かりません」

聖奈がうつむく一方で、花乃は何か言いたげだ。胸のエンブレムをいじりながら、何かを考えている。しかしばらくすると、あきらめたように口をつぐんでしまった。

不破は肩をすくめ、お手上げだとでも言いたげな顔をしている。他方、有島は余裕の表情で、既に何か分かっている感じさえする。ふたりのワンピースやエンブレムの幾何学模様を見ながら、別の考え事をしているようだった。

「分からないこととか、お話ししたくないことは、無理に言わなくても大丈夫だよ」

玲がふたりの頭をぽんぽんと撫でる。

有島は、自身の目の前にあったフエラムネのパッケージを大きく開き、ひと粒つまんでみせた。そして、真面目な顔で、驚くべきことを口にする。

「五人でフエラムネ同盟を作ろう」

「はい……？」

聞き返したのは玲だけで、聖奈と花乃は、ぽかんとしている。ややあって、不破がぷっと噴き出した。

「うーちゃんおもしれー……なに、同盟って」

「きょうの記念。みんなで笛を鳴らして、警察のおじさんたちを驚かすの」

「そんなことしたら、怒られませんか……」

怯える聖奈に対して、有島は真剣な表情で断言する。

「同盟だから大丈夫」

「どうめいって何？」

首をかしげる花乃に、ノリノリの不破が力強く答える。

「仲間ってことだな。んで、助け合う！」

有島からずいっと差し出されたパッケージには、真っ白な輪っかが整列している。同盟の証と聞かされて、なんだか光り輝いて見えてきた――小さい子供の特殊設定に乗るのは大得意の玲である。

「よしっ。花乃ちゃん、聖奈ちゃん。お姉ちゃんと一緒に取ろう！」

大人がやる気を出すのを見て、おかしくなってきたらしい。花乃はふふふと笑い、聖奈はそれを見てうれしそうにしながら、ひと粒ずつつまんだ。

しばしの作戦会議ののち、わくわくを隠せていない不破が、皆を手招きした。

五人は円陣を組み、口にフエラムネをはさむ。有島が大きく二度うなずいたのを合図に、全員が全力で笛を鳴らした。

ピューッと甲高い音が室内に響く。廊下でドタバタと音が聞こえた。ドアの向こうで控えていた警察官たちが、飛び上がったのだろう。強めのノックと共に、菅谷の困惑したような声が聞こえる。

「ちょっと、どうしました!?」

「食って食って食って！」

不破が小声で急かして、女子三人は笑いをこらえながらラムネを嚙む。

有島は涼しい顔でドアに向かうと、数センチ分だけ開けて、早口に言った。

「なんでもありません。おかまいなく」

バタンと閉じる。不破がガッツポーズを作って、無事フエラムネ同盟が結ばれた。

この行動になんの意味があるのか正確には分からないが、皆で簡単な秘密を共有したことで、連帯感のようなものが生まれた気はする。

「ふふふ、怒られなかったー。ふわりん、怒られなかったよ」

「そりゃそうだ、うーちゃん先生はすごいからな」

花乃が不破の胴体にしがみついて喜ぶ横で、聖奈はかみ締めるようにつぶやいた。

「……怒られなかった」

安堵と悲しみが混じったような、複雑な表情だった。怒られ続けてきたのだろうということがよく分かる。玲は聖奈を抱き寄せて、何も言わずにぽんぽんと頭を撫でた。

有島がソファに腰掛け、足を組む。

「さて。我々フエラムネ同盟には、困り事を解決し合う使命がある。僕たちがきょうここに来たのは、聖奈さんと花乃さんが、どこへ行けばいいのかを考えるためだ。一緒に考えよう」

抑揚ゼロの棒読みで、不破は笑いをかみ殺している。しかし姉妹の心には響いたようで、ふたりは手を握りあいながら、大きくうなずいた。

「まず、先ほど君たちが『分からない』と言っていたことについて、僕は解き明かしたい。どうしても言いたくないことは言わなくていいけれど、勇気を出して教えてくれたら、僕らが絶対に助ける」

　玲は頭の中で整理する。

　ふたりがはっきり答えられなかったのは、子供の人数と、塾の場所、交番までの道のり。また、花乃が毎日お散歩していると言ったのに対し、聖奈は一度も出してもらえていないと言ったのも気になる。

「どう？　お話しできそう？」

　玲が尋ねると、ふたりはこくりとうなずき、ソファに座った。玲は邪魔にならないよう、そのかたわらに立つ。

「聖奈さん、花乃さんの順番で答えてね」

　有島が、ゆっくりと人差し指を立てる。催眠の始まりだ。

「塾に居た子供の人数は？」

「九人です」

「変わるから、分かんない」

　催眠で聞いても食い違う……？

　ふたりとも目線はぼんやりしていて、催眠術はしっかり効いていそうだ。ということは、矛盾する証言でも、ふたりとも正確なことを言っているということなのだろうか。

「塾はどこにある？」

「宇宙の中です」

聖奈から突飛な答えが返ってきて、玲は驚く。先ほど花乃が『宇宙のお部屋』と言ったときには、聖奈は『ボロボロの和室』と言って否定していたのに。

それに、有島が引き出す証言は、感想や印象ではなく、頭の中にある『見聞きしたものの記憶』のはずだ。ならば聖奈は、塾が宇宙の中に建っているのを見たということになる。

他方で花乃は、手短にこう答えた。

「山の中だよ。木に囲まれてた」

完全に矛盾した証言に、玲は混乱してしまう。しかし、催眠を続ける有島は眉ひとつ動かさない。人差し指を立てたまま、一本調子の質問を続ける。

「塾から交番までの道のりは？」

「星屑を掻き分けて進みました」

「えーっと。裏口から出たら車が通れる道路があって、道を下りて行ったら川があって、それを見ながらどんどん坂道を下りて、着いたの」

不破は、手帳にメモを取りながら怪訝な顔をしている。玲も同じ気持ちだ。なぜ突然、しっかり者の聖奈の答えが、ファンタジーになってしまったのだろう。

聖奈は夜空を眺めながら歩いていたのか……いや、それでも、宇宙の中という記憶にはならないような？

有島はこめかみを押さえながら深呼吸を繰り返していて、早くも体力を消耗しているのが見てとれる。この短時間で、もう六個分も箱を開けてしまった。

「有島、厳選しろ」

不破が小声でささやくと、有島は眉を寄せたまま小さくうなずいた。

「……塾で散歩するときに使う道具は」

「VRゴーグル付きのヘルメットです」

「ヘグムヘルムっていう帽子」

なるほど、と玲は納得する。塾から一歩も出してもらえていない子供が『毎日遠くまで散歩している』と感じていたのは、VRで映像を見せられていたからだ。

もちろん、小一ならVRが現実世界ではないことは理解しているだろうが、異常な環境に閉じ込められていたのなら、現実逃避の空想として、これは散歩なのだと思いたかったのかもしれない。

「三半規管を揺らす絵は？　見ていた？　描いていた？」

「違います。食べてました」

「ちぎったりもするけど……」

有島は一瞬驚いたような表情を見せたあと、口元に拳(こぶし)を当て、しばらく考えていた。

ちんぷんかんぷん状態の玲は、不破のそばに寄り、耳打ちする。

「絵を食べるってどういうことでしょうか……？」

「分からん。有島にも想定外の答えだったっぽいけど」

もう何個も聞けないであろうことは、玲にも分かる。明らかに息切れしているし、顔色も最悪だ。

「先生、無理しなくても……」

玲は思わず声を掛けたが、有島は無言で首を横に振り、質問を続けた。

「最後に絵を食べた日時は？」

「きのうの夜、四月十三日午後八時二十六分です」

「四月六日のお昼ごはんの前。十一時五十二分」

「塾から逃げ出したとき、何時何分だった？」

「分かりません」

「お姉ちゃんが絵を食べたすぐあと」

有島が激しく咳き込む。ぼたぼたと垂れる汗を拭いながら、指の形を何度も変えていて、どの記憶を開けるのかを迷っているようだ。

「有島、もういい。十分」

「……最後」

右手がオーケーサインに変わる。3『意図的に隠していることを聞き出す』――有島が、使いたくないと言っていたものだ。これを使った相手は、二度と話してくれなくなる、と。

「先生っ、だめです！」

玲は体当たりするように有島の横に突っ込み、腕を押さえる。しかし、有島の質問は止まらない。

「塾の名前は？」

そして聖奈と花乃は、口を揃えて答えてしまった。

「ヘグムラプタ教育塾」

遅かった——と思ったのだが。

「あ……あれ？」

有島は玲に押し潰されてソファの上でぐったりしており、両手とも体の下に隠れている。

「え？　これって、催眠は……かけて聞いてない、ですよね？」

「……僕は開けてない。重い、どいて」

有島はずるずると玲の下から抜け出し、聖奈と花乃の肩をポンと叩く。

ふたりはハッとして意識を取り戻すとすぐに、ぼろぼろと泣き出してしまった。

「わ！　だ、大丈夫っ？　ごめんね！」

玲はがばっと身を起こす。何かフォローしなければ……と焦ったのだが、袖で涙を拭いながら聖奈が言ったのは、意外な言葉だった。

「……塾の先生もみんな、うーちゃん先生みたいだったらよかったのにな」

「え？」

玲が聞き返すと、聖奈は涙の粒を手の甲に落としながら言った。

「こういうふうに、優しく聞いてくれたら、ちゃんと話せたのにって……思ったんです。ねえ、花乃？」

「うん。花乃も。勇気出したら、ちゃんと答えられた。道とか、ちゃんと思い出せた」

戸惑う玲の耳元に近づいてきた不破が、驚いたように言った。

「すげえな。これ多分、催眠にかかったことに気づいてねえぞ」

「え、そんなことあるんですか？」

「いや、はじめて見たけど……。でも、有島が催眠を始める前に言ってた勇気云々って話が、ちびっ子の心に刺さったのかもな」

——勇気を出して教えてくれたら、僕らが絶対に助ける
そうだ。催眠にかかっているときでも、自分がしゃべったという記憶は残る。

それが、意図せぬことを言わされたという記憶なら、心の傷になってしまう。しかし、『勇気を出して話した』という記憶なら、それは自信になるし、相手の心を救うことだってあるのかもしれない。

「ふたりとも、勇気出して言えてえらかったぞー」

不破がわしわしと頭を撫でると、ふたりは抱き合って、わーわーと泣き出す。

「フエラムネ成功。うーちゃん、やるね」

「……うるさい、その呼び方やめろ」

有島はよろよろと歩いて扉を開けながら、こう言い残した。

「秋川渓谷が見える車道沿いの、閉館した旅館か民宿。探して」

　ふたりが落ち着くのに二十分以上かかった。有島は一旦休むということで、いまは車の中にいる。玲に送られてきたラインには、こうあった。

［有島雨月：潰れた宿なら、広くてたくさんの部屋があるという証言と、全部ボロボロの和室という証言が当てはまります。山の中の宿は、敷地内に車が入れるようになっているはずなので、目の前の車道を下って一直線に交番にたどり着ける条件の場所を探してください］

　これは既に菅谷に伝えてあり、過去に潰れた宿が無いかはすぐに調べられそうだという。ただ、ふたりが逃げ出した午後八時半から交番で保護された四時半まで、八時間も空いていることを、秋川署員らは不思議がっていた。

　一直線に下りてきたわけではなく、相当迷ったのではないか……というのが菅谷の見解だったが、催眠で聞き出した証言では迷っていた様子はなかったので、この辺はまだ曖昧になっている。

　不破が花乃を肩車し、室内をぐるぐる回りながら尋ねる。

「勉強はどういうやつだった？　難しい？　俺でもできるかな」

「えっとね、脳のちからを上げるの。パズルとか塗り絵とか、いっぱいある。一年生用ならふわりんもできるよ！」

「えー、一年生用？　もっとできるわ！」

不破がゲラゲラ笑いながら、歩くスピードを速めた。玲は、不破がさりげなく聞き出す情報をスマホに打ち込み、有島のラインに送り続けている。

「聖奈ちゃんのはムズそうだよなあ。中学生だとなんか違った？」

「小学三年生以上は、ひたすら文章を書かされます。毎日十時間以上。でも先生は、誰も何も教えてくれないですよ」

「ん、まじ？　先生泊まり込みなんだろ？」

「はい。書いた文を添削してくれることもないし、ただ見張りに来てるだけっていうか、悪いことしたときに……怒る係です、ね」

歯切れ悪く言った聖奈の表情は、言いづらい何かがありそうだった。花乃も急にしょんぼりしてしまって、肩から降りたいと言う。

玲は雰囲気を変えるように微笑み、花乃を聖奈の隣に座らせて、ふたりの頭を等しく撫でた。

「もうすぐらーちゃん先生戻ってくるから、困ったことがあったら言ってみよっか？」

「うん……。うーん」

花乃は左胸についたエンブレムを引っ張りながら、複雑な表情を浮かべている。

……と、扉が少し開いた。隙間から現れた有島は、だるそうにあごでしゃくる。

「織辺さん。花乃さんのそれ、エンブレム、外してあげて」

「え？　あ、はい。えーと、花乃ちゃん、こっち向ける？」

花乃の左胸に留められていた安全ピンを外す。よく見ると、歪だと思っていた星は七つの頂点を持った七芒星で、見慣れない形だが、きちんと左右対称だった。ワンピースの幾何学模様も、同じ七芒星を無限に並べたデザインで、こちらは見ているだけで酔ってしまいそうだ。

玲がエンブレムをテーブルの上に置くと、有島はソファに座り、姉妹を交互に見ながら言った。

「あのね、人は等しく人なの。どんな状態でもね、生きていればいい。めちゃくちゃでも、自分が分からなくても、人間なんだよ」

玲は仰天する。突然有島が、子供の心に寄り添うようなことを言い始めたからだ。こんなのまるで、心理学の先生みたいな――いや、心理学の先生なのだが。

不破は意外そうに眉を上げているが、口をはさむ様子はない。

「誰かに認められなくても、君は君だし、人間だよ。それに、身につけているものや食べるもので価値が変わるわけでもない。君たちはずっと九人だった」

なんのことを言っているのか、玲にはさっぱり分からない。しかし、聖奈と花乃には何やら通じているようで、ふたりは緊張の面持ちで有島のことを見つめ、手を握り合っている。

「……うーちゃん先生は、もしかして、分かるんですか？　食べる絵のこととか……人数のことも」

「うん、分かるよ。それに、君たちにとって、これを他人に言うのはすごく怖いことだというのも、分かる」

有島は相変わらずの無表情で、励ましているというよりは、ただ何かの事実を告げているだけのように見える。

それでも、姉妹の心を動かすには、これは十分な言葉だったようだ。

「うーちゃん先生。あの絵はなんなんですか？　『三半規管を揺らす絵』って言われて、……悪いことしたときは、端から少しずつちぎったのを食べさせられるんです。そうすると……」

聖奈の言葉が、尻すぼみに消える。

「聞きたい？　ただ、これは不破の耳に入ってしまうと、絶対に周りにも言わなくてはいけなくなるから、覚悟が無いならいまはやめた方がいい」

花乃は不安げに首をかしげていて、よく分かっていないようにも見える。聖奈はしばらく考えていたが、やがて大きくうなずき、意を決したように言った。

「全部教えてください。それで、他の子とか、親も、助けてください」

「分かりました」

有島はスマホでブラウザを立ち上げ、テーブルの中央に置く。表示されていたのは、グーグルの画像検索画面だった。切手のようなものを舌に載せた画像が並ぶ。

「ＬＳＤという、強い幻覚を見せる合成麻薬がある。この液体を、イラストが描かれた小さな紙に染みこませたものが流通していて、口に入れて舐めて使う」

不破が目を大きく見開き、額にパチンと手を当てる。

「うわ……マジか。いや、なるほどな……これは麻取まで駆り出さねえとだわ」

青ざめる聖奈の顔を見て、玲もようやく理解が追いつく。

三半規管を揺らす絵――これはつまり、薬物が染み込んだ紙を食べさせて、幻覚を見せていたということだ。

「逃げ出したときは、聖奈さんがその絵を食べさせられたあと、花乃さんが外へ連れ出したということで合っているかな」

「うん。そう。花乃がバグの部屋に連れて行く係で、そのときに木戸が開いてて、それで、出て……でもすぐには行けなくて……」

花乃は一生懸命話しているが、いまいちよく分からない。

バグ？　部屋？　係とは？　言葉の意味は分からないが、その表情を見れば、酷い目に遭わされていたのだということは分かる。

すると、突然有島が、全く関係ない話題を口にした。

「心理学の有名な実験のひとつに、『スタンフォード監獄実験』というのがある」

「へ？」

唐突な話題に、玲は素っ頓狂な声を上げる。あごでしゃくる有島の視線の先にあるのは、エンブレムだ。

「この心理実験は、一九七一年に行われたもので、刑務所に模した施設に一般人を集めて、ランダムに囚人と看守役を演じさせるという内容だった。囚人役は、ＩＤ番号で呼ばれ、監視、行動制限、許可制度で自由を奪われ、破れば懲罰がある。他方、看守役は、きちんとした制服と警棒を身につけさせられる形で、役割を与えられた。元は一般人、看守はただ立派な服で見張り役を任されただけなのだけど……さて、この実験、どうなったかは概論の授業で習ったよね？」

有島に聞かれ、玲はコクリとうなずく。

「はい。看守がエスカレートして、ガンガン命令したり罰を与えたりするようになっちゃって、数日で中止になった、という話でした」

「そう。閉じた空間で主従関係のある役割を与えられて、看守も囚人もすっかりその役に染まりきってしまった。ヘグムラプタ教育塾の手法は、この実験に似ている」

不破が「あー」と声を上げ、エンブレムを手に取る。

「これをつけてる子が、看守役みたいに立場が上ってことか？」

「もっと酷いよ。思い出して、ふたりはこの塾の『人数』について、どう言っていた？」

玲は息を呑む。聖奈が九人だと言い切ったのに対して、花乃は『変わるから分かんない』と言った。

「もしかして……、エンブレムが無い子は、『人数』としてカウントされていなかったの？」

「そう。先生の言うこと聞けない子は、虫になるの」

花乃がつぶやき、沈黙が流れる。聖奈は小刻みに震えていたが、やがて意を決したように口を開いた。

「……人間の子はみんなエンブレムをつけてます。でも、先生の気分を損ねたり、態度が悪かったりすると罰があります。長い反省文を書くんです。自分が学校に行けなかった理由からはじまって、親に迷惑をかけたこと、塾の先生やみんなに迷惑をかけたことの理由を書いて、謝る文です。それもうまく書けないと、エンブレムが取られて、バグになります。それで、人間の子に三半規管を揺らす絵の端をちぎってもらって、食べて、人間に戻れるまで建物の隅にあるバグ用の部屋に入れられます。そして、人間に戻るために、二、三日かけて、分厚い本を丸写しさせられるんです」

「酷すぎる」

玲が声を震わせると、花乃が泣きそうな声で続けた。

「誰かがバグになったら、人間の子はしつける役になるの。……逃げるとき、花乃がお姉ちゃんのしつけ役だった。バグの部屋に連れて行けって言われて、ふたりで渡り廊下を歩いてたら、いつもぴっちり閉まってる木戸が、ちょっと外れてるのが見えたの。ずらしてみたら半分くらい開いたから、お姉ちゃんを引っ張って外に出た」

聖奈が絞り出すように補足する。

「花乃が逃げようって言ってくれて、道路へは出たんですけど、途中からはよく覚えてません。さっき宇宙とか星屑とか変なこと言っちゃったのは、そういうのが見えてたからです。バグになると、いつもそうで、時間感覚も無くなるし、ほんとに、わけわかんなくなっちゃうから」

不破が、壁掛け時計を指差して何やら考えたあと、納得したように言った。

「なるほどな……。ＬＳＤは抜けるまで、最低でも六時間はかかる。塾から逃げ出してから交番に保護されるまでに八時間もかかったのは、絵を食わされてた聖奈ちゃんが、動けなかったんだな？」

花乃がコクリとうなずく。

「山道の途中でじっとしてて、お姉ちゃんが少し戻ってきてから、街の方に下りたの。途中からは川とかおうちが見えてきたから、こっちに行けばいいのかなって、なんとなく分かった」

「ということは、歩いたのは正味二時間くらいだね？」

有島が尋ねると、花乃は少し考えてから「たぶん」と言った。

「すまん有島、ちと席外す」

不破が出て行くと、廊下からどよめきが聞こえた。足音がバラバラと立ち去り、緊迫した様子で携帯電話で話しているような声も聞こえる。

その音が去ると、花乃は太ももの上で手を握り締めながら、絞り出すように言った。

「玲ちゃん。花乃、おうちに帰りたい。でも、帰ったらママは怒ると思う。ママは、学校に行きたくない花乃たちがきらいなの」

「わたしたち、施設かなにかに入れられるんですか？　捨てられるんですか？」

目に涙を浮かべるふたりに対して、有島は淡々とした調子で言った。

「それは君たちのご両親次第だからね。僕らには分からない」

「ちょっ、先生。そんなきつい言い方しなくても」

「事実だから仕方ない。まもなく児童相談所が迎えに来る。まともな親なら、塾が悪徳集団だったと知ったらすぐに迎えに来るだろうけども、学校に行くか行かないかで子供への愛情が満ち欠けしてしまうような親では……」

「わーわーわー！　ごめんねごめんね。うーちゃん先生、ラムネが足りないのかも。ちょっと待ってて」

玲は有島の言葉をさえぎり、怒りにまかせてフエラムネのパッケージを摑み、有島に押しつける。

「ちょっと黙っててくださいっ」

くるりと向き直り、笑顔を見せる。

「大丈夫だよ。玲ちゃんとうーちゃん先生で、パパとママのこと説得してきてあげるから。ね、先生？　いいですよね？」

玲が尋ねると、有島は気怠げに「フィールドワークの演習ね」と答える。

扉がノックされて、児童相談所の職員が迎えにきたことが告げられた。署の玄関まで見送ると、ふたりは不安そうにしている。

「玲ちゃん、また会える……？」

「絶対会いに行く。警察のひとたちがお友達も見つけてくれるし、パパとママも、大丈夫だから」

玲はふたりまとめて抱きしめ、「大丈夫、大丈夫」と、安心させるようにつぶやく。

腕をゆるめると、姉妹の表情は決意に満ちているようだった。

「フエラムネ同盟、わたしは信じてます」

「花乃も！」

ふたりが児童相談所の車に乗り込む。手を振ることができない有島に代わって、玲は大きく両手を振り、見送った。

不破は秋川署に残るということで、玲は有島とともに帰宅することになった。

……タクシーで。玲は卒倒しそうになる。

倹約が染みついた玲にとって、タクシーという乗り物は、座っているだけでガンガン体力を削られていくものである。料金メーターが上がっていくのを見ていると、動悸がしてくる。

以前、バイトの飲み会の帰りに終電がなくなり、友達と相乗りしたことがあったが、最終的に変な汗が止まらなくなり、二度と乗るまいと誓ったのだった。

「だーいじょぶだいじょぶ。全額経費で落とすからさ。ほら、とりあえず五万、お釣りは今度でいいからさ」

「むりですむりです。だって、警察のお金って、税金じゃないですか」

「なら、俺のポケットマネーからでもいいよ。とにかく、この有島をどうにかしてくれたらお金のことは気にしなくていいから」

……と言いながら、不破は有島をタクシーの後部座席に詰め込む。有島はぐったりしており、完全に顔の血色を失っている——姉妹の見送りが最後の痩せ我慢だったのだとしたら、この偏屈な人物にも、多少の人情はあるのかなと思えてくる。

「じゃ、よろしくなー」

不破に見送られ、タクシーがゆっくりと動き出す。交通量の少ない幹線道路沿いの風景を眺めながら、玲は見聞きしたことのひとつひとつを思い出していた。

「有島先生、子供相手には優しいんですね？　お菓子で仲良くなれるとか、びっくりしました」

「あれは僕の発案じゃないから」

「あ、不破さんですか？」

有島は答えない。口をつぐみ、唾を飲む音が聞こえる。気軽な会話のつもりが、何か気に障ることでも言ってしまったのだろうか。

玲は内心焦りつつ話題を変えようとしたが、有島は窓の外を眺めながら、ゆっくりと語り出した。

「……父がね、得意としていた技で。フエラムネ同盟。亡くなったあとに、書斎からそのマニュアルを見つけて、覚えていただけ。だからあれは、僕個人の見解ですらなく、科学的に検証された手法でもありません」

「別に、科学的じゃなくてもいいと思います。ふたりと仲良くなれたから」

玲は微笑みつつ考える。有島保通は、知名度のある人物だったのだろうか？

菅谷は保通の死について、世間的にショッキングな事件だったと言っていたし、不破は、玲が警察署に同行することについて、『有島の関係者って言ったら絶対入れてもらえる』と言っていた。もしかしてあれは、父の保通のことだったのでは？

「先生のお父さん、保通さんって、有名な心理学者さんだったんですか？」

「そうだね。……と言っても、名が知れ渡ったのは死に様が奇特だったからで、生前は地味に、よろしくない団体やマルチ商法から脱退したいひとを支援する活動をしていた」

死に様――引っかかる表現だが、玲は当たり障りなく話を合わせる。

「優しい方だったんですね」

「どうかな。家にはあまり居なくて、他人のことばかり助けていて……母は苦労したんじゃないかな。ひとりで双子の育児は」

「双子……？　先生、双子のごきょうだいがいるんですか」

「兄がね、いると言うか、いたと言うか。もしかしたら、いまもいるのかもしれないけども」

有島は窓側に頭をもたれて、遠くを見つめた。どんな表情を浮かべているかは分からない。

「もし嫌じゃなかったら、お兄さんやお父さんのこと、教えてくれませんか？」

「聞いて何になるの。気持ちのいい話じゃないよ」

「催眠術と過去の出来事、何か関係があるかもしれないじゃないですか。効かないわたしに話してるうちに、新しい発見があるかもしれないですし」

首だけ振り返ったその表情は、思い切り眉を寄せている。

「……君のお節介は脅迫めいているね。効かない体質を持ち出されて聞かれたら、答えるしかないじゃない」

毒を吐きつつ、話すつもりはあるようだ。

有島はしばらく考えたあと、ぽつぽつと語り出した。

「僕らが十歳の誕生日、父と兄が遊園地に行って、父は殺され、兄はいまも行方不明」

いきなり想像のはるか上を行く衝撃的な話で、玲は絶句してしまう。

「えっ。えっと、……それは、どういう状況だったんですか？」

「当時父は、巧妙なマルチ商法の団体の事件に関わっていて、全然家に帰ってこなかったのだよね。でも、誕生日ということで久しぶりに帰ってくることになって、本当は家族全員で行く予定だったのだけど、当日僕が熱を出してしまった。僕は母と留守番。父と兄はふたりで出かけて、そのまま帰ってこなかった」

「殺されたというのは……」

「夜になっても帰らないので捜索願を出して、すぐだよ。遊園地の裏の雑木林で、めった刺しの父の遺体が見つかった。しかし兄は見つからず。犯人も分からず。そのまま二十五年。それだけ」

有島は言葉を切り、また窓側に体を預ける。そして、投げやり気味に言った。

「一般的に、めった刺しというのは、強い殺意があると言われています。きっと、救済活動のなかで各方面から恨みを買っていたんだろうね、有島保通氏は」

「でも有島先生は、」

「ねえ、悪いんだけど、僕のこと有島先生って呼ぶのやめてくれない？　社会心理学者の有島先生って、世間的には父のことを言うの」

そういえば三井は、有島のことを、雨月先生と呼んでいる。個人的に懐いているのでそう呼んでいるのかと思っていたが、心理学に詳しく、『雨月先生に教えてもらうためだけにバシ大に来た』とまで言っていた三井が、父の保通を知らないはずがない。

外は小雨が降ってきたようで、窓ガラスに雨粒がつき始めた。

タクシーが右折レーンで止まる。直進するトラックの赤いテールランプが、雨粒で分散しながら、遠ざかっていく。

「……雨月さんって、きれいな名前ですよね」

「キラキラネームのはしりでしょう。兄はもっと悲惨だよ。有島残月。何を思って双子にそんな名前をつけたのか」

「凡人には無い感性ってことじゃないですか？　森鷗外の子供もすごいじゃないですか。於菟、茉莉、杏奴……」

「君ねえ。珍名向けおべっかランキングの第一位は、鷗外を出すことだよ。何千回言われたか分からない。なんでもいいから、僕のことは、ただの記号として雨月と呼んでくれ」

タクシーがカーブして、歳に見合わぬ童顔の頬が照らされる。むくれた顔は、子供の雨月くんという感じで――そうだ、隠し部屋でいつも感じていたアンバランスさは、こういうところだった。

執務机で仕事に没頭する雨月先生と、ハンモックに揺られる雨月少年。有島雨月のちぐはぐさは、こういう過去の傷と関係があるのだろうか？

……心理学の知識があればな、と思う。もう少し早めに心理学に出会って、色々本を読んでいたら、もっと気の利いたことが言えたんじゃないか、とか。

「なに、急に黙って」

雨月が怪訝な顔で首をかしげる。玲はふるふると首を横に振り、おどけてみせた。

「やっぱり、話すだけじゃ全然、催眠術の秘密とか分かんないですね。そりゃそっか。雨月先生は長年調べてるでしょうし、わたしが効かないのだって、ただ鈍感なだけ説がいまのところ有力なわけですし？」

あははと笑いながら、玲は頭を掻く。雨月は何も言わずそれを見ていたが、やがて軽くため息をつき、口を開いた。

「……なんなんだろうね、催眠術って。効かない織辺さん、なんだと思う？」

雨月の口ぶりは、問いかけであるが、ひとりごとのようにも思える。

「僕らが催眠術を使えるようになったのは、五歳のときだ。僕は残月に言われて、自分も使えると気づいた。ただ、僕と残月では使える能力が正反対で、残月は相手の記憶を消す。加えて、相手の体に触れた部分が、一時的に動かなくなるようにもできたね。これは僕には全くできない」

「それってもう、催眠術っていうより、超能力っぽくないですか？」

「もしどこかで生きているのなら、ぜひとも織辺さんにかけてみてもらいたい」

会いたいのかな、と思う。直接そう言わないのが、なんとも雨月らしいが。

「雨月先生、どうせわたしは効かないんですし、試してみたい仮説とかあったら、全然いつでもかけてくれていいですよ。もしかしたらそれが残月さんを探す手がかりになるかもしれないですし、急にかかって恥ずかしい話始めちゃっても、あとで大笑いしてくれればいいですから」

ね？　と言って玲が微笑むと、雨月は面食らったように大きく目を見開いたまま、固まってしまった。

「雨月先生？」

「いや……君は、怖くないの？　言いたくないようなことを、言わされてしまうかもしれないなんて」

「ええ？　全然。どうせわたしの記憶や隠し事なんて、大したことないですもん。体重とかじゃないですか？」

「……でも、僕が好き放題他人の記憶を引っ張り出して、警察に告げ口しているのも……見ようによっては……すごく気持ちが悪いと思うし」

「それはまあ、あえて悪く言えばそうかもしれないですけど。でも雨月先生は、人のためを思ってやってるわけじゃないですか。すごいですよ、リスクを負って他人のために頑張ってるなんて」

いかにも人嫌いという性格の雨月だが、何の接点も無かった学生の相談に乗って、わざわざパーティーに乗り込んでくれた。マニュアルだと言いながらも、子供のために駄菓子を買い、励ました。

雨月先生はちょっとひねくれているだけで、本当は優しいですよ——そんなことを言おうとしたのだが、それは言葉になる前に、さえぎられてしまった。

「勝手に理想化されても困る。ご存じのとおり、僕はエゴイスティックな人間だよ」

「そんなことないですよ」

「浅い感じでふんわり励まされても全然うれしくないし……まあ、この話を聞いたら君も、ちゃんとがっかりしてくれるかな」

　雨月はもぞもぞと体の姿勢を変えながら言った。

「僕が開けられる記憶の箱。あれの6がカッコ書きになっていたのは覚えてる?」

「確か、『開けてはいけない箱。トラウマや人格形成に深く関わる』ですよね」

「そう。あれは、僕が人生で一度だけ使って、大失敗をやらかしたことなの」

　ゆっくりと、雨月が玲に目を合わせる。そして、真顔のままこう言った。

「僕は、母を壊した」

「え……っ」

「母は、ふたりを遊園地へ送り出してしまったことを後悔していた。それと同時に、僕を激しく憎んでいた。雨月が熱を出さなければ、こんなふうに遺(のこ)されることはなかったと」

　玲は言葉に詰まってしまった。先生は優しいですよと、言わなければならないのに。

「心を病んでいく母がかわいそうで、申し訳なくて、僕は母に催眠術を使った。治してあげようと思ったんだ。でも……結果はね」

　雨月はうつむき、自嘲(じちょう)気味に言う。

「父は死亡。母は精神科病院。兄は連れ去られたのか既に死んでいるのか分からないけれど、とにかく僕は家族全員を失って、極度のお節介の不破に世話を焼かれながら生きている。最近、もうひとりお節介の子が増えて楽しいよ。ありがとね、織辺さん」

そんなふうに、感謝を述べないでほしい。急に微笑まれても、突き放されているようにしか思えない。これ以上は入ってくるなというメッセージにも思える。

「少し眠ってもいいかな。疲れた」

「……はい。ご自宅の住所、不破さんから聞いてるので。着いたら起こしますね」

タクシーが料金所に吸い込まれる。ふたりはスカスカの高速道路を運ばれていく。


週が明けて、水曜午後。ゼミが終わったあと、玲は隠し部屋に呼ばれていた。

ふたりになったのはあの日のタクシーの中以来だが、雨月はいつもどおりの無表情だ。変に意識するのもよくないと思ったので、あの会話は無かったことにして、玲も通常運転を心がけることにする。

「えーっと、なんのご用でしょうか」

「不破から、ヘグムラプタ教育塾の監視役の四人を逮捕したと、連絡が来てね」

「ほんとですか！　よかったぁ……けど、全然ニュースになってなくないですか？」

「大規模捜査に切り替える前だったたから、騒ぎにならずに済んだようだよ」

「子供たちはどうなったんでしょうか」

「ワゴン車に子供を詰め込んで逃亡中に、検問に引っかかったみたい。山を三つ四つ越えたんだろう。全員、埼玉の警察署に保護されて、特に怪我や体調不良もないって」

塾は雨月の予想どおり、秋川渓谷上流の山道にあった廃屋で、十年ほど前に潰（つぶ）れた民宿だった。

窓や扉が全て板で目貼りしてあり、中は見られないようになっていたため、地元住民も、人が住んでいるとは思いもしなかったという。

雨月は机の上に積み上がった書類の中から、封筒を取り出した。

水色の可愛らしい模様。宛先（あてさき）には『うーちゃん先生へ』とあり、住所は無い。

「これ、聖奈ちゃんからですか？」

「うん。彼女は賢い子だよ。児童相談所経由で、僕宛のお礼の手紙として送られてきた。封を開けたら絶対に分かるように、べったりのり付けしたうえで、閉じる部分に複雑な模様を描いて、『親展』とまで書く念の入れよう。だから、児相の職員は中身を見ていないはず」

うーちゃん先生、ふわりんさん、玲ちゃんへ
先日はお話を聞いてくれてありがとうございました。
いまは児童相談所で、カウンセラーの先生や職員さんたちとおしゃべりしたりして、過ごしています。
親から連絡が来たか、何度か聞いてみたのですが、はぐらかされてしまいました。職

員さんはみんな優しくて、困らせるわけにいかないので、深くつっこんで聞けません。

やっぱりお母さんは、わたしたちを育てたくないから、迎えに来てくれないのでしょうか。それとも、逮捕されちゃったのでしょうか？

元はと言えば、わたしが学校に行かないせいでこんな大変なことになってしまったので、お母さんだけが悪いわけじゃないです。

それに、嫌われていても、やっぱり自分の親なので、事情を知らない大人に勝手に悪人だと決めつけられたくありません。

お母さんたちが来てくれない理由を知りたいです。できれば、警察や児相の人たちには秘密で、うーちゃん先生たちだけで行ってみてほしいです。わたしも花乃も、家に帰りたいということを、お母さんに伝えてください。

高崎聖奈

住まいは国分寺市ということで、玲が住む小金井市と隣接している。大学から電車で四十分ほどだし、きょうはバイトが深夜シフトで始まるのが遅いので、問題ない。

雨月は立ち上がり、壁のフックにかけていたジャケットに袖を通す。

「不破は別方向からアプローチしてくれているから、僕は、民間人ということを活かして攻めてみようかなと」

「あ、心理学の先生として相談に乗るみたいな？」

「うん。不登校に困り果てて塾に丸投げするような親だし、シンリという単語を出しただけで飛びつくんじゃないかなと」

雨月は涼しい顔をしているが、玲はカチンときてしまう。

「ちょっ、その言い方はひどいですよ。親御さんだって、だまされてる被害者ですよ？　聖奈ちゃんだって、悪者認定されたくないって、わざわざ手紙に書いてくれたのに」

怒る玲に対して、雨月は、信じられないというような目で見ている。

「……君それ、殺人犯相手に同じこと言える？　だまされている被害者だったら、他人を殺してもいいの？」

「いやっ、そういうわけじゃないですけど……殺すのとは違うじゃないですか。一応、子供のためを思って入れることに決めたわけですし」

「きっかけがどうあれ、自由意思で決めて子供に害を加えているなら、それは加害でしょ」

雨月は飼育室の鍵をサイドテーブルに置く。

「では、動物たちの餌やりをよろしく。マニュアルは壁に貼ってあるから」

「えっ？　連れて行ってくれないんですか⁉」

「要らない要らない。それより、きょうはトカゲの日光浴の日なのに、まだ済んでいないの。そちらを見ていてくれた方がよほど役立つ」

「い、や、ですよ。ていうか自覚してないかもですけど、雨月先生が心理学者っていう方がよっぽど怪しいですからね？　世間一般のイメージでは、心理学者といえば、人の心に寄り添う優しいひとなんですから。その態度で行っても警戒して叩き出されます」

玲がたたみかけるも、雨月はなんの反応も示さず、無視する。

「トカゲちゃんはあした日光浴させますから。連れて行ってください。だって、約束したから。……フエラムネ同盟って」

玲は雨月の進行方向に立ちふさがり、じっとその目を見る。

やがて根負けしたらしい雨月は、はーっと深くため息をついた。

「フエラムネ同盟は、要支援の子供の心を開くために作られたはずなのだけどね。支援者の方が固く信じているなんて、ほんとに、君は」

雨月は振り返りもせず、部屋を出て行った。


聖奈の自宅は、西国分寺駅からバスで十分ほどの、閑静な住宅街だった。

不破に聞いたところ、聖奈の母・和歌子には、ヘグムラプタ教育塾の教師陣が逮捕されたことや、姉妹が児相に保護されていることを、既に伝えてあるという。

しかし、迎えに来る様子はないどころか、『塾の別の教師に、引き続き教育してもらいたい』と言っているらしい。

夕暮れの住宅地を、伸びた影に目を落としながら進む。一体どういう話になるのか——はたまた、話にならないのか——不安と緊張が交互に押しよせる。

今回の作戦は、雨月はヘグムラプタ教育法の研究をしている心理学者で、論文を書くために、実践している家庭に聞き取りをしているというていで行われる。

雨月は潜入捜査用に、『認知心理学者の岸亮平』という偽名を持っている。設定上は、二十七歳、大学の非常勤講師。名刺もあるし、自作のウェブサイトに定期的に適当な論文を載せている凝りようだ。

雨月は前の晩に、和歌子に電話をしていた。

最初は警戒していたものの、『ヘグムラプタの教育法を支持している学者で、今回の塾関係者の逮捕で学会での評判が落ちないよう、論文を書きたい』と話したところ、了承が得られたそうだ。

「電話で説得できたのすごいですね。何か心理学的なテクニックを使ったんですか？」

「全然。単純に、自分を正当化するのに使えそうな専門家が来たと思っただけだと思うよ。いまのところ大きなニュースにはなっていないけど、もしワイドショーのネタにでもなったら、散々勧誘してきた友人知人から袋叩きにされることは目に見えているから」

不破の捜査で調べがついていたのは、ヘグムラプタのマルチ商法の勧誘手口だ。

きっかけは、自治体が行っている不登校児の親のための講演会等で、参加者に声をかけられ、気軽な感じで誘われる。警察に寄せられた被害相談を聞くに、勧誘者の口ぶりやチラシは、さも公共の組織であるかのような勘違いを起こさせるもので、マニュアルがあると推察される。

マルチの商材は、ヘグムラプタ教育メソッドのオリジナル教材だ。といっても、最初から教材を勧めてくるわけではなく、ある程度親しくなってから、不登校児向けの良い教材があると紹介する。

低額の知育玩具（がんぐ）からスタートして、徐々に高額の教材を勧め、『会員になれば安価で購入できるし、他の人を勧誘すると、紹介料や売上金の数%がもらえるので、実質無料になる』と勧誘する……という手口だ。

半年間で警察に相談してきたのは十五人。しかし、たいていは本人ではなく親族からで、『娘がマルチにハマってしまって、説得できない』というような相談だ。そしていずれも、子供本人は引きこもっているものの家に居るし、聖奈たちが入れられていた塾の存在は知らなかった。

よって、塾への勧誘は、マルチで実績を積んだ熱心な活動家にのみ行われるものではないか、というのが、不破の意見だった。

小さな交差点で足を止める。赤信号を見つめつつ、玲は言った。

「ヘグムラプタのやり方って、本当タチ悪いですよね。子供が学校に行けないって、人には言いづらいじゃないですか。ママ友とかに相談しても、相手の子が順調に学校に行ってたら、共感してもらえなそうですし。そういうところにつけ込むなんて、酷（ひど）いです」

険しい表情の玲に、雨月はやんわりと同意する。

「不登校の問題はね、他の母親に相談しても解決しないどころか、むしろ、自分の育児のやり方が間違っているのかと劣等感を抱いたり、他人が努力無しにうまくいっていることが妬ましくなったり、普通の子供がよかったとか……何にせよ、相談すればするほど、みじめになると思うよ」

　誰にも相談できない悩みを抱えているところに、手を差し伸べてくれる理解者が現れたら。その相手に頼るしかなくなって、いずれは言いなりになってしまうのではないか。

　雨月は『親は加害者』と断言したが、玲はどうしても、そうとは言い切れない。

「……やっぱりわたし、親御さんも被害者じゃないかって思います。だって、逮捕者まで出たのに、まだ塾を信じちゃってるんですよ？」

「僕はそう思わない。子供にあんな手紙を書かせてしまうなんてね、殺人犯と変わらないよ」

　雨月の主張は、理論的には正しい。詐欺も虐待も殺人も犯罪で、ダメなものには変わりない。聖奈はきっと、手紙を書きながら傷ついていたはずだ。

　……それでも、親を加害者だと決めつけるのはためらわれる。

　思案に暮れるうち、目的地にたどり着いた。広々とした郊外の一軒家。庭は手入れされていて、平和な家庭に見える。

　インターホンを押すと、四十代くらいの女性が出てきた。ロングの髪を小綺麗にまとめていて、服装も上品ではあるが、その顔は疲れ切っている。

「はじめまして、岸と申します。こちらは助手の石井です」

「よろしくお願いいたします……」

つい先ほど、石井ミホと名づけられた。適当だ。

和歌子は無理に貼り付けたような笑顔を一瞬だけ見せて、リビングへ招き入れた。

革張りのソファに腰掛けると、花柄のティーカップで紅茶が出された。室内の装飾も、和歌子の振る舞いも、何もかもが、現代日本の理想の一般家庭という感じである。

雨月はほんの少し紅茶に口をつけ、すぐにメモとペンを取り出した——ペンはボイスレコーダーだ。

「まずは、聞き取りをお引き受けいただきまして、ありがとうございます」

「いえ。何かのお役に立てればいいのですが……」

「ヘグムラプタの教育法は画期的で、教材も学会で注目されているんですよ」

「そうなんですね。不登校の子を持つ方々の間でも、評判はとてもいいんです」

「脳のちからというところからアプローチするのは、すばらしい着眼点です」

一ミリも思っていないそうなお世辞が続く。基本的に、全てよいしょ。いい気分にさせて口を滑らせるのを待つという。

「私は、今回の逮捕の件は教育法に問題があったわけではなく、一部の教師が体罰をしていただけだと思っています」

「僕もそう思いますよ。逮捕されたのは皆若い方だったと聞いていますし、こんなことでヘグムラプタの素晴らしい教育方法が途絶えてしまうのは、社会の損失です」

味方アピールはうまくいったらしい。和歌子は警戒を解いたように見える。

「この聞き取りは匿名で、個人情報に繋がる部分は論文に載せませんので、高崎さんがヘグムラプタの教材や塾を選ばれた理由や、効果を感じている点などを、ざっくばらんにうかがえればと思います」

「分かりました。実物もありますので、どうぞご覧になってください」

和歌子の説明は、流れるような無駄の無い口調だった。何度もこの説明をして、数々の人を勧誘してきたのだろうということがよく分かる。

テーブルの上に並べられた教材の多くに、ふたりが着ていた服と同じ幾何学模様が使われている。和歌子が手にするＶＲゴーグルは、『三半規管を揺らす絵』の疑似体験ができるという。

「本物のヘグムヘルムは全寮制の塾にあるのですが、通信教材でも体験できます。石井さん、やってみますか？」

「え……っと」

助けを求めるように、テーブルの下で雨月の足を軽く蹴る。しかし雨月は無言の圧力をかけてきて、やってみろ、ということらしかった。

「じゃあ、ちょっとお借りします……」

おそるおそるつけてみると、目の前は静かな浜辺だった。曇り空、ほとんど波も無く、まっすぐな水平線が続いている。

右へ向くと、ぽつりと置かれたイーゼルに、絵が立てかけてあった。ほとんど動きのない風景の中、絵の中でぐるぐるとループするように動く幾何学模様だけが異様だ。

「実際に歩いて近づいてみると、景色も連動しますよ」

「はい、じゃあちょっと歩いてみます」

絵に近づく。五秒で酔ってしまいそう。真後ろへ振り向くと、同じ絵がずらりと並んで、ぐるぐると幾何学模様がループしている。

妙な感覚にすることで、脳のちからとやらを信じ込ませるのか——あるいは、これがLSDの幻覚に似ているのか。

玲がフラフラしているのに構わない様子の、雨月の声が聞こえる。

「娘さんはおふたりとも塾に入られていますよね。教材だけではなく、寮生活を送ることにしたのは、何か理由はありますか？」

「上の娘はいま十三歳で、中学二年生なのですが、義務教育のうちに治したかったのですよね。学校に行かないだけではなく、ほとんど部屋から出なくなっていたので、他の子供との触れ合いも必要だと感じたのもあります」

玲はめまいに耐えきれずゴーグルを外した。いつの間にかリビングのドアすれすれまで移動していて、ゾッとする。

こんなもの、とてもじゃないが『お散歩』とは呼べない。

よろけそうになるのをこらえて、会話を続けるふたりの元へ戻る。

「聖奈さんが学校へ行きたがらない理由はなんなのでしょうか」

「本人は、学校という空間が気を遣いすぎて苦しくなる、というようなことを、あれこれ言い訳を重ねて言っていましたね。でも、集団生活で何かを我慢しなければいけないのは当たり前のことですし、そんな甘えた理由で行きたくないなんて言っていたら、将来何もできず、生きていけませんから」

　和歌子の言い分は、分からなくもない。でも、現状苦しいと訴えている子供の気持ちを無視して、みんなの当たり前に合わせるのは、よくないんじゃないかと思う。

　雨月は熱心にあいづちを打つ素振りを見せつつ、質問を続ける。

「通常のフリースクールは、自宅から、本人が行きたいときに行くというのが原則かと思いますが、全寮制にはそれとは違う良さがあったのでしょうか」

　和歌子は口をつぐみ、考えを整理しているようだった。ややあって、口を開く。

「インターネットには、学校へ行かなくてもいいとか、休むのは悪くないというようなことを啓発するものがたくさんありますよね。娘は、そういう動画やＳＮＳの書き込みをわざわざ私たちに見せてきたりして、学校に行かないことを正当化して、殻に閉じこもっているようでした。なので、一旦そういう、引きこもるのに都合のよい情報は遮断して、ヘグムラプタ教育をしっかり受けた方がよいと判断しました」

　この言い分もマニュアルなのか、それとも、母として実際に思ったことなのか。和歌子の淡々とした口調からは、読み取れない。

「妹さんはまだ小学一年生で、引きこもり状態だと断定してしまうには少し早いようにも思われますが？」

「下の娘は幼稚園から嫌がってよくお休みしていて、これは姉の影響だと思っております。休むと親が心配してくれると気づいて、甘えるために真似し始めたのではないかと」

そんなことはないんじゃないか、と思う。玲が話した花乃の印象は、幼いなりに色々考えていて、周りに配慮もできるし、何より、母を困らせたくないという気持ちがひしひし伝わってきた。

そんなことにも気づけないような親なのだろうか？　それとも、そういうことに目を向けられないほど、追い詰められていたのか……。

「入塾してからお子さんとは一度もお会いになっていないと思いますが、効果を感じられるフィードバックなどはあるのでしょうか」

「週に一度、能力テストの記録が送られてきます。勉強の成績だけではなく、知覚やIQテストの結果や、生活の様子について先生からのコメントもありますので、大変手厚いです」

和歌子はクリアファイルから記録を取り出し、テーブルの上に並べた。全て捏造だろう。聖奈は、無意味に長時間文章を書かされるばかりで、先生は何もしてくれなかったと言っていた。

和歌子は、うんざりしたようにため息をこぼす。

「世の中には、のびのび育てる主義だとか、あまり口を出さずに放任主義の方がいいというような方もいますけれど、それは結果論だと思うのですよね。たまたま、子供が普通に学校に行ける能力を持っていただけ。放任主義を支持する親御さんに、試しにうちの子供の世話を三日でもしてみてほしいですよ。口を出さずに見守るなんて悠長なことをしていたら、ニートを生産してしまいます」

和歌子の強い口調は、子育て論ではあるが、世間への恨み節のようにも聞こえた。

フリーダムな織辺家で育った玲としては、こんなに教育的な思想が強すぎる親に管理されていたら、窮屈で生きづらいことこのうえないだろうと思う。とはいえ、子供を『治す』ために必死に走り回った和歌子を、軽率に否定することはできない。

雨月は和歌子の語りを聞き終えると、居住まいを正して言った。

「少々意地悪な質問になったらすみません。高崎さんは、塾代が高額すぎることや、施設の住所が知らされていないこと、全く帰ってこないことについて、疑問は抱いていませんか？」

「……と言いますと？」

「他の親御さんからの聞き取りで、ここは少し意見が割れているところなんです。お盆やお正月くらいは帰ってきてほしいという方もいらっしゃいましたし、逆に、治るまで出さないのは当然というご意見もありました。住所の件も、迎えに行ける状況では親も甘えてしまうとか、緊急のときのために知らせてほしいとか、様々あるようです」

有島雨月は、本当に嘘がうまい。心理学的なテクニックなのか、元々の性格なのかは分からないが、こんな聞き方をされたら、母親としては、心ゆくまで持論を展開したくなるだろう。

「私は、子供を正常にするには、治るまでは家に帰らず、塾で生活を送った方がいいと思います。一般的な義務教育にそぐわないから不登校になっているので、義務教育とは全く違う教育を与えるのは、子供のためを考えれば当然のことです」

「なるほど。それは、ご主人も同じご意見で？」

「はい。自立のためなら、塾代は気にしないと言っています。岸先生は教材販売のこともご存じかと思いますけれど、このように経済的な支援制度もありますので、大変よくしてくださり満足です」

マルチは学費の支援制度——そういう言いくるめ方をされているのなら、疑いなく加担してしまうのも致し方ない。

雨月は教育制度について質問しながら、核心に迫った。

「これで最後の質問です。先ほど、義務教育のうちに治したいとおっしゃっていましたが、もし中三までに改善が見られない場合、どうなるのでしょうか」

和歌子は一瞬ハッとしたような表情を見せたあと、歯切れ悪く言った。

「……無理なら高校、就職、その先も、自立できるまで面倒は見てくださいます。ただ、塾の教育を受ければ、そこまでは長引かないと聞いていますので」

「もし無理なら？　外へ出られるようになるまで預け続けますか？」

「ええと……」

和歌子がはじめて、動揺したような表情を見せる。ひざの上に載せた手を軽く組み、絞り出すような声で言った。

「……いまから言うことは、論文に書かないでいただけますか」

「お約束します」

雨月がうなずくと、和歌子は声を震わせながら言った。

「本当は、私は育児を手放したのかもしれない、と思っています。真人間になったら子供に会いたいけれど、異常なうちは会いたくない。そういう態度を取ってしまっているのかもしれないことから、目を背けてここまできたのは、分かっているんです」

「それは、塾に入れる前から考えていたことですか？　それとも、入れてから後悔しはじめました？」

「……はっきりと自覚したのは、入れたあとです。ふたりがいなくなってしまった家で、虚しさがあって。それでも、私はやれることは全部やって、これが最善の道だと自分に言い聞かせました。学校の先生との面談に何度も通ったし、カウンセリングに連れて行ったり、親向けの講演会や互助グループにも行ったし、できることは全部やってそれでもダメで……だから、『ひとりで頑張らなくてもいい』『プロに任せてほしい』というへグムラプタの先生方に、全てを託してしまいました」

悲痛な懺悔(ざんげ)を聞いているようで、心が苦しい。手段は間違えてしまったかもしれないが、和歌子の行動は、ちゃんと母親の愛情だったのではないかと思う。

やはり諸悪の根源は、人の弱みにつけこむヘグムラプタだ。

「本当のところを教えてください。その塾の契約、本当に子供が戻ってくる前提でした？」

「……必ず治る、という言い方でした。治らなかったらどうなるかは、文面にはなっていないです」

雨月が親指だけを折って、手のひらを口元につける。４――忘れた古い記憶を話させる気だ。

「先生、ちょっと、待ってください」

いま催眠を使っていいのか？　和歌子の記憶に、無理やり言わされたことが残るのは、姉妹にとってまずいのではないか。母からうーちゃん先生の悪口を聞かされたら、ますます親子に溝ができてしまうかもしれない。

それに、４なんて使ったら、雨月の体はどうなってしまうのか。

「先生、別の方法を……っ」

玲が身を乗り出すのを、雨月は片手で制する。その目は、何も口出ししてくれるなという強い圧で、玲は口を閉ざすしかなかった。

「聖奈さんと花乃さんの、不登校開始から入塾までの出来事を、時系列に教えて？」

和歌子の目がとろりとして、正確な不登校の歴史を諳んじはじめた。

高崎家の不登校の問題が始まったのは、聖奈が小学四年生に上がったころだった。七つ離れた妹の花乃は、当時二歳。手のかかる盛りだったが、聖奈が率先してお手伝いをしたり、学校や習い事もひとりでこなしていたので、家庭は平和だった。

「五月十五日、午前七時十二分。いつもなら朝食を摂りに降りてくるはずの聖奈が部屋から出て来ず、ドア越しに声を掛けると、『学校に行きたくない』と言いました。五月病のようなものだと思い、褒めておだてて、なんとか行かせることができました。しかし、そこから徐々に渋るようになります」

朝一番、夫の食事の準備や花乃の世話で忙しい時間に、聖奈との行く・行かないのやりとりが増えて、和歌子の負担が急激に増した。

加えて、聖奈は朝は不調そうにしているが、休めると分かった途端元気になる。ずっと元気が無いよりはマシだと自分に言い聞かせていたが、やがてその態度にもイラつくようになっていく。

行きたくないことに明確な理由は無く、何度学校に確認しても、いじめは無いし、本人の心の問題と言われた。

花乃が幼稚園に上がると、姉妹は交互に不登校になるようになった。聖奈が落ち着いて学校に行くようになると、花乃が幼稚園に行きたくないという。花乃の送迎に必死の間は、聖奈は母の言いつけをしっかり守り、絶対に困らせるようなことはしない。しかし、花乃が行くようになると、それまでの我慢が崩れるように、行けなくなってしまう。

聖奈は中学に上がると、反抗期が来ないまま引きこもるようになった。花乃も姉を心配しつつ、自分も休みたいと頻繁に言うようになってきた。

「昨年、聖奈が中一、花乃が幼稚園の年長になった六月七日。国分寺市主催の引きこもり家庭向けの講演会の帰り道に、現在の私の親会員である小林友絵さんに声を掛けられました。私と同世代で、子供同士の年齢も近く、同じ不登校の問題を抱えているにもかかわらず、友絵さんはつらつとしていて、少し憧れました」

相談や愚痴を話し合う、気軽なママ友になり、その後、ヘグムラプタの教材を勧められるようになった。

「最初は、教育法に関心があったわけではありません。ただ、見せられた資料で、他の会員さんたちも友絵さんと同じような笑顔でいるのが、強烈に頭に残りました。私は何年もこの問題に向き合って、子供を変えるのは簡単ではないと分かったから、まずは自分が変わろうと思ったのです」

しかし、言われたとおりに教材を使っても、自分の子供たちには同じようには効かない。相変わらずろくなコミュニケーションは取れず、周りの会員のように充実もできない。そんな焦りから、和歌子は教材販売にのめり込むようになった。

「半年後の十二月八日の午後七時六分。ヘグムラプタ本部職員の方から電話があり、入塾を勧められました。冬休みの機会に環境を変えてはどうかと。聖奈の方は、もうすぐ二年生に上がるので、進路のことなどでかなり焦っていました。花乃は、聖奈と物理的に離せば影響も無くなるだろうと思って預けるつもりはなかったのですが、『姉妹が異なる教育方法で育つと、結局元通りになってしまう』と言われたので、ふたりとも預けることにしました」

年の瀬、十二月十九日。姉妹は、迎えにきた塾の車に乗って、知らない場所へ行ってしまった。それから約四ヶ月、一度も顔を見ておらず、生きているのかさえも分からないいまま、送られてくるレポートだけを頼りに、塾代捻出(ねんしゅつ)のためのマルチ勧誘に精を出してきた……。

長時間、記憶の箱を開きっぱなしで話を聞いている雨月は、なんとか指の形を4に保ったまま、ソファの背もたれに体を預けてぐったりしている。呼吸も荒く、かなり体力を消耗しているようだ。

玲は雨月の耳元に顔を近づけ、ボイスレコーダーに声が入らないように話しかける。

「先生、これだけ情報が聞ければ、もう十分ですよ。そろそろやめましょう？」

「……まだ、聞かないといけないことがある」

雨月は咳(せ)き込みながら体を起こし、拳(こぶし)を丸めた。目の焦点の合わない和歌子は、ぼーっとふたりを見ている。雨月はかすれ声で尋ねた。

「もしいま僕が、ヘグムラプタの教育法は全て間違っていると言ったら、あなたは子供を取り返しに行きますか？」

「……はい。ふたりが許してくれて、家に帰ってもいいと言ってくれるなら、戻ってきてほしいです」

雨月はゆっくり立ち上がり、ソファに手をついて無理やり立ち上がりながら、和歌子に声を掛ける。

「あなたが塾に丸投げしたのは、子供を捨てたのと同じだ。……そのことはしっかり反省したうえで、もう一度育児をやり直してみたらどう？　あなたの罪は消えないけれど、あなたが子供のために頑張ってきた歴史も、消えることはないから」

雨月の虚ろな目が、和歌子をとらえる。

指は立てていない、でも、催眠は解いていない、ゆらゆらした状態で和歌子が口にしたのは、小難しい理論が全て剝がれ落ちた、子供への純粋な愛情だった。

「聖奈も花乃も、両腕で抱きしめたいです。離れ離れの間に大きくなって、抱きしめられなくなっていたら、きっと後悔します。先のことより、いまこの瞬間のふたりを大事にしないと……過ぎてしまった時間は、二度と戻せないので」

「すぐ迎えに行ってあげてください」

トンと肩に触れると、和歌子が意識を取り戻した。急に色々話してしまったことに驚いているのか、呆然としている。

玲は、もはや自力で立つことすら不可能な雨月を引きずるように、玄関を出る。

「雨月先生、大丈夫ですか。大通りに出たらタクシー拾うので……ちょっとだけ頑張って……！」

角を曲がると、黒い車が停まっていた。

「玲ちゃん、こっち！」

「不破さん!?　来てくれてたんですか！」

「とりあえずとりあえず」

不破がドアを開け、ぐったりした雨月を後部座席に押し込む。玲も乗り込むと、車は急発進した。

「すみません、不破さん。来てるって知らなくて。あー、先に教えてもらってたらこんなふうになる前に助けを呼べたのにっ。先生、大丈夫ですか!?」

雨月は激しく咳き込み、体を丸める。

「こっちこそごめんな。仕事が終わったのがついさっきで、ライン見たら有島から住所だけ送られてきてたんだけど、状況が分かんねーから距離取って待ってたんだわ」

不破がアクセルを踏みながら、助手席を指さす。置いてあったボックスを開けると、酸素缶、エチケット袋、冷却シート、カイロなどが入っていた。

「有島看病キット。息できてなかったら酸素やって。熱ありそう？」

「寒そうです。カイロ借ります」

「後ろに毛布積んである」

病人の看病は弟妹たちで慣れている。玲はてきぱきと準備しつつ、雨月に声を掛ける。

「雨月先生、呼吸苦しいですか？」

「………吐きそ」

「分かりました。この袋の中、吐いちゃっても大丈夫なので、ゆっくり呼吸して」

目に涙を浮かべて咳き込む雨月を見ながら、玲は、ふつふつと怒りが湧いてくるのを感じた。

秋川署での事情聴取の前に芽生えた、ちょっとした違和感。考えないようにしていた気持ちが、黒く膨らんでいく。

「……不破さん、おかしくないですか」

責めたって意味がない。分かっているのに、口が止まらない。

「雨月先生がこんな体調不良になるって知ってて捜査の手伝いさせるの、おかしいですよ。救急箱まで用意して、無理させる前提でこんな」

涙があふれてくる。玲はそれを拭うこともなく、はなをずるずるとすすりながら、雨月の背中をさする。口元にエチケット袋を当て続ける。吐いて楽になるなら、汚れたってかまわない。

「状況が分かんないから待ってたって、なんですか？　雨月先生がこうなるのなんて、一番不破さんが知ってるはずなのに、わたしにはどうしようもないのにっ。なんで不破さんは雨月先生に全てを丸投げするんですか⁉」

不破は答えない。無言でハンドルを切り、幹線道路に出る。

「答えてくださいよ！」

「……織辺さん、やめて」

雨月が玲の服を弱々しく握ったところで、車は減速し、路肩に停まった。シートベルトを外した不破が、玲に向かって頭を下げる。

「玲ちゃんの言うとおり。なんも言い訳はできなくて、全面的に俺が悪い。ごめんな」

「あ……いえ、…………急に感情的になってごめんなさい」

真剣に謝られて冷静になり、玲も慌てて頭を下げる。気まずい。チカチカというハザードの音と、苦しげな雨月の呼吸音が車の中を占める。

「……何か、理由があるんですよね？　雨月先生が捜査に協力したがる理由とか、不破さんが止められない理由とか。あるんじゃないですか？」

冷静になって考えれば分かることだ。優しい不破が、捜査の情報欲しさだけで友達を危険に晒すはずがない。それに、こんなにも他人に興味が無い雨月が、理由も無しに依頼を引き受けるわけもない。

きっと、何か理由があるはず。なんらかの理由で雨月が捜査に加わりたがって、不破にはそれを止めることができないから、せめてものアフターフォローとしてこの看病キットがあるのではないか……。

雨月が無言で、玲の手からエチケット袋をむしり取る。体の震えは止まっていて、呼吸も少し楽になっているようだった。

「……僕には催眠術しか、警察に関わり続けられる武器がないから」

「武器？」

「あとは不破に聞いて」

雨月が毛布をずり上げ、黒い頭だけが出た状態になる。玲はつい、弟にするように、その頭をぽんぽんと撫でてしまった。顔を上げると、不破は苦笑いを浮かべている。

「有島の家族の話って、どこまできいた？」

「お父さんが亡くなられたことと、双子のお兄さんが行方不明なのと……あと、お母さんのことも少し」

「玲ちゃんさ、性格的にどう考えても心理学なんか向いてないこいつが、大学の先生やったり学会で活躍してるの、不思議でしょ」

「まあ……そうですね。お父さんの遺志を継いで、ってわけでもないみたいですし」

「せんせーになると、大学の公式サイトにフルネームが載るんだよ。論文も定期的に出してりゃ、有島保通の息子が社会心理学者やってるって、全世界にお知らせできるわけ」

玲は意味を汲み取り、息を呑む。

「……わざと名前を出して、犯人を捜してるんですか？」

雨月は何も答えない。不破はしみじみとした口調で語り始める。

「俺は有島に人生救われた人間だから、こいつがやりたいことはなんでも叶えてやりたいと思う。捜査のために催眠で命削らせてんのは、ほんとに申し訳ない。そんなことしなくてもいいって何度も言ったけど、なんでもいいから警察に関わらせてくれ、って」

バラしてごめんな、と言って不破が笑う。黒い頭がかすかに動いた。

「すみません。わたし、何も分かってないのに怒っちゃって」

雨月がそんな矛盾を抱えていることに、玲は全く気づけなかった。

頑なに催眠術を否定し、存在しないことを証明するために必死になる一方で、催眠術を使わなければ、壊れた家族の真相を知ることができない。

雨月がもぞりと寝返りを打ち、毛布の中から、くぐもった弱々しい声が聞こえる。

「……人間の安易な矛盾はたいてい、認知的不協和理論で説明がつきます」

「ちょ、しゃべんない方がいいですよ」

玲が焦って毛布をめくると、雨月は酸素を取り戻すように息を吸い、ぼそぼそと語り出した。

「人間は、自分の中に矛盾や違和感が存在しているとき、それを無くすために、考えそのものを変えることがあるの。意図せず、いつの間にか、考えが変わっている。心を守るためだから仕方がない。高崎さんは他人を喰うマルチにハマった。僕は他人を辱める催眠を使い続けている。同じ。人間なんて所詮、」

言いかけたところで、雨月が大きくえずく。

「うわうわ、先生、もうしゃべんないでください」

雨月はエチケット袋の中へガンガン吐き始めた。玲は背中をさすりながら頭を下げる。

「不破さん、ごめんなさい。催眠使うの、わたしが止めればよかった。全然不破さんのこと責められる立場じゃない」

「玲ちゃんのせいじゃないよ」

不破はそう言うが、玲は申し訳なさで押し潰されそうになる。

「児相にはこっちから連絡しとくから、有島の体調がよくなったら、聖奈ちゃんと花乃ちゃんに会いに行ってみて。それで、お母さんと話したことを伝えてほしい」

「わたしもついて行っていいんですか？」

「もち。フエラムネ同盟だろ？」

雨月は浅く呼吸しながら、ごめん、とだけ言った。


翌週土曜。秋川児童相談所から連絡をもらった玲と雨月は、あきる野市の中心地にある施設へと向かっていた。きょうの午後に両親が迎えに来て、姉妹は帰宅する。

児相職員から聞いたところによると、玲たちが訪問した日の夜に母親から連絡が来て、聖奈も花乃も家に帰りたいと希望したので、帰宅に向けて何度か面談を重ねたそうだ。

また、警察の捜査は、雨月が聞き出した内容で大幅に進展した。

親会員の小林友絵の妹が、所轄の生活安全課へマルチの相談をしていた履歴が残っており、交友関係から新たな証言も得て、逮捕した教師らの取り調べだけでは分からなかった枝葉の部分が、徐々に明らかになっている。

「前身の団体も含めて、過去に監禁生活を送らされた子供たちが、成人後にどういうふうに利用されているのかも、少しずつ見えてきたみたい」

「あ、それずっと気になってました。麻薬を使わせられて、大丈夫なのかなって」

「LSDは覚醒剤（かくせいざい）ほどの強い依存性は無いのだけど、子供のころから日常的に投与されていたとなると、やはり後遺症が残ることもある。日常生活を送るのが難しいような子は風俗や闇稼業に沈められるし、心身無事に育った子でも、ヘグムラプタの思想から抜け出すのは難しくて、関連企業で働かされているみたい」

「ええ？　薬で脳が壊されてるわけじゃないなら、本気出せば抜けられそうな気がするんですけど」

　玲は単純にそう考えたのだが、雨月曰（いわ）く、子供のころに染み付いた思想や常識は、そう簡単に変えられるものではないのだという。

「多くの日本人にとって、犬を食べるのが不可能なのと同じだよ。君、急にポメラニアンの姿焼きを出されて、食べられる？」

「……絶対無理ですね」

「組織の外に出たら毎日犬を食べることになる、と教育されたら、絶対に組織から出たくないでしょう。それに、外の世界の人は全員、犬を嬉々（きき）として食べる非道な人間なのだと思ってしまう」

想像以上に、問題の根は深そうだ。他人の思い込みを解くのが大変だというのは、真紀との会話で嫌と言うほど痛感した。

「聖奈ちゃんも花乃ちゃんも、そうなる前に助け出せてよかったです。他の子も救助してあげてほしいです」

そんなことを話しているうちに、児童相談所に着いた。なんとなく殺伐としたところを想像していたが、出来立ての保育園のような、清潔で開放的な施設だった。

「失礼しまーす……」

職員に促されドアを開けると、髪をほどき、普通の小中学生らしい服装に身を包んだふたりが、ソファに並んで座っていた。

「わー！　玲ちゃん、うーちゃん先生！　来てくれてありがとう」

花乃が無邪気に笑う。聖奈は微笑んではいるが、こちらの様子をうかがっているようにも見える。出した手紙がどうなったのかが、気になるのだろう。

「ふたりとも元気そうでなによりです」

雨月のセリフは相変わらず棒読みすぎたが、純粋なふたりは、ちゃんと食事も睡眠もとれていると教えてくれた。

「聖奈さん、お手紙をありがとう。君の作戦どおり、未開封のままこちらに届きました」

「そっか……よかったです」

「あの封印の模様はすごいね。七芒星の一筆書きを繋げたのかな」

「はい。塾の子はみんな書けます。封筒だけじゃなくて、ペットボトルとかなんでも、開いてないものにはとりあえず書くんです。誰かひとりが抜けがけして飲んだりしないように、っていう印なんですけど……まあ、二度と使いたくないですね」

「あんなのもういらないよ！　だってお姉ちゃんは独り占めしないし、花乃もあげるもん。ね？」

　コロコロと笑うふたりを見て、玲は心底安心した。人間扱いもしてもらえないような環境に閉じ込められて、心を病んだりしていないか心配だったのだ。

　元々学校に行きにくいような繊細な子たちだからなおさら、普通の生活に馴染めるのか、家に帰って家族と気まずい思いをしないか——色々考えていたが、ふたりの話を聞いていると、それは杞憂のようだった。

「——それでね、お母さんと児相の先生とお話しして、学校には行かなくてもいいことになったの」

「そっかそっか、よかったね。おうちでゆっくりできそう？」

「はい。わたしは通信制高校を目指すことにして、家で少しずつ勉強します。花乃は近くのフリースクールに、行けるときだけ行くって感じで」

「キッズケータイ買ってもらうから、お姉ちゃんにメールするんだぁ」

　以前は拒否していたカウンセリングにも、通い始めるという。

雨月が、『強烈な悲しみや恐怖は、時間差で自覚することもある』と言っていたが、専門家がつくなら安心だ。

「わたしずっと、お母さんに謝りたかったんです。わたしがちゃんと学校に行っていれば、こんな事件に巻き込まれることはなかったし、花乃を危ない目に遭わせたり、お母さんを悩ませて変な教材の販売をさせたりすることもなかったなって……。でも、お母さんが、聖奈のせいじゃないってキッパリ言ってくれて、すごくほっとしました」

面会を重ねるなかで、母も姉妹も、互いに言えなかった本音を隠さず話せるようになったそうだ。

「あの……お父さんとお母さんが迎えに来てくれることになったのって、うーちゃん先生が話してくれたおかげですよね？　ありがとうございます」

「いや。知り合いの心理学者で、塾のことを調べているひとがいてね。そのひとに頼んで、家に行ってもらったんだ。だから、僕は何もしてないの。ごめんね」

「そうですか。では、そのひとにお礼を言っておいてください」

聡明な聖奈は、雨月の嘘には気づいているだろう。それでも話を合わせてくれるのはきっと、幼い花乃への配慮だ。

品良く頭を下げる仕草は、和歌子によく似ていた。

「ねえ。花乃たちがおうちに帰ったら、フエラムネ同盟終わっちゃう？」

玲は、首をかしげる花乃を撫でながら微笑む。

「終わらないよ。わたしもふわりんもうーちゃん先生も、ずっと味方だからね。会えなくても、ずっと仲間だよ」

ふたりの人生から僕らの記憶は無くなった方がいい——雨月がそう言ったので、結局、本名もどこに住んでいるのかも教えないままのお別れになった。

本当の平和が訪れるのは、ふたりが悪夢のような数ヶ月を過去のものだと割り切り、自分の生きたいように生きることができるようになったときだ。その妨げになりたくはないので、寂しくはあるが、ここでさようならをするのがいい。

ただ、もし何か悲しい気持ちになったときは、真っ白いお菓子の輪っかを空に透かして、ほんの少しでも元気になってくれたらいいなと思う。

短い面会を終え施設を出ると、門扉の前に植わった桜の青葉が、さらさらと風に揺られていた。まるで絵本の中のような、午後の陽気だ。うららかな風景を眺めながら、ゆったりと駅へ向かって歩き出す。

「雨月先生、連れてきてくれてありがとうございました。行かないって言うかなって思ってたので」

「会えずじまいで別れて、いつかまた会えたらなんて未練を残されるよりは、すっきりさよならした方が、彼女たちのためになるでしょう」

「なんだかんだ、雨月先生は優しいです」

玲が褒めると、雨月は心底嫌そうな表情をする。この流れもお決まりになりつつあり、ちょっと笑ってしまう。

「思い出をこじらせられても困るから。人は、理由も分からず急に会えなくなると、その相手に対して異常に執着したり、理想化したり、思い出を美化したりね。ろくなことがないの」

「それって悪いことですか？　わたしは、思い出は美しい方がいい気がしますけど」

玲が首をかしげるも、雨月は浮かない顔だ。そして、ぼそっとつぶやく。

「僕は、残月とのわずかな思い出を生きるよすがにしている自分が嫌いだよ」

突然の話題に、玲は戸惑う。でもすぐに、この話が突然のことではないと理解した。きっと雨月は、姉妹に関わりながらずっと、自分の双子の兄のことも考えていたのだ。事件の性質的にも重ねるのは無理もないと思うし、子供を見放しかけた母親の話を聞き出すのも、本当はきっとつらい作業だったはずだ。

「それは考えちゃうの、しょうがないですよ。だって、お兄さんに会いたくて、ずっと警察に協力してるわけですし」

玲の言葉は、雨月の耳には全く届いていないようだった。そして、独り言のようにつぶやく。

「本当に父は、脱退支援の逆恨みで殺されたんだろうか。残月が消えてしまったのは、偶然なんだろうか」

「え？　違うかもしれないんですか？」

玲の問いかけに、雨月は力無くかぶりを振る。

「もしかしたら、犯人の目的は、催眠術が使える残月を誘拐することだったんじゃないかって……くだらない妄想だとは分かっているけれど、この考えに、頭が埋め尽くされてしまうときがある」

普段の雨月なら、『そんな非科学的なことはあるはずがない』とでも言いそうな話だった。でも、その表情を見れば、本気でその考えに苦しんでいることがよく分かる。

「そう思ったのは、何か理由があるんですか？」

「不破が警察官になってすぐ、警察内部の行方不明者リストを見てもらったんだ。そしたら、有島残月はリストに入っていないことが分かった」

「えっ、そんなことあり得るんですか？」

「無いよ。遺体は出てきていない、なのにリストに入っていない。意味が分からない。でも、当時の捜査状況も記録に残っていないと聞いて、すぐに残月の能力のことが頭に浮かんだ。犯人に脅されて、捜査員たちの記憶を消すように命じられたのか、とか」

考えすぎですよ、なんて気軽な声掛けは、玲にはできない。

家族が壊れてからずっとそのことを考えて生きてきたのだとしたら、そこを否定するのは、雨月の生き方そのものの否定になってしまう。

「妄想が離れない。残月はどこかの組織に連れ去られていて、いまも催眠術を利用されてしまっているんじゃないかって。歪(ゆが)んだ思想の組織に二十五年も居るなら、率先して悪事を働いているかも、なんて。こんなくだらない妄想に支配されて、もう嫌だ」

無いことは証明できない、と言う雨月の苦しみが、少し分かった気がした。

雨月にとって、双子の兄の失踪は、悪魔の証明と同じだ。悪の組織が存在しないということを、証明することはできない。

「先生、考えるのやめましょう？　大丈夫です、人間なんて、くだらない妄想ばっかりして生きてるじゃないですか。いまのわたしの妄想言いましょうか？　シンプルに、一億円当たりますように、ですよ。宝くじ買ったこともないのに」

雨月はしばらく黙っていたが、ふと立ち止まり、物寂しげな表情でこう言った。

「ひょこっと現れてくれたらいいのに。それか、九歳三六四日目に戻って、風邪引かないように早く寝るか。そんな妄想もね、あるよ」

三章　離島集団脱出ゲーム事件

世間一般の大学三年生活における正しいゴールデンウィークの過ごし方は、『遊び倒す』である。

　来年のいまごろは就活だ。一生のうち、手放しで薫風を全身に浴びながらレジャーに勤(いそ)しめることとなんて、もう無いかもしれない。社会人のいとこは毎年、ゴールデンウィークの始まりにゴールデンウィークの最終日を憂えている。

　友達が正しく小旅行や飲み会を楽しんでいるなか、玲は何をしていたかというと、規定めいっぱいまでシフトを入れて、バイトをしていた。

　それ以外の日は、小学生の景と蘭を連れて無料イベントを狙い撃ちし、宿題の作文用のネタもゲット。こまめに手入れした家庭菜園は豊作で、おおいに食費節約に貢献してくれた。

　連休明け、大学のカフェテリア。玲が満点満足のゴールデンウィークを語るのを、三井は大笑いしながら聞いていた。

「あはは、玲らしいなあ〜。織辺きょうだいは幸せ者だよ、そんなに遊んでくれるお姉ちゃん、いないもん」

「ほんとは、遊園地とか連れて行ってあげられたらよかったんですけど。でもふたりとも喜んでくれたからよかったです」

玲が満面の笑みでアイスティーのストローに口をつける……と、三井が何やら楽しそうな顔でポケットを探り始めた。

「ところで玲さ、脱出ゲーム好き?」

「……? やったことないですけど、なんとなくは知ってます。部屋の中で謎解きして、全部問題が解けたら脱出できるみたいなゲームですよね?」

「そうそう。それの超でっかい規模のやつ、二人一組のチケットもらったんだけど、一緒に行ける奴がいなくってさ。もしよければどうかなって」

三井がスマホの画面を開く。

「『天使文明からの脱出』……無人島?」

「そ、無人島貸切!」

「いや……すごいですけど、わたし、脱出ゲームやったことないですし、テレビの謎解きとか見てても分かんないタイプです」

顔の広い三井なら、他にも誘う友達はいるのでは?……と思ったのだが、三井は意外なことを口にした。

「これ、心理学系の大学生・院生限定で、一般公開前のテストプレイヤーの募集なんだ。

だから無料だし、なんなら、一番謎解けたひとには賞金もあるって」

　賞金——玲がぴくりと反応する。

「ちなみに、おいくらで……？」

「一〇〇万円！」

「えええええぇぇぇえ!?」

　玲の人生とは無縁の額が飛び出してきて、思わず後ろへのけぞってしまう。

「えっ、え、ほんとに知識ゼロの初心者ですけど、大丈夫ですか？」

「大丈夫、大丈夫。バシ大有島ゼミの門下生はもれなく心理学のエリート学生扱いだよ。それに、オレ脱出ゲーム超好きで月イチで行ってるし、チケットくれたOBの先輩も、テストプレイだから、慣れてない子も来てほしいって言ってた」

　でも、できるのかなあ……とためらう玲に、三井はきゅるりとした笑顔で、ダメ押しのひと言を口にする。

「ふたりで解いて、五〇万ずつ山分け。な？　遅れてきたゴールデンウィークってことでさ」

　頭の中で、賞金がもらえる可能性と交通費を天秤にかける……と、不意に、見覚えのありすぎる人物がテーブルの横をすり抜けた。

「あっ、雨月先生！」

　三井が立ち上がり、腕を摑んで引き留める。もし犬のしっぽがはえていたら、ちぎれそうなほどぶんぶんと振っていただろう。他方雨月は、小さく舌打ちをしている。

玲は苦笑いしつつ声を掛けた。

「珍しいですね、こんな敷地の目立つ場所を歩いてるなんて」

「箱庭実習室から帰るところ。ここを突っ切るのが早いでしょ。では」

「待ってください雨月先生！　ちょっとおしゃべりしましょうよ！」

「嫌だよ、急いでいるからショートカットしてるのに」

すがる三井を引き剝がそうと半身を翻した雨月の動きが、ピタリと止まる。視線の先には三井のスマホ——脱出ゲームのタイトルがドドンと載っている。

「これなに？」

「無人島貸切の脱出ゲームです。心理学生限定のテストプレイヤーを募集してて、面白そうだから玲とふたりで参加しようかなと」

雨月は無言でスマホを手に取り、スイスイとスクロールしていく。相変わらずの速すぎる速読で読み終えると、真顔のまま、予想外のことを口にした。

「織辺さん。これ、五月のレポート課題にしようか」

「ええ……？　なに書けばいいんですか？」

「見ず知らずの四十人が集められた孤島で、解ける保証のないゲーム。初学者でも分かりやすい現象が色々見られるだろうから、観察結果をまとめてみるだけでも、得るものは多いと思うよ。研究したいテーマが見つかるかもしれないし」

有島ゼミの三年生は、五月から月イチのレポートが課せられる。初回に何を書くか迷っていたが、いきなり専門書を読んでまとめるよりは、見たままのものを書き出す方が簡単かもしれないと思った。

「そういうわけで三井くん、院試と卒論で大変なところ悪いんだけど、織辺さんの書きものも少し手伝ってあげて」

「お任せください！」

あまりにノリノリで誘ってきたので忘れていたが、三井は大学院進学を控えた四年生である。

院試は八月に行われるため、脱出ゲームで遊んでいる場合ではないはずなのだが、有島のスパルタ教育で育った秀才は余裕らしい――普段から、大学の課題のほとんどをバスタイムのスマホポチポチで完成させると言っていた。

「玲、頑張ろうね」

「はい。謎解きもちょっと予習しておきますっ」

五〇万円もらえたら、焼肉に行きたい……。

本日最後の講義を終え、スマホを見ると、雨月からラインが届いていた。不破が来ているので、隠し部屋に来てほしいという。

旧ゼミ棟の古さにも、エレベーター無しの不便さにも、すっかり慣れた。三階までの階段をリズムよく上がり、隠し部屋に入ると、執務机を挟んで雨月と不破が難しい顔をしていた。

「こんにちはー……」

先ほどのカフェテリアでの会話とは一転、ただならぬ雰囲気だ。不破は振り返ると、ほんの少し表情をゆるめた。

「ごめんな、来てくれてありがと」

玲は部屋の隅のパイプいすを引き寄せ、不破の隣に座る。

「どうしたんですか？　何か新しい事件ですか？」

「いや……実は、一月の奨学金借り換え詐欺事件、余罪がザックザク出てきてさ。玲ちゃんも有島も、潜入前に毎日配信を見てたっていうから、なんか知ってることないかなって」

あの事件は、『エトワ』というインフルエンサー事務所が、ネットで人気になった若者をスカウトして詐欺行為を働いていた。ユイリはエトワの指示で陰謀論を配信させられていて、華やかなパーティーの裏では、闇金融の契約が密かに行われていた。

雨月が手に持っているものと同じ書類が、玲に手渡される。会社や団体名とその業種、逮捕者の名前などが表になっているリストだった。

「これは、容疑がかかってる団体とかのリスト。証拠が揃ってて令状待ちのものもあれば、他の逮捕者からの証言に挙がったけど、特に証拠は無いみたいな薄い情報もある」

ざっと見ただけでも、三十件はある。業種は手広いながらも、数珠(じゅず)つなぎのように関連しているように見えた。

「パーティーに一緒に来てた、あおはると日向(ひゅうが)って子、覚えてる？」

「はい。あおはるは弾き語りライバーで、日向は自分でブランドやってるファッション系ライバーでしたよね」

「そうそう。あの子たちもその後逮捕されたんだけど、エトワには所属してなくて、別団体で要職につかされてたことが分かってさ」

不破の調べでは、エトワの関連団体は、ネット上で見つけた使えそうな若者や、他の事件で引き抜いてきたひとを取り込み、少しずつ近い分野の商売に手をつけながら、次々新たな詐欺を行っていたのだという。

リストを上から眺めると、日向がデザイナーを務めていたブランドが目に入った。確か、『星の涙』というコンセプトの、女性向けファッションブランドだった。

「このブランド、実店舗無しで、SNSのイメージ戦略とネットショップだけで人気になって、ファッションショーもやったって、ユイリの配信で自慢してました」

「お、有力情報。そんな流行(はや)り方だったのか」

不破はポケットから取り出したボールペンで、隅にメモを書き込む。

「あおはるが所属しようとしていた音楽レーベルの『セブンスター』も、オーディションの密着動画が泣けるってところから流行ったんですよ。でも最近は、ヤラセ疑惑とか台本あるみたいな噂で、人気落ちてるみたいですけど」

「なるほどなあ。一連の詐欺は、サクッと作って、ダメんなりそうならすぐ潰して新しいのを作って……っていうのを超速でやって、足つかねえようにしてたみたいだから、そのレーベルもデカくなりすぎる前に潰す前提で作ったのかも」

雨月は無表情で足を組み直し、尋ねる。

「これだけ見つかっているなら、あとは芋づる式に捕まえられるんじゃないの」

「いやあ……それがそう簡単にはいかねえのよ。まず、大元が分からん。リストに出てるのはどれも、構成員を増やすための末端事業でしかない」

「それらを束ねる大きな団体があると考えているんだね？」

雨月の指摘に、不破は表情を曇らせつつうなずく。

「あとひとつ謎なのが、捕まえた奴ら全員が、『親会社に情報を渡す係がいた』って言ってる」

「情報？　なんの？」

「分からん。末端の若い子には知らされてないらしい。よくある特殊詐欺の組織だと、名簿屋が個人情報のリストを売ってるんだけど、それとは違うっぽい。なんか、グラフとかが入った文書だったらしいから」

「ただの詐欺というには、色々おかしなことがあるね」

不破は腕組みをして大きくうなずく。

「そもそも、ビジネスモデルがおかしい。こんな犯罪、成立するわけがねえんだわ」

不破の抱いた違和感は、『コスパが悪すぎる』ということだった。

エトワの手口は、奨学金陰謀論を用意して信じさせるところからスタートして、闇金や投資詐欺を経て、搾取するというものだった。

しかし、若者を借金漬けにするなら、パチンコ屋で待ち伏せでもして声を掛けた方が早い。末端とはいえ構成員を顔出しで配信していたうえ、ゲストハウスで無料のパーティーを催すなど、金銭的にも方法的にも、リスクを負いすぎていた。

「それで……まあ、俺の考えすぎかもしんないんだけど、ちょっとふたりに意見聞きたいこともあって」

不破はぽりぽりと首筋を掻きながら言った。

「ヘグムラプタ教育塾も、構造似てると思わねえ？」

「似て……ます？」

突然の話題に、玲は困惑する。

「こっちはエトワとは全くの別件として調べてるところなんだけど、塾長が取り調べで『引きこもり状態の子供を引き取って監禁して、親の金が尽きるまで吸い取る計画だった』って証言したらしいんだわ」

玲にはピンとこなかったが、雨月は思い当たる節があるようで、不破の意見に賛同する。

「確かに、コスパも効率も悪すぎるね。引きこもりを利用するなら、成人済みのひとを就職斡旋という形で拉致してしまえば、横流しするだけで済む。わざわざ監禁場所や薬物まで用意して、何年間も子供を養育する意味とは？　と考えると、行動が意味不明だ」

「だろー？　犯罪の手口が大がかりな割に、得られるもんが少なすぎる。他の件も、『若い子を自社に取り込む』っていうのが一応の目的ってのは共通してんだけど……なんかなあ。それだけじゃねえ気がすんのよ」

「じゃあ不破さんは、このリストにある会社や団体と、ヘグムラプタが繋がってるって考えてるんですか？」

「あり得ると思ってる。でも、決定的な違いもあって」

　エトワとヘグムラプタの大きな違いは、事業の内容だ。エトワに関係する一連の事件は、若者向けというところだけが固定で、内容はジャンル問わずで手を広げている。しかしヘグムラプタは、三十年以上塾スタイルを続けてきた。

ただし、ヘグムラプタの前身の団体は、過去に何度も名前を変えていて、『逮捕者が出たらすぐに解散し、教育内容や対象者を変えて新たに作る』……というところは似ているという。

「ヘグムラプタ教育塾は、大元へ遡ると、どっかの一族が始めた普通の教育事業らしい。詳しくは捜査中。エトワと関連してるかについてはなんの決め手も無いし、周りに言っても本気にしてもらえないだろうから、独自に調べて証拠洗い出してから掛け合ってみよっかなって」

　雨月はしばらく考え込んでいたが、ハッと気づいたように背後の本棚を見た。

「不破、もし塾の前身の団体名が分かったら教えてほしい。ヘグムラプタ式に施設に閉じ込めて搾取していたとしたら、父が脱会支援で関わっていた可能性がある」

「まじ？　資料とか残ってる？」

「あまり期待はしないでほしいけど。父が支援活動を始めたのは、死ぬ三年前……いまから二十八年前だから、それ以前の資料は無いだろうし、死後ももちろんないので」

　なんだか話が壮大になってしまった。ネット上の軽い詐欺だと思っていたものが、もしかしたら、何十年も前からある悪徳組織の可能性もあるなんて……。

「雨月先生。なんか、こういう犯罪を考える社長は心理学的にこう、みたいなのないんですか？」

「犯罪捜査で最も妨げになることは、思い込みと一般化だよ。たった二件のエピソードで犯人の傾向をしゃべり出す心理学者がいたら、それは眉唾(まゆつば)ということをよく覚えておくといい」

　うっ……と玲が撃沈するのを見て、不破が豪快に笑う。

「社長の心理はわかんねえけど、でもまー、こんな派手に事件起こして現行犯逮捕させてくれる詐欺団体なんて、なかなか無いからな。俺としては割とやりやすい方」

「やりやすいとかあるんですか？」

「あるある。俺はちまちま調べたりパソコンに向かうより、さっくり現場に出てオレオレ詐欺の受け子捕まえちゃう方が得意なのよ」

不破が力こぶを作ってみせる横で、雨月がぼそぼそと補足する。

「不破警部補は三年前、二課に異動してすぐに、あまりにも大活躍しすぎて、『不破の検挙数が異常』『悪めの若者に何か独自のパイプがあるのでは』とかいって、警視庁内で嫌疑をかけられたという伝説がある」

「なぁんでそれ言うんだよ！」

「そのチャラチャラした見た目がまずいんじゃないの」

「髪色は地毛だし、長さもギリギリ怒られない線を攻めてんだよ」

「ふ……」

なんと、雨月が笑いをこらえている。いや、笑っているか。頬杖（ほおづえ）をついた拳（こぶし）を口元にめり込ませ、視線を外し、静かに笑っている。

こんな姿はついぞ見たことがなく、玲は驚きつつ、小さく挙手した。

「あのー……前から聞きたかったんですけど、おふたりって、高校から一緒なんですよね？　なんで仲良いんですか？　全然タイプ違うように見えるんですけど」

「お、それ聞いちゃう？」

不破が首をかしげるのと同時に、雨月の表情が消え失（う）せる。露骨に嫌そうな顔でハンモックに向かい、ごろりと転がって背を向けてしまった。会話に参加する気はないのだろう。

　不破はそんな雨月の様子を無視して、ノリノリで思い出話を始めた。

　ふたりの母校は、都内有数の中高一貫の男子校で、高入生の不破は、入学当初からかなり浮いていた。

　勉強の成績は良いし、性格も明るいのに、地毛の茶髪や話し方が適当なせいで、不良なのではないかと誤解される。

　学校に来た瞬間から寝ているのは低血圧のせいだし、授業中にぼんやりしていることが多いのは黒板を書き写すのが速かっただけで、テスト前に余裕で遊びに行っていたのは、勉強は家できっちり済ませるタイプだったからだ。

　服装の趣味が周りと合わない。怖がらせるのが嫌であまり話しかけないでいたら、一匹狼みたいな扱いになる。タバコも酒もやらないし、人なんか殴ったことがないのに、どうしてヤンキーの噂が流れてしまうのか……。

「じゃあ、結構孤立して悩んじゃったりしてたんですか？」

「いやいや。俺は見てのとおりこんなのんきな性格だし、周りはみんな頭いいから、いじめみたいな無意味なことする奴もいないしね。誰も話し掛けてこないからマイペースに生きてて、結構快適だったんだけど……先生受けだけは超悪かったな。あはは」

　教師からの評価が人生に深く関わると信じているクラスメイトとは、どうにも価値観が合わない。

そういうわけで、周りとは深く関わらずに生活していた不破だったが、クラスでひとりだけ、気になる人物がいた。

先生の授業を全く聞かず、涼しい顔で読書している奴——有島雨月だ。

「俺とは別のベクトルで、先生みんな、有島には手を焼いてたな。全然話聞いてないのに、当てれば答えるし、成績も常にトップで。無愛想だけど生活態度は悪くないから、文句もつけらんねえっていう」

玲の脳裏に、ひねくれ者の雨月と、それを見てこっそり楽しむ不破の姿が浮かぶ。

「玲ちゃんさ、前に俺、『有島に人生救われた』って言ったの、覚えてる？」

「はい、覚えてます。……わたしが、雨月先生に無理やり捜査させてるみたいなこと、言っちゃったときですよね」

玲が縮こまると、不破は「気にしてない」と言って笑った。そして、リラックスした表情で話を続ける。

「ある日学校行ったら、なんか俺が、クラスの奴の財布盗んだってことになっててさ」

「え、ひど。言いがかりじゃないですか」

「そう。マジでなんの心当たりも無い、純度一〇〇%の冤罪(えんざい)よ。でも、誰とも一緒に行動してないからアリバイもねえし、味方してくれる友達もいねえし、先生もハナっから俺が犯人って前提で話してるしさ。そのまんま生徒指導室に連れて行かれて、『いま自白すれば退学にはしない』とか言われて」

「えー……酷すぎる」

「丸一日拘束されて、もう言わないと帰れないみたいな雰囲気になって、しょうがないからそれでいいや……と思ったら、急にガラッとドアが開いて、有島がスタスタ入ってきたの。んで、生徒指導の体育教師に向かってひと言、『あなたが盗ったんでしょ？』って」

　集まっていた教師陣は凍りついたが、雨月は必要最低限の三段論法で、体育教師の窃盗の手口を証明した。

「へえ、名探偵みたいですね！」

「ははは、玲ちゃん。この話はここからよ」

　雨月は体育教師に向かって、『不破くんに謝ってよ』と言った。棒立ちで、ポケットに手を突っ込んだまま。

　その態度に逆上した体育教師は、なんと、雨月に殴りかかった。不破は雨月を守ろうと飛び出したのだが……。

「俺が間に入るより先に、うーちゃんが前蹴り一発で、体育教師をぶっ飛ばした。あんまりにも綺麗にぶっ飛ぶんで、超笑ったわ」

「えええ!? 雨月先生って、めっちゃ貧弱で体力無くて体育いつも見学みたいな感じじゃないんですかっ？」

　本気で驚く玲を見て、不破はケラケラと笑う。

「有島雨月は武闘派よ。キレると足が出る」

「不破、オジサンの武勇伝語りは痛いよ。僕を巻き込まないで」

「うっせえ、お兄さんだわ」

　体育教師はその後懲戒免職となり、学校を去った。そして、ますます雨月への興味を募らせた不破は、誰とも会話をしない雨月に勝手について回るようになる。

　周りのクラスメイトは、他人に流されないふたりの考え方に共感を示すようになり、徐々に親交が深まっていった。

「有島はすごかったよ。二年で生徒会長になって、無駄な制度を淡々と改革して」

「自分が楽できるように変えただけ」

「いやあ、成績のことしか頭に無いような奴らをひとりずつ手懐けて、子分になりたがる奴とかいっぱいいたしなあ？」

「それは不破のせいでしょ」

「おっ。俺の人望だって？」

　不破は雨月を追いかけて、生徒会の副会長になった。子供のころから、面倒なことは一切やりたくないと思っていた不破にとって、これが大きな転機になった。

「周りからは『ありふわコンビ』って呼ばれてて、俺ら最強じゃんって思って、高校生活超楽しかった。んで、人のためになんかするのっていいよなって思って。将来とか全然考えてなかったけど、そういうのやりたいなーってなったときに思いついたのが、警察だった。高校出たらすぐ警察官になるって決めたんだ」

警察組織には、有名大学から国家公務員として警察庁に勤務するキャリア組と、各都道府県に所属するノンキャリア組がいる。

難関大学への進学が当たり前の高校で、親も教師も当然のごとく、有名大学を出てキャリア組を目指すべきだと言った。

「高卒で就職するなんてありえないって、すげー反対されて。でも俺は、一刻も早く警察官になりたかったし、出世とかも興味無いから、ノンキャリでいいって思ってた」

キャリア組として上に行った方が大勢の人を助けられるという大人の意見と、地域のお巡りさんの方が直接人を助けられるという考えで、押し問答が続く。

夢の背中を押したのは、雨月だった。

「有島に、『君は人が好きだから、助けを求めて来たひとに手を差し伸べられるところに居ればいいんじゃないの』って言われたんだ。俺、それがすげーうれしくて。いまも徹夜で死にそうなときとか、そのときのこと思い出してる」

「なるほどー。それはたしかに、雨月先生に人生救われましたね」

「うん。自分が変われた経験があるから、自分も若い子を救っていきたいと思うし、今回のこの若い子ばっかり狙われる事件は、絶対解決したい」

不破が語り終えると、雨月がのそのそとハンモックから起き上がった。

「話終わった？　大学生相手に長々自分語りするの、オジサンくさいよ」

「うっせえ、お兄さんだっつってんだろ」

悪態をついたところで、不破のスマホが震える。

「すまん、呼び出しだわ。有島、なんか心当たりあったら連絡くれ」

「そっちも、ちゃんと仕事しなよ」

不破はべーっと舌を出して、慌ただしく隠し部屋を出ていった。


週末、土曜の夕方。玲と三井は、神奈川県横須賀市の沖合にある尾碑島行きのフェリーに乗っていた。

夕暮れ空を映した海面を切って、船が進む。デッキから少し身を乗り出すと、こんもりとした島のシルエットが、徐々に近づいてきた。

「こら、そんなに身を乗り出したら危ないよ」

振り向くと、三井が笑いながら玲の服の袖を引っ張っていた。

「無人島って、未開の地とは限らないんですね。定期船があるなんて、思いもしませんでした」

「人の住居が無いっていうのが、無人島の定義らしいからね。毎日観光客が来てても、住んでなかったら無人島でーすってこと」

脱出ゲームが行われる尾碑島は、戦時中、旧日本軍の『偽の要塞』として拠点にされていた。島のあちこちに、形だけ似せた石造りの砲台や、レンガを割って作った偽の弾薬の保管庫など、奇妙な軍事作戦の名残があるらしい。

フェイクの島。誰も戦わなかった、置き去りの戦争跡地。現在は、貸切で釣りもバーベキューもできてしまう平和な観光スポットで、道は舗装されているし、迷子になることはない。

デッキの手すりにもたれかかりながら、三井は目を細めて笑う。

「これ、玲にとっては遅れてきたゴールデンウィークだけど、オレにとっては二回目のゴールデンウィークだからな」

「院試前にこんな余裕なの、大学中探しても三井先輩だけだと思いますよ」

「いやあ、可愛い後輩のためなら頑張るしかないっしょ。超有用なデータ取りまくって、雨月先生を驚かせちゃおうぜ」

ケラケラと笑う三井を見ながら、玲は不思議な居心地の良さを感じていた。

玲は普段、こういう陽キャっぽすぎるひとと話しているとやや疲れるのだが、三井のゆるい波長は、一緒に居て楽だ。この非日常の小旅行も、三井の引率ならより楽しめそうだと思う。

夕焼けと夜の入口が混じったような、不思議な色の空を眺める。……と、デッキの先端部分にもたれた二人組の男子が、何やら盛り上がっているのが聞こえた。

「――だから、このテストプレイは超オイシイってこと」

「マジかぁ。えー、俺イケるかな？」

なんの話だろう。玲が首をひねる一方で、三井はちゃっかり聞き耳を立てていたようだ。

「やっぱり噂になってるんだな？」

「なんですか？」

「あっちの奴らが言ってたやつ。このテストプレイは、転職エージェント会社が出資してるって噂があって。いい成績をおさめると、心理系部署の研究職に声が掛かる、と」

「え？　いや、主催者、普通に全国展開してる脱出ゲームの会社じゃないですか」

株式会社エスケーパー——首都圏に脱出ゲームの常設店舗を持ち、その他にも、町おこしのスタンプラリーやテレビのクイズ番組などにも協力している、若者中心のベンチャー企業だ。

スタッフ全員の顔と簡単なプロフィールがサイトに載っており、脱出ゲームや謎解き関連でタレント活動をしているひともいる。玲は攻略のため、スタッフ全員の顔と名前を覚えてきた。

「今回のテストプレイは、エスケーパーの名義だけ借りて、内容はそのエージェント会社が作ってるって話。……ま、オレは信じてないけどね。心理学が活かせる仕事なんてほとんど無いし、あっても倍率ヤバいんだから。向こうから誘ってくれるなんてオイシイ話、あるわけない」

三井はおかしそうに笑う。玲も同感だ。有島ゼミが異常に実践的なだけで、基本的に心理学科というのは、一般企業への就職にはあまり役に立たない。
『天使文明調査団の皆様にお知らせします。当フェリーはまもなく、南の桟橋に到着します。船を降りられましたら、貴重品も含め、お手荷物は全てスタッフにお渡しください。お引き換えする形で、タブレット端末とリュックをお渡しいたします』
皆がそわそわするなか、三井は余裕の表情で肩をすくめる。
「財布もスマホも取り上げかあ。途中で逃げるのは不可能ってことだな」
「ちょっと、物騒なこと言わないでくださいよっ」
「ごめんごめん。からかっただけ」
フェリーが停止し、参加者が列になって桟橋へ降りてゆく。島に着いた瞬間、ラインが数件まとめて入った。
[有島雨月：いまどこ？　脱出ゲームに行く途中なら帰って]
[有島雨月：その脱出ゲーム、エトワ事件と関係してるかもしれない]
[有島雨月：不破を呼んだ。少し時間がかかると思うけど向かいます]
[有島雨月：水上バイクで行く。多分八時過ぎには着く]
[有島雨月：連絡ください]
サーッと血の気が引く。
エトワ事件と関係している？　それは、エスケーパーが関係しているのか。それとも、先ほどの噂の転職エージェント会社とやらが、実在するのか。

返事を送ろうとするも、列はどんどん進んでいき、スタッフの前に着いてしまう。

「お手荷物をお預かりします。スマホや貴重品も一緒に鞄に入れてください」

雨月に返信できないまま、スマホごと荷物を手渡してしまった。女性スタッフは、荷物と引き換えに、タブレット端末と、懐中電灯と軍手入りのリュックを手渡してきた。

完全に連絡手段が無くなった。こちらの状況も伝えられないし、何が危険なのかも聞けない状態で、どうすればいいのか皆目見当がつかない。

「どした？　玲、なんか顔色悪くない？　船酔いしちゃった？」

「あ……いえ、平気です」

参加者たちは、砂浜沿いの小屋の前に集められた。砂浜より数段高くなっている建物は、普段は、売店兼レジャー用具の貸し出し受付のようだ。

玲は腹を括った。雨月と不破が来るまで、ゲームに参加しつつ様子を見るしかない。そして、謎もなるべく多く解いておきたい。どのように関係しているのかは分からないが、若者を取り込むのが目的なら、優勝者が目をつけられる可能性が高い。

冒険家の服を着た若い男女が五人、小屋の下に並ぶ。そのうちのひとり、眼鏡の男性が小屋の入口に上がって、拡声器で話し始めた。

『天使文明調査団のみなさん、遠路はるばるご苦労さまです』

玲は少し驚いた。なんの導入も無く、いきなり物語がスタートしたからだ。しかし周りは驚いた様子もないので、脱出ゲームとはそういうものなのだろう。

『私は国立横須賀大学の天使文明研究チームのリーダー、率野と申します』

「あ、あのひと、よくテレビに出てますよね」

「そうそう、脱出ゲームクリエイターの率野晃くんね。クイズ番組とか子供向けのやつにもよく出てる」

　蘭が好きな朝の番組で、謎解きコーナーを担当しているので、毎週見ている顔だ。下に並んでいる四人も予習済みの顔ぶれで、別団体の人間がスタッフに交じっているというとはなさそうだった。

　率野はよく通る声で、朗々と説明を始めた。

『はるか昔、この島には天使文明が栄えていました。天使たちは、赤ちゃんから少年時代に、人間を祝福するために舞い降りてきます。晴れの日や旅立ちの日など、僕らの気づかない場所にいつも天使は居て、密かに人々の門出を祝ってくれていたのです。

　この島は、役目を終えた成年天使たちが最期を迎える終の住処であり、地上で働く子どもの天使の休息の地でもありました。我々の調査によると、天使文明は、高度に発達した魔法の世界だったということが分かっています。平和で、なんの争いごとも悲しみも無い、安らぎの地。

　しかしあるとき、天使たちの故郷である天界が悪魔に攻め込まれ、その影響が天使文明にも降りかかってきました。成年天使たちは文明を守るため、空へ向かって、七つの聖なる星のかけらを飛ばします。悪魔は追放され、天界は平和を取り戻しましたが、代償として、天使文明は封印されてしまいました。

みなさんには天使文明の謎を解き、この安息の地を復活させてもらいたいのです。全ての謎が解けると、文明が再び動き出すことでしょう。天使たちは再びここで暮らせるようになります。みなさん協力して頑張ってください』

流れるような説明だった。

よくできた話だなと思うと同時に、ユイリの語る陰謀論が頭をよぎった。思えばあれも、ずいぶんと作り込まれた話で、文学的ですらあった。

「いやあ、すごいよこれ。この演説だけで既に大ヒントだらけ」

「え、いまのってただの設定説明じゃないんですか？」

「うん、色々分かったことがあるし、それとは別に、心理学的にも興味深いことが起きそうだから～まあ、その話はあとで」

三井はすっかり感心しているが、玲にはどこが重要だったのか、全く分からない。

その後は、脱出ゲームのルール説明が始まった。

全員に配られたタブレットには、白黒の地図画面と、謎解きの答えの入力画面、ストーリーという、三つのタブが表示されていた。

地図を見ると、楕円形の島は八つのエリアに分かれていた。しかし、どこに謎解きの問題があるのかは表示されていない。必要最低限の地形と、散策ルートだけが描かれている。

ゲームのルールは、島内に隠された問題を探して謎を解き、天使文明の遺構を解放していくというものだった。ストーリーのタブは空なので、謎解きを進めると追加されるのだろう。

『誰かが遺構を解放すると、全員のタブレットに文明の一部が復活したことが知らされます。解いた謎周辺の地図がカラーになり、緑色の丸がつきます。丸をタップすると、解いた団員の名前と、謎の答えが表示されるので、参考にしてください』

「ん……？」

三井がこてんと首をかしげる。

「どうしました？」

「これ、誰かが解いちゃったら、そのあとは解けないのか」

「それって珍しいんですか？」

「うん。珍しいっていうか……まあ、これもあとで」

三井の言い方には含みがあったが、率野の話が続いているので、深くはつっこまず、ゲームの説明の続きを聞く。

『天使文明の中は保存のため、飲食物の持ち込みが禁止されています。この小屋の裏手に、水分補給用のテントとトイレがあります。テントにはスタッフが常駐していますので、怪我をしたり具合が悪くなったりした方はすぐにおっしゃってください』

三井は玲に耳打ちする。

「脱出ゲームって、怪我とか体調不良でドロップアウトしたら、そのあと体調よくなっても復帰できない仕組みになってることが多いから、ちょっとでも具合悪くなったらすぐ言って。休み休みいこう」

玲は三井に合わせてうなずいたものの、内心頭を抱える。具合が悪くなったフリをして雨月たちを捜しに行くという手は、使えなそうだ。

『今回の調査は初回で特に重要なので、貢献ポイントが高かった団員には特別な報酬を用意しています。このことは、今後やってくる別の調査団には言わないように――』

話の途中で、女性が走ってきた。

「宰野リーダー、大変です！」

「どうした、物見くん」

「わたしたちが乗ってきた船が消えています！」

「何っ？　そんなはずは……、はっ⁉　みなさん、タブレットを見てください！」

画面を見ると、乱れた映像が映し出されていた。

『これだ……天空船……。こ…さえあれば…が……る』

地面に鎖で縛られた棺桶が光っている。宰野は焦った様子で、再び拡声器を握った。

『大変なことになりました。何者かが、天使文明で最も大切な「天空船」を起動させてしまいました。でもこれは、文明を復活させずに動かしたら、エネルギーを放出できずに壊れてしまうのです！』

物見が率野に耳打ちする。率野は大きくうなずいた。

『天空船のエネルギーチャージには、五時間かかります。現在時刻が午後六時なので、十一時までに全ての謎が解ければ、天空船は無事に出発できるはずです。遺構の謎は百個。全てを解放して天空船のある場所を突き止めて、私たちも天空船に乗って脱出しましょう！』

三井は感心したように小さく拍手をした。

「ストーリーの完成度高いなー。百個もあるなんて、本気度がすごい」

「わざわざ離島を貸切にするくらいですし、参加者を満足させるのに、そのくらいの規模感は必要なんじゃないですか」

無料で金が掛かりすぎというところで、やはりエトワのやり口がチラつく。特別報酬、つまり賞金がもらえるのは、今回のテストプレイヤー限定のようだし……。

『それではみなさん、ご安全に！』

周りがそわそわと動き出す。玲は三井が開いた地図を覗（のぞ）き込んだ。

「どうします？　どこから行ったらいいとかありますか？」

「うーん、色々話したいこともあるし、とりあえず山側の北東部を目指してみよっか」

事前にネットで調べたところ、島中のあちこちにある戦争遺構は、全て近くまで寄って見学できるよう、かなり細かく散策ルートが張り巡らされているらしい。

南の砂浜から北の灯台まで、直線距離としては五〇〇mほど。小さな島だが、坂のアップダウンが激しいようで、大体十五分くらいはかかると書いてあった。

「結構入り組んでるな。探しがいがあるね」

三井は楽しそうに笑うが、玲は内心冷や汗をかいている。細かく道が分かれた島内をめぐるのはかなり時間がかかりそうだし、スマホも取り上げられているから——これは、雨月たちと合流できるかも怪しくなってきた。


完全に日が落ち、暗くなった舗道を進む。散策ルートは森を切り開く形で整備されていて、迷うことはなさそうだ。

三井が、先ほど言いかけていた話の続きを始めた。

「脱出ゲームって色々種類があるんだけど、これはだいぶイレギュラーなパターンなんだよな」

「どういうところがですか？」

「普通の脱出ゲームって、数人でチームになって、一個ずつ順番に謎を解いていくんだ。でもそれって、遊園地のアトラクションみたいなもんで、全員が同じストーリーを楽しめるように、同じ問題が全チーム分用意されてる。だから、前のひとが解いちゃったから自分たちは問題が解けない、ということはあり得ないんだよね」

「じゃあこれは、早い者勝ちなシステムがイレギュラーってことですか？」

「そうそう。こんなややこしいことになったのは、『賞金』という要素をひとつぶっこんじゃったせいだと思う」

三井曰く、本来この離島からの脱出ゲームは、『参加者は全員仲間。みんなで手分けして、島内の謎を解く』という平和な形式だったはずだという。

「全員仲間なら、ひとつの謎が一回しか解けないのも説明がつくでしょ。誰かが解いてくれてる間に自分は別の謎を解けば、効率よく脱出成功に近づくわけだから。でも、賞金があるせいで、『他人が解いちゃったら自分は損をする』っていう、奪い合いのゲームになってる」

「わざとなんですかね？」

「そうだと思うよ。一回限り、他人に言うなとわざわざ注意するくらいだし。テストプレイで、新しい形の脱出ゲームを開発したいのかな」

さすが脱出ゲームマニアだ。このことに、他の参加者は気づいているのだろうか。……と思っていたところで、突然タブレットが起動した。

「お、早速イベントか？」

映像が流れてきた。たくさんの白い球体が地面から浮かび上がり、島中をふわふわと照らしている。光が弾けて画面全体が光る演出が終わると同時に、森の中がぱっと明るくなった。

「うわー、すごい！　電気通りましたね！」

「文明取り戻してる〜いいねいいね」

木の枝や遊歩道の手すりなどに、テープ状のLEDが張り巡らされていたようだ。

感謝しながらタブレットを見ると、島の最北端の灯台に緑のマークがつき、地図には光の道筋が表示されていた。

マークをタップすると『魔法電気の回復』という文字の下に、名前が書いてある。川瀬のぞみ——玲の知り合いにはいないので、別の大学の学生だろうか。

「このひともう、十ポイントもついてますよ。謎解き得意なんですかね？」

「いや、文明解放の規模に合わせて、謎の難易度とか取れるポイントが違うんじゃないかな。このひとは重要な電気を通したから一気に十ポイント、みたいな」

「あーなるほど。インフラ系はポイント高そうですね」

玲の発言に、三井はうんうんとうなずく。

「さっき説明で、天使文明は高度に発達した魔法の世界って言ってただろ？ でもこれって逆に言うと、『魔法が出てきますが、基本的には古代文明を元にストーリー作ってます』って言ってるように聞こえる。じゃなきゃ、わざわざ文明なんて言葉をタイトルに入れない」

「古代文明のインフラってなんだろ……文明って大体は、大河に沿って栄えてますよね」

「うん。川沿い海沿いは花形だろうから競争率高そうだし、中規模のやつを数取る感じで攻めていきたい」

黄河、エジプト、インダス、メソポタミア……世界史の知識を脳内から引っ張り出しつつ進む。

問題は、草むらの中や岩陰など、小さな隙間に隠してあるようだ。あちこちで、他の参加者が円になってしゃがみ込み、謎解きにチャレンジしているのが見える。

地図を見ると、既にいくつか緑のマークがついており、その周りがパズルのピースのように、カラーイラストになっていた。西洋ファンタジー風のイラストで、周りには、謎の答えに関連する天使文明のモチーフも描かれている。

映像が流れるのは大きなものだけで、その他がどのくらいクリアされているかは、自分で地図を確認する必要がありそうだ。

「この川瀬さんってひと、多分、めっちゃ脱出ゲーム得意だよ。開始十分で電気通しただろ？　これ、灯台になんかあるってあらかじめアタリつけて、スタートから一直線に走って行って即解いたんだと思う。優勝候補だな〜」

後方でわあっと声が上がる。どこかのチームが謎を解いたようだ。

「なんかちょっと焦りますね。解く以前に、謎が見つけられないまんま終わっちゃったらどうしよう」

「あはは、玲、いつもと違うじゃん。ガッツが取り柄だろ？」

「いや、たいていのことは気合い根性の類でどうにかできるんですけど」

「だーいじょぶだいじょぶ。死ぬわけじゃないし」

三井はあっけらかんと笑いながら、道端で謎を解く六人組をチラリと見る。

「オレは結構、楽しんでる半分、勉強半分って感じ」

「勉強？」

「さっき、心理学的にも興味深いことが起こるって言っただろ？　こういう、他人の本性が出やすい場面に遭遇すると、つい人間観察しちゃう」

どのように集団ができるかとか、あの集団はこういう特性があるとか、集団内でのあのひとの立ち位置はこうだとか——三井の目には、この状況が、社会心理学のサンプルだらけに映っているらしい。

「玲もそういう目で見てみると、テーマとか思いつくかもよ」

「あ、そうだ。レポートネタ集めないとでした」

普通の先生なら、本当に事件が起きてしまったら、それをネタにレポートを書かせることはないだろう。しかし、変人准教授・有島雨月の場合、仮に逮捕者が出たとしても、それについて書かせようとしてくる可能性がある。

「全員心理学生って、なんか燃えるな」

他の参加者も心理学的知識を駆使して、駆け引きしているのかもしれない。もしエトワの関係者が交じっているなら、もっと巧妙な何かがあるのかも。

自分だけが丸腰だ……と思いながら森の中を進んでいくと、徐々に人が減ってきた。

「この辺から北東部エリアみたいだよ」

三井に言われて地図を拡大すると、まだこのあたりは白黒のままだった。手つかずなのか、それとも、どこかで誰かが謎解きの途中なのか。

「あっ、三井先輩。あそこ怪しくないですか？」

玲の指差す先には小さな洞穴がある。

「いかにもって感じだな〜。先客が居ませんように……っと」

三井がそっと覗き、すぐに手招きした。洞穴の中には誰も居ない。灯りがついていて、奥に謎解きに使うと思しきものが置いてある。

「お、やりがいのありそうな。いいねいいね」

近寄ってみると、金属プレートの上に、白黒の細長いブロックが、ジェンガのように積み上げられていた。プレートの左側には、ブロックと同じ長さのくぼみが横並びになっている。たまにアルファベットが挟まっているので、埋めれば何かの文になりそうだ。

玲は、ジェンガとくぼみを見比べながら、首をひねる。

「これ、どういう謎なんでしょうか。なんのヒントも無いですけど」

「白黒のブロックであるあるなのは、ピアノの鍵盤かなあ」

「あ、天使文明っていうくらいですし、賛美歌とか、音楽は重要な要素っぽいですね」

「とりあえずやってみようか。唯一のヒントは、この矢印かな」

三井に手招きされ、さらに近寄ると、ブロックの側面には、一本ずつ矢印が書いてあった。普通の矢印と、天使の羽にペン先がついたようなものが混在している。

「これ、矢印の方向に抜いていかないといけない縛りがあるんだと思う」

「羽つきは？」

「そのプレートにはめるんだろうね。順番に抜いていって、羽つきのやつを、出てきた順にくぼみにはめていく感じかな」

　空白とアルファベットの並びはこうだ。
□□r□□n□y　□□□
　三井は難しい顔で腕組みをする。

「……このジェンガ、一度崩したら元に戻せないから、慎重にいかないとな。もし崩しちゃったら、散らばったものをしらみつぶしにはめていくことになるから、かなりのタイムロスになる」

「でも逆に言うと、矢印のとおりに抜いていけば、絶対に最後までいけるように積んであるってことですよね？」

「うん、謎としては超簡単。オレがミスんなければ」

　三井が慎重にジェンガを抜いていく。一本目の羽つきが抜けて、玲はくぼみにはめる。しかし何も起きない。

　三井がブロックを抜き、羽つきが出れば、玲が受け取ってはめる。それを繰り返すと、前半五本は全て白で、後半三本が黒だった。

「これで最後です、はめちゃいますよ？」

最後の黒いブロックを、くぼみにはめる。……と、カチカチという音が一定速度で鳴り出すのと同時に、パイプオルガンのような音色の和音が、順番に流れ始めた。

しかし、音がループするだけで、答えになりそうな文字などは出てこない。

「……？　何も起きませんね？」

三井は何周か聞いたあと、つぶやいた。

「ＥｍＥｒＧＥｎＣｙ（エマージェンシー）」

「へ？」

「この和音、ギターのコードだよ。左から順番に、Ｅｍ、Ｅ、元々書いてあったｒ、Ｇ、Ｅ……って」

「黒いのはどういう意味でしょうか」

「多分、三ケタの数字。心当たりがある。ちょっと待ってね」

三井は腕時計の秒針を見ながら、じっと音を聞いている。そして、一分ほどでこう答えた。

「１２５。このカチカチ音はメトロノームで、一分間に一二五回鳴ってる」

三井はタブレットの入力画面を開き、玲に尋ねる。

「どうする？　オレが入力すると、こっちにポイントついちゃうけどいい？」

「はい。わたしが教えてもらいながら入力するより、三井先輩がやってくれた方が早いと思うので、お願いします」

「よっしゃ。絶対玲のために一〇〇万取るからな〜」

三井が手早く入力すると、タブレットの地図の一部が色を取り戻し、三井の名前が書き込まれた。

「すごいですね。この調子ならどんどん解けそうですよ！」

玲が少し盛り上がる一方で、三井は表情を曇らせている。

「いやあ……これ、解けるギミックとかは超面白いけど、問題としてはクソだな」

「えっ？　なんでですか？」

「こんなの、コード知らないひとには一生解けないじゃん」

タブレットをじっと見つめる横顔は、なんだか穏やかではない。

「……謎は早い者勝ち。文明解放したら、解いたひとの名前と謎の答えが、全員の端末に載る。ポイントを取れてる奴がひと目で分かる仕様だから、解けば解くほど危険に晒される」

三井曰く、このゲームで最も簡単に賞金を獲る方法は、一位を目指すことではなく、優秀な人間同士でグループを作って手分けして謎を解き、誰かひとりが答えを入力し続けてポイントを稼ぐことだという。そうすれば、一〇〇万円の独占は無理でも、確実に賞金は手に入る。

「最悪、複数人のバカが、ぶっちぎりで正解数が多いひとを脅して仲間に引き入れて、問題だけ解かせてポイントを略奪するような行為も起きるかもしれない。一〇〇万円をひとりで獲りたいひとは、単独行動をすることになるけど、何かの拍子に大人数のグループと対立することになったら、圧倒的に不利だ」

「……そんな物騒な脱出ゲームあります？」

「大金がかかってるからな。勝つためなら、力ずくでも、心理的に蹴落とすのでもいいわけだし」

「いやっ、でも、みんなゲームだって分かってますし、そこまで危ないこととかはしないですよね？」

玲が焦って尋ねるも、三井は険しい表情で首を横に振る。

「人間って、集団のなかで非現実的な状況に陥ると、普段の性格とは関係なく極端な行動に出ちゃうんだ。特に、正義のために暴力が許される空気になったときは、超危ない」

仲間を守るために強く出るのは正しい。自分たちを脅かす敵は潰すべき。やらない奴は裏切り者だ——そういう共通認識がエスカレートしていくと、人の倫理観はバグを起こしてしまう。

「でも、ここに居るひとは全員、心理学生ですし。そういうこともあるって、お互い注意できるんじゃないですか？」

「そうあってほしいけど」

つぶやいた三井は、短く息を吐いて表情を取り戻すと、明るい調子で言った。

「……まぁ、マイナスなこと考えても仕方ないか！　ごめんごめん、心配させるようなこと言っちゃって。大丈夫だからね、何かあってもオレが守るからさ」

三井の笑顔を見て、玲は、絶対にこのひとを巻き込みたくないと思う。

雨月と不破に、合流しなければ。


「……またかよっ」

草むらの木の根元、見つけた問題を見て、三井は短いため息をつく。

謎解き問題用の道具が、明らかにぐちゃぐちゃにされている。これで四つ目だ。

最初は、誰かが挑んだものの解けなくて、放置されているのかと思っていた。しかし四つ目ともなると、別の疑惑が湧いてきてしまう。

「これ、絶対誰か妨害してるだろ。問題だけ見て荒らして次々行ってる」

「なんでそんなことするんでしょうか？」

「あとから来た奴が解けないようにだと思う。手当たり次第荒らして、他のグループが来なくなったらゆっくり解くんじゃない？」

「うわっ、性格悪っ」

「これさあ、主催者、こんな簡単なことも予期できなかったのかなあ。せっかくタブレット用意したり最新の技術使ってるのに、めっちゃアナログなとこでシステム崩壊してんの、大失敗だよこれ」

三井はぶつくさ言いながら、『バラバラになった道具から元の問題を予想し、改めて解く』という二重の解決をやり続けている。

　ノーヒントで天使の絵本を解読したあたりまでは、喜べていた。しかしその他の細かな謎は、手間の割にポイントが少なく、伸び悩んでいる。

「あ、なんか埋まってる」

　三井が地面に埋まった円形プレートの砂を足で払う……と、プレートには時計のような目盛りがあり、真ん中には文字が書いてあった。

「シーザー暗号かな。えーと、［セイハイマワス］……せーはい？　あ、聖杯。それか」

　玲の足元に落ちていたのは、小さな優勝トロフィーのようなものだった。頂上はボウル皿状になっており、たしかに聖杯だ。

　三井はぶつぶつ言いながら、全く理解できないスピードで、謎を再構築してゆく。

「その聖杯、なんかギミック無い？」

「あ、スイッチがありますよ」

　持ち手の部分にあるスイッチを入れると、ボウルの底から少し斜めの位置に、レーザーポインターの光が伸びた。三井は片手で聖杯を受け取りながら、地面に転がった空のペットボトルに向かって文句を吐く。

「くっそー、これ絶対水入ってたんだよな。誰だよ流したやつ……。まあいいや、どうせ、水入れて光の屈折でどっか照らされて文字がある〜とかそんな感じだろ？　あった」

　三井は木を見上げ、枝に引っ掛けられた白い板を睨(にら)んだ。板には、ランダムにひらがながら書かれている。三井は空の聖杯を円形プレートに置き、表を見ながら、ぶつぶつと計算を始めた。

「水を満杯まで入れたとして、光源から水面までが五センチ、水の屈折率が一・三三、入射角が大体十五度くらいだから、曲がってー……二文字分ズレるとしてー……右に二、左に六、右に一……」

つぶやきながら指差していた三井が、面倒くさそうに言った。

「答え、『かぜのたより』」

「先輩もう、問題要らなくないですか」

「計算すりゃ解けるけど、ぜーんぜん楽しくなぁいっ」

ぶーたれる三井と目が合い、どちらからともなく笑い出す。

ただの遊びだったら、もっと楽しめるのに。玲は笑いながらも、胸騒ぎが止まらない。この脱出ゲームに、どんな形でエトワが関わっているのか。謎を解くごとにゲームの大掛かりさが分かってきて、ゲストハウスの小さなパーティーなんて、可愛いものだったのではないかと思えてくる。

「どうする？　この一帯は荒らされてるっぽいし、別のところに移動しよっか？」

「あっ、じゃあ、初心に返って砂浜方面とかどうですか？　みんな奥地に入ってて、意外と桟橋の周りとか見てないかも。水辺の文明も攻めてみたいです」

そろそろ雨月たちが島に着いていてもいい頃合いだ。さりげなく海方面へ誘導しようとした、そのときだった。

「あのー、三井実さんですか?」

振り返ると、四人の男女が立っていた。

「はい、そうですけど」

三井が返事をすると、真ん中の地味な男子が一歩前に出た。

「僕らチームを組んでいて、問題クリア数が多いひとをスカウトする感じで回ってるんです。この辺、三井さんコンプされてるみたいなんで、一緒にどうかなって」

「いや、すいません。オレはこの子とふたりでやってるんで、チームは組めないです」

三井が軽く頭を下げると、ニコニコしていた男子の表情がすっと消えた。

「ふたりで平気ですか?　妨害して回ってる連中も居るみたいですし、早めに仲間増やしといたほうが、身の安全のためにもいいと思いますけどね」

三井は口を結び、玲をさりげなく後ろに隠す。

「……玲」

聞こえるかどうかという、ギリギリの小声だった。

「砂浜に向かって走れ」

「え?」

「こいつら多分、説得するのに時間かかる。あとで追いつくから、とりあえず走って」

気迫に押され、理由を聞けないまま、三歩ほど下がる。三井はいつもどおりの人懐っこい笑みを浮かべて、集団に近づいていく。

「確かに危ないですね。あっ、情報共有しましょうか。知ってることは教えますんで、そちらもください。一緒に回ることはできないですけど」

「は……？　いえ、そういうイイとこ取りみたいなことを考えてらっしゃるなら、情報はお渡しできないです」

「じゃあ交渉決裂ということで」

「いや、そういうことじゃなくて。チームを組んだ方が──」

玲は静かに後ずさり、死角に向かって駆け出す。後方では揉めるような声が聞こえた。

砂浜に向かって走る。三井の言葉が脳をかすめる。

──人間って、集団のなかで非現実的な状況に陥ると、普段の性格とは関係なく極端な行動に出ちゃうんだ
玲は泣きそうになりながら走る速度を上げ、悪い思考を振り払おうとした。有島ゼミでしごかれている三井が、モブの心理学生に負けるわけがない。

坂道を下りきり、細い小道に駆け込む。その先を曲がれば、海が見えるはずだった。

しかし、その足はぴたりと止まる。

「……雨月先生？」

道の真ん中に、ぽつりと人が立っていた。

月明かりで逆光ぎみでも分かる。整った目鼻が落とす影かたちを見れば、有島雨月そ

のひとに違いなかった。雨月が助けに来てくれたのだと思い――しかし、それは間違いだったとすぐに気づく。

どれだけ不破が張り切ったって、雨月はレザージャケットなんて着ないし、金髪にツイストパーマをかけたりしない。

見慣れた顔の人物が、目を細めて微笑む。

「俺のこと呼んだの？」

全く違う声の響き。見たことのない愛想のよい笑顔。

有島雨月は、こんなふうに笑わない。

「残月さん……ですか？」

絞り出すように問いかけると、目の前の人物は、意外そうに眉を上げた。そして、にっこりと微笑む。

「これは思いがけない大収穫だ。雨月と親しくしてくれているのかな？　いつもありがとう」

「あの、あなたは……」

「こんな暗いところじゃお話できないね。あっちで話す？」

残月が指でピースを作って、進行方向を指す。これは、催眠術をかけられるかもしれない。記憶を消されるか、あるいは、動きを封じられるか。

玲は即座に目線を外し、考える。

雨月が必死に捜し続けていたひとが、目の前に居る。しかしこの状況で、相手を信じていいのかが分からない。

いま一番まずいのは、自分が催眠術にかからないのを知られること——そう判断した玲は、逆方向へ走り出した。

「……あれ、フラれちゃった？」

全力ダッシュの玲を追ってくる気配は無い。ただ、海へ出る角を曲がる直前、控えめな笑い声が聞こえた気がした。

愉悦を押し殺したような、雨月とは全く違う笑い方で。


「…………っはぁ、……撒いた……？」

玲は両膝に手を置き、咳き込みながら呼吸を整えた。

周りに人影は無い。少し遠くに目をやると、売店の小屋が事務所になっているようで、スタッフが働いている影が見える。

雨月はどこにいるのだろう。残月がいたことも伝えなくてはならないし、三井の身も心配だ。それに、ここまでゲームに参加してきて、エトワがどう関わっているのかも、全く分かっていない。とにかく、一刻も早く合流して、状況を説明しなければ。

玲は地図を開き、南西部の岩場を目指すことにした。ここは立ち入り禁止になっていて、人気は無さそうだ。水上バイクで来るというのなら、捜し回るよりは海沿いに居た方が見つけてもらいやすいだろう。

数分歩いて、立ち入り禁止のロープの手前まで来た。タブレットの端に表示された時計には、20：08とある。

「そろそろ来てくれるはずなんだけどな……」

岩場付近にはLEDが張られておらず、足元も不安定だ。

玲は慎重にロープをくぐり、目立たない位置に腰を下ろした。タブレットはリュックに詰めて、適当な場所に置く。肩が軽くなったことで、自分が想像以上に疲れていることに気づいた。

ため息をひとつついて、ザブザブと岩に打ち寄せる波を見つめる。

なぜ残月がいたのか。

これは、学生のみが招待されたテストプレイだ。三十五歳のひとがいるなら、それは即ち運営側で、破綻(はたん)したゲームを作り、提供した側の人間だということになる。

以前雨月が、妄想だという前提で話していたことを思い出す。

父の殺害は催眠術が使える残月を誘拐するためで、残月は悪の組織にさらわれて、大人になったいまも利用されている。二十五年もそこに居たら、率先して悪事を働いているかも――

ネガティブな想像でしかなかったものなのに、こんな状況で出会ってしまったら、いよいよ真実味を帯びてきて怖い。

五月の夜の海は想像より寒くて、体が震えてしまう。ひざを抱えて、腕の中に顔を埋める。寒い、寂しい、心細い——泣けてきてしまった、そのときだった。

「織辺さん」

バッと振り向くと、全くもって地味なぼさぼさ頭の雨月が立っていた。

「こんなまん丸の満月の日に、岩場で座り込んでいるなんて。君、潮の満ち引きって知らないの？　波なんてね、あっという間に来るんだから」

いきなりめちゃくちゃ嫌味だ……と思ったら、なんだか安心して、さらに泣けてきた。

「せんせい……、」

ぼろぼろと泣きながら立ち上がる玲を見て、雨月はギョッとした顔で後ずさる。

「え、なに。なんで泣いてるの。いまは引き潮だからすぐには来ないよ」

しどろもどろになる雨月の後ろから、ぴょんぴょんと跳ぶように不破が来る。

「おーい、やっと見つけ……っ、え？　なに、玲ちゃん泣いちゃってる⁉　大丈夫かあ！　無事でよかった。ごめんなぁ、遅くなって。怖かったな？」

「うぅ……。雨月先生も、不破さんの半分くらいでいいから優しくなってください。心理学者でしょ」

「僕に心理学者のステレオタイプを押し付けないでほしい……けど、まあ、うん。怪我ない？」

玲は袖（そで）で涙を拭（ぬぐ）い、こくりとうなずく。

「わたしは平気なんですけど、三井先輩がなんかやばそうなひとたちに絡まれて、わたしだけ逃げてきて……、それで、」

涙の名残でじわじわする喉(のど)を鎮めるように、唾(つば)を飲む。玲は雨月の目をまっすぐ見据え、静かに告げた。

「残月さんに会いました」

「は……？」

雨月は目を丸くして絶句している。

「逃げてる途中、ひとりで立ってるところに会いました。最初は雨月先生かと思ったんですけど、見た目が派手だし性格も全然違う感じだったから、残月さんですかって聞きました」

「…………ほ、本当に残月だったの？　何か会話した？」

雨月は動揺したように、視線をさまよわせている。

「雨月と親しくしてくれてるのかなって言って、感謝されました。ありがとうって」

フリーズする雨月に代わり、不破が質問する。

「残月くんは、参加者っぽかった？」

「いえ。全員に配られているタブレットもリュックも持っていなくて。でも、スタッフの冒険家の服でもなかったから、どういう立場なのかは分かりません」

その他には、ピースサインで誘導されそうになったこと、すぐに目線を外して逃げたので、催眠にはかけられていないはずだということを話した。

「なんとなくですけど、わたし、自分が催眠術にかからないって、残月さんには知られたらまずいと思うんです」

「僕もそう思うよ。……なぜ居るのか分からないのだから、危ないかもしれない」

不破が腕時計で時刻を確認する。

「もう八時過ぎか。三井くんが心配だ。俺はそっち捜してくるから、有島と玲ちゃんは、なんか犯罪っぽいことがあったら証拠とっといて」

「了解です。はぐれたのは、北東部から海に向かう途中の道です。三井先輩のこと、よろしくお願いします」

深々と頭を下げると、不破は急ぎ気味に引き返していった。

……ふたりで残されて、何を話していいか分からない。岩場にざあっと波が打ち寄せては弾けて、白い泡を作っている。

雨月が記憶の海に潜るときは、こんなふうに、誕生と消滅を繰り返す泡ぶくを跨いでゆくのだろうか。

「残月は、どんなひとになっていた？」

「不思議な感じでしたよ。雨月先生と全く同じ顔なのに、金髪パーマで、なんかバイク乗りみたいな服装で全身黒ずくめ」

「成育環境の違いなのか、個体差なのか、興味深いね」

という言葉は全く心がこもっていなくて、何か別の考え事をしているように見える。

「残月さんは、愛想がよくて、気さくな感じで話しかけてきました。けど、なんかちょっと怖いっていうか。目の奥は笑ってないなって感じで」

「ふうん。昔は、誰からも愛されるような可愛らしい子供だったけど……まあ、普通の人生は歩んでいないだろうし、胡散臭い人間になるのも無理はないね」

雨月はそれきり黙ってしまった。玲はその横顔を見ながら、二十五年という年月をかみ締める。突然引き離されたふたりは、あまりにも長く離れすぎていた。

雨月は、星空を見上げながら大きく深呼吸をし、意を決したように言った。

「……父は生前、僕たちの能力がなんなのか、調べていた」

「え？　催眠術の研究をしてたってことですか？」

「いや、最初から催眠術と考えていたわけじゃない。五歳で謎の能力が使えると気づいてから、ありとあらゆる実験や心理テストを行ったけれど、結局、『何にも当てはまらない』ということしか分からなかった。だから、仮の結論として『催眠術』と定義した。そして、この能力を他人に使わないように、息子たちに伝えた」

「隠したかったんでしょうか？」

「本音は分からないよ。ただ、能力の全貌が分からない以上、催眠術を日常的に使うのが危険だと思ったというのは、確かじゃないかな。それに、僕と残月では、使える能力が違ったし」

雨月は記憶を聞くことしかできないが、残月は、記憶を消すのに加えて、相手の体の触れた部分を動けなくすることもできる。

万が一対峙（たいじ）することになったら、こちらがやや不利か。……いや、争いになんてなってほしくない。

「さて、無駄話が長くなった。脱出ゲームに加わろう」

雨月はリュックを拾って背負い、さっさと先へ進む。雨月はでこぼこの岩場を何事もないかのように歩いていて、他方玲は、空いた片手を真横に伸ばし、無理やりバランスを取りながらふらついている。

「君、少し体幹を鍛えた方がいいよ。そんなフラフラじゃ、災害のときに逃げ遅れる」

「わ、かってますよっ。運動不足だなって自覚はあります」

一度だけ、雨月の隠し部屋のハンモックに座ってみたことがある。意外と揺れて腹筋背筋が必要で、全然リラックスできなかったのを思い出した。

たまに見る、ハンモックに揺られて子供っぽい表情をしている雨月。あれは、幼少期を思い出しているのだろうか。

寂しげにアヒルのおもちゃをいじくっている、あのときは。

雨月にゲームシステムを教えるため、魔法電気の問題があった灯台を目指す。

道中、三井から聞いた一般的な脱出ゲームの特徴と、今回の離島脱出が略奪ゲーム化していることを説明した。また、制作したのが転職エージェント会社で、優秀な人材は心理系研究職に声が掛かるという噂も。

玲がひととおり話し終えると、黙ったまま無反応で聞いていた雨月が、突然玲が首から掛けていたタブレットをもぎ取り、少し離れた場所に置いた。そして、ぽつりとひと言つぶやく。

「倫理規程違反の心理実験」

「へ？」

「まだ妄想程度の考えだけど、これだと色々しっくりくる」

唐突な発言にキョトンとする玲に、雨月は解説を始めた。

「まず、この脱出ゲームが事件と関連がありそうだと分かったのが、他の逮捕者からエスケーパー代表の率野の名前が出たからなの」

「ええ？　テレビとかに出てる有名人なのに」

「ね。いままでエトワが用意してきた弱小関連企業と比べると、かなりリスキー。それでも、その集客力が必要なほどの、何かの目的があるんだろうと踏んだ」

「全国展開している会社ですし、ダメなら潰すってこともできないですもんね……不思議です」

雨月はうなずきつつ、解説を続ける。

「それから、複数団体の逮捕者から出ていた証言に、『親会社に情報を渡す係がいた』

『グラフの入った文書のようなものだった』というのがあったでしょう？　もしこの脱出ゲームが本当に転職エージェントの心理系研究職とやらに作られたものだったとして、集めている情報が『心理実験のデータ』だとしたら、意味不明だったものの説明がつく」

「え、わたしたち、怪しい実験のためにここに集められてるんですか……？」

背筋がゾクッとした。何も知らない四十人もの学生が、何かの餌食にされそうになっているのか？

「簡単に壊せる道具も、一定分野の知識がある人にしか解けない問題も、仲間割れのための賞金も、小集団を自然発生させたり、集団間で争いが起きるのを観察するためにデザインされていると考えると、つじつまが合うじゃない」

「うーん、なるほど。……でも、観察のデータが目的だとして、それが何になるんですか？」

玲が尋ねると、雨月はため息をつき、落ちこぼれの学生に語りかけるように言った。

「織辺さん。心理学の入門書に載っている有名な心理実験が、一九七〇年代以前のものばかりなのは、どうしてだと思う？」

「えーっと……後世へ語り継がれる名作だから？」

我ながらトンチンカンな答えだと思ったが、雨月は「ほぼ正解」と言った。

「過去の心理学実験では、大人数を集めて嘘の設定でだまして、被験者の精神に大きなダメージを与えるようなものも数々行われてきた。でもいまは、被験者の心を守ることを優先するために、心理学実験に『倫理規程』がある。倫理委員会から承認を得ないと、実験そのものができない仕組みになっているから、昔のような過激な実験はもうできないんだ」

「あっ、なるほど。現代で同じ実験を再現しようとしてもできないから、五十年前の結果を載せ続けるしかないんですね」

雨月は大きくうなずく。

「目に見えない心を扱う心理学者にとって、データは命だ。僕自身、自分の仮説を検証するために、どうしてもこういうデータがほしいのにと思ったことが何度もある。でも、倫理的にアウトな実験はできない」

転職エージェントを名乗る謎の会社は、脱出ゲームという形でカモフラージュして、本当はやってはいけない実験を行っている……というのが、雨月の推理だった。

雨月は腕組みをしたままあごでしゃくった。

「そういうわけで、あのタブレットには注意した方がいい。GPSや盗聴機能でこちらの言動が筒抜けの可能性が高いから」

「うわ、やばいですそれ。雨月先生と不破さんとの会話、聞こえてたらどうしよう」

「岩場で待っていたのは正解だったかもね。波と風の音でかき消されていることを祈ろう。もう遅いかもしれないけれど、一応これからは、タブレットがあるところや他の参加者の前では、僕のことを先生とは呼ばないで」

雨月はタブレットを拾ってリュックにしまい、話し声を拾われないよう、マイクとスピーカー部分に軍手が擦れるように詰めた。

数分歩いて、そびえ立つ円柱状の構造物の下で立ち止まる。

「あ、これですね、灯台。上から見たら、島がどんな感じか分かると思います」

玲がドアを開けようとする横で、雨月はトントンと地面を蹴り、何かを確かめていた。

「何やってるんですか？」

「マンホール。この島、ちゃんと道を整備している割に、道路脇の雨水の排水が最低限という感じなのが、少し気になっていて。景観を気にしているのか、掘っちゃいけない何かが地下にあるのか」

「ちょ、変なこと言わないでくださいよっ。文化的に配慮してとかじゃないんですか？」

慌てる玲を、雨月は生気の無い目で見つめる。

「……君の思考回路は、性善説と日和見のハイブリッドみたいなものなんだろうね。不都合なことに気づかず生きられそうで、うらやましいよ」

「唐突に嫌味言うのやめてもらっていいですか」

急勾配の螺旋階段を上がると、光の筋が張り巡らされた島内が一望できた。川瀬のぞみが挑んだであろう謎解きの道具は、簡易テーブルの上に置いてあり、立つ鳥跡を濁さずという感じで、綺麗に整えられている。

玲は、謎解きの仕方や、タブレットの地図上に反映されるものを説明した。

「問題の答えと誰が解いたかは、地図がカラーになっているところの緑の丸を押せば分かります。ここ押してみてください」

雨月が灯台をタップすると、答えの『プロペラント』という文字が表示される。川瀬のバッジは、四十五にまで増えていた。

玲が説明する横で、雨月は次々と地図をタップし、答えを見ていく。

既に半分は解放されており、ゲーム自体は順調に進んでいそうではあった。しかし、謎解きで得られた答えは、英語だったりひらがなやカタカナのみだったりで、統一性がない。

雨月は床に座り、冷たいコンクリートの壁に背を預ける。

「……これ、答えと地図のカラーになった部分の絵を見れば、どんな問題だったか大体予想がつくよね」

「は？　つきませんよ」

反論する玲に、雨月は据わった目で言い返す。

「三井くんが解いた問題、［ＥｍＥｒＧＥｎＣｙ　１２５］の周りには、パイプオルガンを弾く天使の絵。これは音楽に関する問題で、鍵盤（けんばん）のような形状の道具を使った謎解きだった可能性が高い。文字の並びを見るに、和音のコードでしょう。コードに無いｒ、ｎ、ｙは小文字で除外されるので、あらかじめ問題文に書かれていたと推察される。鍵盤状の何らかの道具を使って謎を解くと、ＢＰＭ１２５のテンポでＥｍから始まるコードが五つ鳴り、エマージェンシー125という答えが導き出された。どう？」

「…………お見それしました」

玲はひれ伏すような気持ちで頭を下げる。散らばった道具で謎を再構築した三井もすごかったが、何も見ずに問題と謎解きの過程を言い当ててしまった有島雨月は、もっとすごかった。

愕然（がくぜん）とする玲にはなんの反応もせず、雨月はダラダラとタブレットを操作する。

「このゲームは、問題が少なくなればなるほど、ポイントを多く取っているひとが有利になってくる。問題のパターンも読めてくるし、最終問題に謎解きの過程が絡んでくる可能性もあるから」

「最終問題？」

「君、文学部でしょ。優れたSF作品はたいてい、最後の頼みの機器が動かない」

「あー！　天空船を動かすのが最後の謎なんだ」

雨月はタブレットをリュックにしまい、螺旋階段の下の方に置いて、本題に入る。

「地図に書かれた名前を数えた感じでは、抜け道に気づけるスタープレイヤーを含むチームが、一般参加者には理解できないスピードで次々解いているようだね。格差が生まれ、優秀なチームと烏合（うごう）の衆に分かれる。集団間でも個人間でも、紛争が簡単に起きるだろう。もしこれが本当に心理実験なのだとしたら、素晴らしい設計だと思う」

「いや、全然素晴らしくないですよ。先生、ちょいちょい悪者に共感示すのやめてもらっていいですか」

「……これ、残月が考えたのかな」

　ぽつりとしたつぶやきだった。少し怒っていた玲が、口をつぐむ。

　雨月は虚ろな目で宙空を眺めていたが、やがて、ゆっくりとした口調で語り出した。

「社会心理学の重要なキーワードに、『内集団』と『外集団』という言葉があるのは知っているね？」

「はい。内集団は自分が属している方で、外集団は自分から見て外の人たちです」

「人は内集団を、大切で、価値が高くて、正しいものだと考える。平和にサッカー観戦していたサポーターたちが、なぜ突然暴徒化するのか。なぜ日本兵は、国のために命を捧げ、暴力のなかで清く散っていったのか。それは、外集団と戦うことが内集団を守ることで、戦うことが、そのときその場所での正義だったからだよ」

　そういえば三井も、同じようなことを言っていた。

「集団はときに、人の認知を狂わせる。冷静になれば、暴力は清くも正しくもないと分かるのに、集団同士がぶつかると、正義がなんなのかが分からなくなる。残月もそうだったらどうしよう。倫理規程違反の実験を繰り返す謎の組織で、血も涙もない人間になっていたら」

「繰り返す？」

　玲が聞き返すと、雨月は無表情のまま答えた。

「陰謀論も、ヘグムラプタも、全て心理実験だったと考えたらどう？」

「あ……っ！」

収穫に見合わないほど金をかけて、舞台を設定する理由。陰謀論や脱出ゲームの不思議なストーリーに没入させたり、子供を閉鎖空間で放置したりするのも、観察する実験だったと言われれば納得感がある。

エトワ事件に絡んでいた他の団体はどうだった？　合格させないバンドにまで密着する、音楽レーベルのユーチューブ。実店舗を持たず、イメージ戦略だけでファッションショーを開いたブランド……。

「どれも、背景に物語があった。優れたストーリーテラーがいたから、これらの犯罪が実行できていたんじゃないかな」

ぶるりと悪寒が走る。もし雨月の推理が本当なら、人を実験対象やデータとしか考えていないような人間が集まった団体があるということだ。

「本丸の目的がおぼろげに見えてきたね。でもまだ分からない。実験の先にある真の目的がなんなのか、きょうでけりをつけよう。君もそこそこには働いてね、不破の穴埋めになるほどは期待していないけども」

こんな気分のときは、雨月の失礼千万な発言が安心材料になったりもするらしい。

いつもどおりの雨月がいれば、きっと大丈夫なはずだと思える。

時刻は九時を回っていた。玲と雨月は、砂浜近くの物陰で、売店小屋と、その裏のテントを見張っている。

テントには、最初の説明のときに登場した女性――物見が常駐していた。やってきた参加者にペットボトルを渡しながら、少し会話もしているようだ。売店小屋には残りの四人が居て、忙しなく働く影が見える。

雨月は眉を寄せ、スマホの画面を睨む。

「なぜ不破は連絡してこない」

送ったラインが既読にならず、雨月は少しいら立っているようだった。

「あの、他の警察の方って呼べないんですか？」

「不破は警視庁、ここは神奈川県警。管轄が違うし、具体的に事件が起きているわけじゃないから、応援を呼ぶのは難しいと言っていたね」

「なるほど。でも、事件が起きてからじゃ遅いですし、どうしたらいいんだろ」

玲がため息をついたところで、背後の草むらがガサガサと揺れた。

「すまん、遅くなった」

「不破さん……！　心配してました、全然連絡つかないから」

「ごめんな。でかい男がリュックも端末も無しでふらふら歩くのは目立ちすぎるんで、参加者から逃げながら島中回ってたから、スマホ見る余裕が無かった」

雨月は無の表情で不破に尋ねる。

「三井くんは見つけられなかったんだね、でくのぼう」

「いや、それが……」

不破は三井を見つけていた。しかし予想に反して、四人と友好的そうな雰囲気で一緒に回っていたので、声を掛けられなかったのだという。

「玲ちゃんを捜してる様子もねえし、謎探しに熱中してさ」

困ったように頭を掻く不破に向かって、雨月は「ん？」と不審な声を漏らす。

「謎探しに熱中してたの？　謎解きじゃなくて？」

「ん？　まあ、そうだな。問題解いてんのを見たのは二回くらいで、あとはひたすら探してた。まー、問題が残り少なくなってきてるっぽいし、他のチームの子たちも、探す方に手間取ってそうだったけど」

「織辺さん、タブレット持ってきて」

「はい。あっ、不破さん。タブレットは盗聴されてるかもしれないので、使ってるときは聞かれたらまずいことは言わないでください」

玲は離れた位置に置いていたリュックを取ってきて、タブレットを開く。地図はかなり色を取り戻していた。

「白地図の部分はまだ解かれていないのだよね？　そこに人が集中しているかも」

「どうしましょう、行ってみますか？　わたしだけでも――」

言いかけたところで、タブレットの画面に映像が流れる。

天使たちが、キラキラした銀細工を耳や口元に当て、ふわふわと飛んでいる。きらめく線が天使たちを繋ぐと、『魔法電話開通』という文字が表示された。

「電話使えるようになったみたいです！　タブが増えてます」

連絡先一覧に、全参加者の名前が載っている。三井から着信がきた。

『もしもし、玲？　聞こえる？』

「三井先輩！　いまどこに居るんですか？」

『南西の山の中で電話解放したとこ。ごめんな、全然玲のこと見つけてあげられなくて。大丈夫？』

「いや、ちょっと色々ありまして……わたしがウロウロしてただけなので、三井先輩は全然悪くなくて……」

傍受されているかもしれないので、しっかり伝えられないのがもどかしい。しかし三井は、玲の困った口調で、何かがあると察してくれたようだ。

『オレいま、声掛けてきてくれた四人とずっと一緒に行動してて。伝えたいことがあるから、そっち行くよ』

手短に場所を伝えて電話を切ると、数分後、三井たちが走ってやってきた。

「玲～！　大丈夫か……って、えっ!?　なんでおふたりが居るんですか!?」

仰天する三井に向けて、玲は口の前に指でバツ印を作る。

不破が三井に耳打ちすると、三井はまん丸く目を見開いたあと、黙ってうなずき、全員分の荷物をまとめて遠いところへ置いてきた。これで、運営に聞かれる心配もなく情報交換ができる。

四人組の中心に居た男子が、頭を下げる。

「織辺さん、さっきは失礼な態度を取ってしまってすいませんでした。僕は地村と言います。僕らは明修大学の臨床心理学科生で、日本史研究サークルの仲間でもあります」

残りの三人ともあいさつを交わす。雨月がバシ大社会心理学の有島准教授だと知ると、四人は尊敬のまなざしを浮かべていた――不破については、心理学会の関係者というぼんやりとした説明をしてある。

なぜ三井が四人とともに行動していたのかが、地村の説明で分かった。

「この尾碑島って一般的には、第二次世界大戦の終盤、軍事力が衰えた日本軍が、フェイク作戦のために使ったと言われているんですけど……実は『フェイクじゃなかった』という説がありまして」

「というと？」

「砲台に似せた低クオリティの石彫や、レンガを割っただけの弾薬に紛れさせて、本物の爆弾を貯蔵していたと言われているんです」

四人は前からこの説に興味があったが、普通の観光では遺跡部分に一般人は入れず、詳しく見ることができなかった。しかし、今回貸切で脱出ゲームが行われることが分かり、近くまで入れるのではないかと考えた。

「どさくさに紛れて探せるんじゃないかって盛り上がって。もちろん、戦争遺跡を荒らすなんてやっちゃいけないことだというのは分かっているので、少しだけ近づいて観察でもできたらいいよねって」

黙って聞いていた雨月が、不破に話を振る。

「不発弾が眠っている可能性がある」

「神奈川県警に通報する口実ができたな」

密かにうなずき合うふたりに、三井が尋ねる。

「この脱出ゲームのシステムがおかしいっていうのは、地村くんたちも結構序盤に気づいたみたいで、オレたちは運営に対して疑問を抱いてます。弾薬を見つけさせるために開催したんじゃないか、とか。雨月先生はどう考えてますか？」

「僕も運営にはおおいに疑問があるけども、弾薬を見つけさせるために開催したとは思えないな。もしそうなら、集めるのは心理学生ではなく歴史学生でしょう」

「じゃあこの島を選んだのは、単純に貸切がしやすかったからなんですかね？」

「君たちのような有能な学生を呼び寄せるためのロケーション、ではあったかな」

雨月は、この脱出ゲームが社会心理実験である可能性を伝えた。犯罪であることは伏せ、『転職エージェント会社が参考にするため』という説明だったが、地村たちはおおいに納得した様子だ。

「はあ。どうりでゲームシステムがおかしいと思いました。実験されてたのかと思うと、運営キモすぎますね」

　明修組が嫌悪感を示すなか、三井が雨月に話を振る。

「この心理実験って、具体的に何を観察してると思いますか？」

「色々あると思うけど、一番の見どころは、集団のパニックかな」

　雨月の説明を聞くに、この脱出ゲームのシステムは、実験としてかなり考えて作られたもののようだった。

「まず、テストプレイの賞金が一〇〇万円というのが、高額すぎるよね。でも、『競争を煽るための金額設定』だとすると、とても妥当だ。それから、『解く順番も、誰と一緒に行動するかも全て自由』というところも、観察には適している。そして、尾碑島の噂だ。脱出手段の船が無い状態で、参加者の誰かが突然『不発弾があるかもしれない』なんて言い出したら？」

　想像してゾッとする。見ず知らずの四十人が、逃げ場のないパニックに陥ったら、どうなるのだろう。

　まさか殺し合いにはならないだろうが、喧嘩から怪我人くらいは出るかもしれない。

　そして仲間割れや分断が深刻になって——

　いつの間にか、険しい表情になっていたらしい。三井がほんの少し微笑んで、「だぁいじょうぶ」と言いながら、安心させるように玲の頭をぽんぽんと撫でる。

　雨月は、三井と明修組の面々を見ながら言った。

「君たちにお願いがあります。僕らは運営の動きで確かめたいことがあるのだけど、他の参加者がうろうろしていると、少々やりにくい。なので、参加者がこちらの動きや運営の異変に気づかないよう、謎解きに熱中させてほしい」

「熱中……どういう方法がいいとかありますか？」

「手段は選ばないよ。君たちが思うベストのことをしてくれればいい。卒論ネタに使ってくれてもいいし」

最後に付け足した言葉で、三井はじわじわと笑顔を見せる。

「了解です！」

物騒な忠犬だ。いや、明修組もなんだかうずうずしているか。

不破は走ってゆく五人の背中を見送ると、険しい表情で口を開いた。

「何から調べる？」

「事情を聞きたいのは三人だね。エスケーパー代表の率野と、テント係の物見。転職エージェント会社が実在するのかと、エトワやヘグムラプタとの関連を聞きたい。それと、川瀬のぞみという人物。文明の主要なインフラ部分のほとんどを解いている」

「えっ、ほんとですか」

雨月はリュックからタブレットを取り出し、地図を開く。……と、三井が解いた電話以外のインフラは、全て川瀬が解放したということが分かった。

そういえばいつの間にか、一部の道が青色LEDに変わっている。ストーリータブを開くと、どうやら天使文明の交通は、『聖水路』を船で行き来するという設定らしい。青色LEDは、魔法電気の黄色い筋を避ける形で、島の全土を結んでいる。真ん中の大きな道は『天空河』という名前になっていた。大河沿いに栄えた古代文明が再現された形だ。

玲は再び、タブレットをリュックにしまう。と、不破は厳しい口調で有島に尋ねた。

「お前、話を聞くのに催眠使うつもりか？」

「必要があれば」

雨月が当然のように答えたが、不破は眉を寄せ、手でバツ印を作る。

「俺は今回は大反対。聞き込みは普通にすりゃいいから、お前は残月くんに会ったときのために体力温存しといた方がいい」

「いや。見た目が明らかにオジサンの君に学生のふりをしてもらうのは、ちょっと無理があるから。見えないところに居て」

わざと吐き捨てるように言った雨月は、テントに向かってまっすぐ歩き出した。玲は焦って追い抜き、水分補給を装う。

「すみません、飲みものください！」

テント係の物見は、マジックを片手に、飲みものの入った段ボール箱を整理していた。

「お茶とお水、どちらにしますか？」

笑顔の物見は、黒髪ボブの快活な雰囲気で、冒険服がよく似合っていた。サイトに載っていたプロフィールによると、フルネームは物見優梨奈（ゆりな）。二十三歳。大学在学中からエスケーパーの開発スタッフとして活動していたとあった。

「じゃあ、お水で」

「新しいの開けますね、ちょっと待ってください」

物見が取り出した段ボール箱を見て、玲は仰天した。封をしていたガムテープ部分に、星が連続して描かれていたからだ。

これは、聖奈が雨月宛（あて）の封筒に施していたものと全く同じものだ。七芒星（しちぼうせい）の一筆書きを繋（つな）げたもの。塾の子はみんな書けると言っていた。……ということは、物見はヘグムラプタの関係者なのか？

玲は息を呑（の）む。おぼろげな予想だったものが、真実味を帯び始めてしまった。エトワと、ヘグムラプタと、エスケーパーに、繋がりがあるかもしれない。

雨月は気づいていないようで、物見の挙動を観察している。知らせたいが、まずは聞き取りを優先すべきか——

物見は笑顔で、玲の隣に立つ雨月に声を掛ける。

「そちらの方は？　飲みもの要りますか？」

「いえ、僕は結構です」

物見は穏やかな様子で、雨月を侵入者だとは認識していないようだった。

スタッフは、参加者の顔や名前を把握しているわけではない。情報としてはひとつの収穫だったが、それ以上に不可解な謎ができてしまった。

残月にそっくりな雨月を見ても、物見は何も反応しなかった。もし残月がエスケーパーのスタッフと面識があるなら、そっくりの雨月が現れたら、驚くはずなのに……？

玲が悩んでいる間に、雨月はいつの間にか指を一本立てていた。

「物見さん。川瀬のぞみの容姿と、プロフィールを教えて？」

玲が焦って振り返ると、不破は額に手を当ててうなだれている。

やられた。しかも、同時にふたつの質問をしたら当然体力も二個分使うわけで、いきなりかっ飛ばしすぎだ。

物見はとろりとした目になり、ぼんやりと語り出した。

「川瀬のぞみさんは、国立京橋大学文学部心理学科の三年生男子です。容姿は、身長一七八センチくらいの細身。金髪のツイストパーマに青い宝石の片耳ピアス、黒のレザージャケット、黒のスキニーパンツ、ハイカットブーツで全身黒です。顔立ちは端麗で、あなたに似ています」

玲は目を見開き驚く。名前だけで、完全に女子学生だと思い込んでいた。そしてその容姿は、玲が見た残月の姿そのままだ。

雨月が指を三本立てようとするのを、不破が慌てて走ってきて止めた。

「お前、使うなっつっただろ！」

「だって、隠していることも聞かないと、彼女が川瀬のぞみの嘘に気づいているのかが分からないじゃない」

確かに、物見が残月のことを本当に川瀬という名前だと信じているのか、偽名だと承知のうえで記憶を話したのかは、３の『意図的に隠していること』で聞き出せばはっきりする。しかし現状、川瀬のぞみの情報は、体力を激しく消費してまで探るべき要素ではない。他のひとにも聞かなければならないことがあるはずだ。

「お水ありがとうございました！」

玲が大きめな声で頭を下げるも、雨月は不破の肩を押して物見の正面に立ち、３を使ってしまう。

「エスケーパーのスタッフ五人は、川瀬のぞみの指示で動いている？」

「いえ、違います。川瀬さんとははじめて会いました」

「この脱出ゲームを作った団体の名前は？」

「あ……」

物見は声を詰まらせ、答えない。一点を凝視したまま口を閉じる……と同時に、雨月がひざから崩れ落ちた。

「こんのバカ！」

不破が腕を引っ張り上げ、雨月はギリギリ物見の手に触れて、催眠を解く。

「玲ちゃん、逃げるぞ」

不破が雨月を背負って走る。雨月はぐったりしていて顔面は蒼白だ。

既に八個分も記憶の箱を開けてしまった。いつもの雨月なら絶対にやらないことだが、不意に残月の名前を出されて、冷静さを欠いてしまったのかもしれない。

小屋から少し離れた木の下に下ろすと、雨月はうめきながら、草むらにどさっと倒れ込んでしまった。呼吸が乱れて、会話はできそうにない。

不破はガリガリと頭を掻く。

「川瀬のぞみが残月くんだって？　訳分かんねえな。しかもあの物見って子、肝心のこと答えねえし」

「催眠術使っても答えないことなんて、あるんですか？」

「俺ははじめて見た。けど、6まであるってことは、3じゃ聞き出せねえこともあるんだろ」

こればかりは雨月本人の感覚なので、聞き出せるかどうかの境目というのは、不破にも分からないという。

「雨月先生、大丈夫ですか？　お水持ってきたいけど、また物見さんのところへ行くのは危ないし……。あ！　ていうか不破さん、さっき段ボール箱に、ヘグムラプタの七芒星が書いてあったんですよ！　物見さんが書いたっぽいです」

「まじ？　ここでヘグムラプタ関係者登場かよ」

雑に髪を掻き上げる不破の服を引っ張り、雨月がうめくように言う。

「……宰野に話を聞きたい。バックの会社の話」

「分かった。探り入れてくるから、お前はここで寝てろ」

「わたしも雨月先生に付き添ってここに居ます」

玲はそう申し出たが、雨月は露骨に嫌そうな顔をして、かすれ声でこう言った。

「君がここに居て僕が安らぐ可能性って、あした地球が割れるくらいの確率だよ」

「………分かりましたよ。不破さんの方に行きます。その代わり、絶対に動かないでくださいね」

雨月は黙って目を閉じる。玲は心配しつつ、不破のあとに続いた。


不破の作戦は大胆なもので、『バックの企業のお偉いさんが抜き打ちで来た』という設定で話を聞くらしい。

小屋の前に着くと、玲は、ドアから死角になる位置にしゃがんだ。不破は強めにノックし、明るい声で呼びかける。

「渡辺(わたなべ)です。宰野さんいらっしゃいますか？」

さすが警察、息を吐くようにハッタリをかますのか。……と思っているうちに、宰野が出てきた。恐々半分、戸惑い半分という様子だが、不破は一切表情を崩さず、最高にさわやかな笑顔で話しかける。

「お仕事中に失礼。突然来てしまってすみませんね。どうですか、順調です？」

「えっ？　え、あ、はい。いまのところ大きなトラブルも無く」

「ならよかったです」

不破があまりにも堂々としているので、関係者だと信じたようだ。当たり障りの無い会話をしつつ必死で誰だか思い出そうとしているのが、なんとも社会人らしい――テレビで見る物知りお兄さんの印象は消えた。

「担当者から、不発弾の位置の確認をお願いしたと聞いていますが、分かりました？」

「えっ、不発弾？　不発弾の件は、尾碑島の事務局の方に聞いてみましたが、証拠に乏しい説で、何度も調査をして安全を確認済みだと……そちらにもご報告したはずですが」

宰野がおどおどしながら言うと、不破は不機嫌な表情を見せる。

「絶対に確実なのかを聞いているんだよね。こちらとしては、島を貸切にしたイベントで騒ぎが起きては困るんだよ」

「いまのところは、弊社スタッフからも参加者からも、怪しいものを見つけたというような報告は受けていないです……」

「会社の看板に泥を塗られては困るんだ。我々がどれだけ協力しているかも分かっているよね？」

「はい……、サイキャリアさんには本当に、理想どおりのタブレットのシステムを開発していただいて、感謝してもしきれません」

パワハラのように無理やり聞き出した不破が、さらに大胆な発言をする。

「実験データは確実に渡してもらわないと困るよ」

相手はどう出るか――玲は身構えたが、率野は当然のように答えた。

「はい、もちろんです。心理学の発展のために重要ということは存じておりますので」

「そこまで分かっているならよろしい。引き続きトラブルの無いように頼んだよ」

率野が室内に戻ってゆく。小屋の階段を降りたところで、不破が噴き出した。

「ぶは。やべー……超楽しー」

「なんですか、いまの。めちゃくちゃすんなり話してくれたじゃないですか」

「これ、保通さんマニュアルに入っててさ。板挟みポジションのひとに、ぼんやりした情報だけで高圧的に出るっていう。有島が『こんな非科学的な方法、絶対に使いたくない』って毒づいてたから、俺がもらった」

おそらく、細身の雨月が同じことをしても迫力は出なかっただろうと考えると、詐欺犯相手のガタイのいい刑事にぴったりな方法なのかもしれない。

「ただいま。大丈夫か？」

雨月は木にもたれかかっていた。顔色は悪いが、呼吸は落ち着きつつあるようだ。不破がひとつひとつ、聞き出してきたことを伝える。

「……っつうわけで、この大掛かりなシステムはサイキャリアさんとやらが提供して、実験データを渡す約束になってたってことみたいだな」

「なるほど。……考えていた予想のうち、最悪のものが当たってしまったみたい。不破、大ボスの商売は、人として終わっている」

「え？　まじ？　分かったん？」

不破と玲が身を乗り出す。雨月は夜空を仰ぎ、長くため息を吐いてから言った。

「ボス団体は、各企業から集めた心理実験のデータを、大学や研究機関に売っている」

不破は驚いて目を見開く。

「売る……？　いや、データを売るだけで、散々金かけてきた先行投資が回収できんのか？」

「たとえば、何年もかけて追跡するデータは取るのが大変だけど、外注すれば効率的にできる。他にもメリットは色々あるけど、倫理規程を超えた過激な実験ができるというのは、研究者にとってはあまりに魅力的だ。もらった結果ありきで、ルールに抵触しない実験へ作り直せば、確実に成功が約束された新説を発表できる」

雨月の口調は確信に満ちているが、玲にはイマイチ、ピンとこない。

「そんな大金をかけてまで欲しいものなんでしょうか、実験データって」

だって、犯罪だ。もしバレたら、研究うんぬん以前に職を失うだろうし、場合によっては捕まる可能性もある。研究者なんて頭がいいひとたちが、そんなことも分からないのだろうか？

しかし雨月は、逆なのだと言った。

「研究者になる人間の多くは、一生のうちに何か新しいものを見つけたくて、その道を選んでいる。だから、不正をしてでもデータが欲しいと思う瞬間というのはね、多分誰にでもある。もちろん、ほとんどの研究者は本当に実行に移したりはしないのだけど、だからと言って、この犯罪に手を出すのが、歪んだマッドサイエンティストだけだとも言い切れない。人が道を踏み外す瞬間がいつなのかなんて、誰も予期できないもの」

玲はぼんやりと、いままで読んできた小説のことを思い出す。そういえば、ミステリ小説の犯人のほとんどは、生まれながらの殺人鬼ではなく、予期せぬ場所で道を踏み外した、普通のひとだった。

不破が、何かを得心したように、拳で手のひらをポンと叩く。

「あー、実験データ自体が商品だって考えると、短期間で次々潰してた理由も分かるな。必要なデータを取り終えたら用無しってことだろ？」

「こんなことを何年も続けているのだとしたら、実験データの問屋のようになっている可能性もあるね。それに、ＬＳＤなんて日本ではそう簡単に手に入るものじゃないし、取引先は、国内よりも海外の研究機関がメインかも。海外には、違法薬物であるＬＳＤを、精神科の治療薬に使おうとする研究も多数存在するから」

「ええ？　そんな世界的な犯罪なんですか、これ……」

話がどんどん大きくなってきて、玲は得体の知れない恐怖感に包まれる。小さな配信アプリから始まった事件が、とんでもなく大きな事態になってしまった。

玲が怯える一方で、雨月は淡々と説明を続ける。

「日本の大学や研究機関は、国から下りる研究費が少なくて、いつもカツカツだ。でも、潤沢な資金がある海外からの依頼で実験を行っているのだとしたら、莫大な利益を得ることも可能だと思う。実験に必要な物資の提供を受けているのなら、元手ゼロでぼろ儲け状態でも不思議はない」

「——ふうん、なるほど」

背後から聞き慣れない声がした。三人が振り向くと、茂みの奥に人が立っている。

残月だった。うっすらと笑みを浮かべ、木にもたれかかっている。

「久しぶりだね、雨月」

雨月は大きく目を見開いたまま、言葉を詰まらせる。

「残月……なの？」

絞り出すように漏れた声色は、寂しげな少年のようだった。他方残月は、玲に会ったときと同じように、奥行きの無い瞳で微笑んでいる。余裕の笑みで、子供に語りかけるように、蠱惑的な言葉を並べる。

「会いに行けなくてごめん。本当はずっと、雨月が先生として頑張ってるのも知ってたし、いつもお前の幸せを願ってたよ」

「……どこに、どこにいたの」

「それは言えない。ごめんね」

「なんで、教えてよ」

「どうしてもだめなんだ。でも大丈夫、俺はいつも、雨月の味方だから」

「どうして教えてくれないの。味方ってなに」

雨月は、泣き出す直前の子供のような表情で、右手を開いている。５——重大な隠し事の箱を開けようとしている。

「有島、ダメだ！　使うな！」

不破が取り押さえ地面に組み伏せると、残月は木の陰からこちらに数歩近寄ってきて、ふたりを見下ろしながら口の端を釣り上げた。

「不破修平くん、君のことは調べさせてもらっているよ。雨月と仲良くしてくれてありがとう」

「何が……っ」

じたばたする雨月を押さえながら、睨むように見上げる。

「感謝はしている。でも、さっきの話は君に知られていると少々まずいので、申し訳ないけど、忘れてほしい」

残月がピースサインを作り、不破に微笑みかける。

「君は、心理実験のデータ売買について、何も知らない」

不破の目がうつろになり、どさっと尻もちをつく。解放され起き上がった雨月が叫ぶ。

「ねえ、残月！　不破に何したの、ねえ！」

残月は雨月の叫びには答えず、玲の方へ向き、二本指を顔の横で振った。

「そちらのお嬢さんも、ごめんね」

残月は慈しむような目で微笑み、口を開く。

「君は有島残月に会ったことを知らない」

玲が尻もちをつく。雨月は飛び込むように玲の体を支え、残月に向かって叫んだ。

「戻して！　ふたりを戻してよ！」

「ごめんね、雨月」

残月が暗闇に紛れ、立ち去る。雨月は追いかけようとしたが、消耗しすぎた体はうまく立ち上がることもできずに、地面にべしゃりと転んでしまった。


「雨月先生！　雨月先生！」

玲の呼びかけで、雨月が目を覚ます。

「ん……」

二十分以上呼び続けていた玲は、泣きながら雨月の手を握った。

「起きなかったらどうしようかと思った……」

「僕は気絶していたのかな。面目ない」

雨月は起き上がり、ハッとして辺りを見回す。

「残月は⁉」

「逃げられました」

「そうか。……え？　織辺さん、残月のこと、覚えてるの？」

「はい。催眠、全然かからなかったので、不破さんの真似して後ろにどでんと倒れてみただけです。ちゃんと全部覚えてます」

子供のようだった雨月の口調は、いつもどおりに戻っていた。玲もしっかり受け答えしているが、不破だけが、ぼーっとした顔で星空を眺めている。

「不破は大丈夫？　何か体調に異変は？」

「無え。すげー元気。ただ自己嫌悪に苛まれてただけ。残月を取り逃がしたのも腹立つし、率野と話す直前あたりからの記憶が、マジでなんも思い出せん。玲ちゃんから聞いて大体分かったけど、そんなことこの世にあんのかよ、って感じ」

雨月はうなだれる流れで謝罪を口にする。

「ごめん。不破の忠告を守るべきだったね。後先考えずに催眠を使って、いたずらに体力を消耗して、いざ残月に会ったらこの様だもの」

「起きたことはもうしょうがないですよ。それより、これからのことを考えましょう」

玲はタブレットを開き、雨月に見せた。

「ついさっき地図が全部カラーになって、謎が百個解けたみたいなんです。多分みんな、天空船の謎解きの場所に行ってます」

西部の雑木林に、船のマークがついている。確かこのあたりには一番大きい偽の弾薬庫があり、観光客が入れないよう、鉄扉で封鎖されていたはずだ。

「この島にいるスタッフは、実験データがどう扱われてるかは知らねえだろうから、これ以上聞き出すのはやめた方がいいな。怪しまれて上に報告されるのが最悪のパターンだわ」

「雨月先生、どのくらい動けますか？」

「正直、走るのはきつい。歩くのがやっとだから、危険があったら置いていってくれてかまわない。催眠は使えてあと一個分だから、あまり期待しないでほしい」

「使わせねえよ」

三人は雨月の歩みに合わせてゆっくりと歩き出す。雨月の荒い呼吸と、ザクザクと草を踏む音だけがあたりに響く。

しばらくそうして黙って歩いていたが、何かの思案に暮れていた不破が、意を決したように切り出した。

「……あのさ、実は、有島に隠してたことがあって」

「なに」

「陰謀論事件のときに玲ちゃんをさらった車の男三人、有島の正体を聞き出そうとしてただろ？　あの中で主導権を握ってた、堤宏之(つつみひろゆき)って男。助手席に座ってた奴。あいつがどうやら、保通さんと面識があったみたいで」

「は？」

雨月が足を止める。その目は大きく見開かれていた。

「なにそれ。知ってるのに黙ってたの？」

雨月は、信じられないというような表情で、立ち尽くしている。不破は申し訳なさそうに頭を下げた。

「ごめん。なんか、二課の上長から口止めされてて。他の刑事と情報共有はしてもいいけど、雨月くんには漏らさないようにって」

「……まあ、捜査協力してるとはいえ、民間人だしね。守秘義務はあると思うけども」

言葉とは裏腹に、納得がいかなそうだ。

「堤は若いころ、保通さんが脱会支援をした悪質福祉団体の構成員で、一回逮捕されてるらしいんだわ。二十年以上前の話。ってことは、いまのうーちゃんと保通さんの顔が似てたって不思議はないだろ？　で、急にパーティーに現れたあいつは何者なのかって、聞き出したかったみたい」

「じゃあ、僕の素性を知っていて尋問してきたわけではなく……」

「そ。突然昔のカタキにそっくりの男がやってきて、しかも院生とか言ってるから、息子だったらぶちのめしてやろうと思ってた、ってのが本人の証言らしい」

雨月は長くため息をつき、生気の無い目で玲を見る。

「変なことに巻き込んでごめんね……まさか顔が原因とは。僕、父にそんなに似てる自覚無いんだけど」

「仕方ないですよ。先生のせいじゃないです」

一拍の沈黙ののち、雨月はうかがうように不破の目を覗き込んだ。

「ちなみに、その堤とやらが関わっていた団体は？」

「『西東京就労訓練センター』ってところなんだけど——……不思議なことに、警察に捜査記録が残ってねえの」

確か雨月は、十歳のときの事件についても、警察内部の記録に残っていないと言っていた。このことについて雨月は、妄想だと断ったうえで、『残月の能力が犯人に利用されて、捜査員の記憶が消されたのではないか』と不安を口にしていた。

しかし別件の人物の記録まで無いとなると……。

「なんだか、特別な力学が働いている感じがするね。保通の周りにあるものが、意図的に隠されるか消されているのか」

「うーん、不思議だよなあ」

不破が個人的に調べてみたところ、堤の裁判の記録はきちんと残っており、事件の概要は知ることができた。

当時は就職氷河期で、西東京就労訓練センターは、新卒の就職で失敗したひと向けに職業訓練を行っていた。パソコンスクールのような形で、ホワイトカラーの職種へ就業を目指す……というのが謳い文句だったが、その実態は、精神的暴力を伴うものだった。

来る日も来る日も、大量のビジネス文書を書かされ、一向に就職させる気配が無い。保通が被害者家族から相談を受け、脱会させたのをきっかけに、事件は解決した。

堤は創業一家の付き人をしていたが、新設された就労訓練センターの所長を任され、運営全般に携わっていたのだという。

「……と、起きたことの内容はここまで詳細に分かってんのに、警察内部に情報が無くて、保通さんが警察の捜査にどこまで関わっていたのかは分かんねえ」

「よく分からない話だね。……でもひとつ言えるのは、西東京就労訓練センターって、ヘグムラプタ教育塾とすごく似てるよ」

「ああ。知ってる」

浮かない顔の雨月と、申し訳なさそうな不破。ふたりが何を思っているかは分からないが、これ以上話を広げてはいけないということだけは、玲にも分かった。

時刻は十時を過ぎた。雨月の調子を見ながら船のマークを目指す。雑木林の中を縫うように、細い散策ルートを進んでいくと、開けた場所に着いた。

弾薬庫の前で多数の参加者たちが、地面にタブレットを置いて話し合っていた。冒険服姿のスタッフたちも周りをうろついていて、いよいよクライマックスという雰囲気が流れている。

真ん中で采配（さいはい）を振るっていた三井が玲たちに気づき、駆け寄ってくる。

「大丈夫ですか？　遅くて心配しました」

「ごめんなぁ、あちこち探り入れてたら遅くなっちゃって」

雨月は弾薬庫の壁にもたれかかり、涼しい顔をしている……かのように無表情だが、本当は立っているのもつらいだろう。玲は、あまり雨月に話を振られないよう、率先して会話に加わる。

「いまこれは、どういう状況ですか？」

「ようやく全員集められて、いまは協力してくれてる。『研究職のスカウトは、賞金のポイントと関係無いらしい。脱出できないと意味無いから協力しよう』って呼びかけたら、みんな結構普通に応じてくれて」

楽しそうな三井は、これもまた、集団の持つ特徴なのだと言った。

みんなが協力しているのに、自分だけが賞金にがっついてたら、ひんしゅく買って孤独になるかもしれない――輪を乱すことへの居心地の悪さが、結果として集団の結びつきを強くすることもある。

「こっちが結束してることは、スタッフにはバレてないです。へへ、運営め。予想外の平和な展開で実験失敗しろ～」

三井が笑顔を見せる横で、不破は物陰に隠れながら、参加者たちの様子を観察している。参加者たちの輪の中心にあるのは、立体ジグソーパズルのパーツだ。

「なんだあれ？　すげー難しそうじゃん」

最終問題は、天空船の立体ジグソーパズルだった。

船の部品は、最初の説明で流れた映像にあった棺桶(かんおけ)の中にあった。全部で百ピース。

完成形はどこにも書いていないが、謎解きで得られた答えがパーツの場所を示しているので、一時間あれば完成させられそうだという。

「全部組み上げて船本体を完成させたあと、聖水路から海へ送り出す……っていうのがクリア条件らしいんで、船のルートの謎解きもしないといけないんですよね。これがヒントです」

三井がタブレットを操作すると、天使文明の古地図が表示された。

「あれっ？　こんなのありましたっけ？」

「あー、玲。タブレット全然見てないな？　百個解けて文明が全解放されたあと、全員にこの画像が配信されたんだ……けど」

三井は表情を曇らせつつ雨月のそばへ寄り、小声で話しかける。

「雨月さん、ちょっとご意見聞きたいんですけど、タブレット見ながら話しても大丈夫ですか？」

「うん、いいよ。スタッフみんな、傍受するような道具は身につけていないようだから」

「ええと……実は、配信された地図が変で」

古地図は、航空写真をセピア色に加工した画像だった。奇妙な軍事作戦の名残が書いてあるところに、天使文明の設定上の聖水路が、重ねて描かれている。

「いままでアイテムとして出てきたものって、どれも西洋風のメルヘンチックなやつで統一されてたじゃないですか。なのに、急に天使文明のコンセプトと全然合ってない、ていない。

リアルな尾碑島の写真が出てきて、戸惑ってます」

拡大してみると、この古地図は、尾碑島の公式サイトに載っていた航空写真を加工しているようだった。三井の言うとおり、天使文明の世界観とは全く合っていない。

三井の訴えは続く。

「それから、いま地村くんたちと一緒に、船のルートの謎を考えてるんですけど、どうやっても『ウスイフタズラス』になるんです。最終問題にしてはしょぼいよなあって」

「フタに心当たりは？」

「みんなに聞きましたけど、無いです。それに、もしこのフタっていうのが戦争遺構だとしたら、文化財に手をつけるって常識的に考えて絶対ダメだし。……これも実験の一環で、心理的に揺さぶられてるのかな、とか」

尾碑島の戦争遺構はどれも、入口に南京錠がかかっているだけなので、簡単に壊して侵入できる。しかし、いくら破綻した脱出ゲームとはいえ、壊せば損害賠償で大金を支払わなければならないようなストーリーにするだろうか？

実験データがどれほどの価値を持っているのかが分からない。文化遺産を荒らしてもペイできるほどの儲けになるのか？　それとも、『ウスイフタズラス』は、実際に何かのフタを探すことではなく、別のことを示しているのか……。

雨月は三井からタブレットを借り、新しく追加された情報を見ていく。

「そういえば雨月先生、最初の設定説明って、玲から聞いてますか？　天使の現役は赤ちゃんから子供時代で、ここは役割を終えた成年天使の最期の島で～みたいな」

「……聞いてない」

　雨月にジトッと見られ、玲は平謝りする。

「すみませんすみません、そんなに大事だとは思わず」

「そこタップしてください、全文出てくるんで」

　新たに配信されたデータの中に、率野の演説が載っていた。


　はるか昔、この島には天使文明が栄えていた。天使文明は、高度に発達した魔法の世界で、役目を終えた成年天使たちが最期を迎える終の住処であり、地上で働く子どもの天使の休息の地でもあった。

　しかしあるとき、天使たちの故郷である天界が悪魔に攻め込まれ、その影響が天使文明にも降りかかってきた。成年天使たちは文明を守るため、空へ向かって、七つの聖なる星のかけらを飛ばした。悪魔は追放され、天界は平和を取り戻したが、代償として、天使文明は封印された。

　この島の謎を全て解けば、文明が再び動き出し、天使たちはここで暮らせるようになるだろう――


　雨月はいつもの速読でさらさらと読むと、無表情のまま言った。

「ふうん。このストーリー上の天使の定義は、実在の宗教や神話とは全く関係ない、オリジナルのものなんだね」

「そうです。それで、この説明の演説中に、参加者が乗ってきた船が消えたって報告が物見さんから来たあと、全員のタブレットに、誰かが天空船を起動させた映像が流れました。そのあとは、脱出成功の条件の説明で、天空船のエネルギーチャージに五時間かかるので、十一時までに百個の謎を解いて文明を復活させれば、自分たちも天空船に乗って脱出できる、というストーリーでした」

三井が語り終えると、雨月はタブレットを返しながら、そっけなく言った。

「凝ってるね。参考になりました」

「雨月先生、いまので何か分かりました？」

「うーん、よく分からないけど、謎は解けなくてもあしたの朝には必ず定期船が来るのだから、解かなくてもいいんじゃない？」

突然の突き放した態度に、三井は呆気に取られている。玲は困惑しつつ雨月に詰め寄った。

「え、ちょっと先生、酷いですよ。参加者さんに危険があったらどうするんですか？」

「無い無い。馬鹿正直に何かのフタを壊したりしたら、君たちが器物損壊で捕まるからね。何もしてはいけません」

三井はしばらく考えていたが、やがて表情を取り戻し、いつもの忠犬の態度で大きくうなずいた。

「タイムリミットまで、解けそうで解けないやつに苦戦してればいいってことですね」

「そういうこと。よろしく」

雨月が来た道を戻ろうとするので、玲と不破は慌てて追いかける。

「いいのか？　三井くんに任せちゃって。知らない学生をまとめ上げるなんて、荷が重いんじゃねえの」

「うちのゼミ生をなめないでほしい。やわな鍛え方はしてないの」

三井への指示は、学生をむやみにウロつかせないためだという。

「船のルートは、島内にたくさんある石の砲台のなかから、七芒星の一筆書きになるように選んで辿るんだと思う」

「え、なんで分かるんですか？」

「天界に向かって七つの星のかけらを飛ばしたという設定があったでしょう。あれはおそらく、石の砲台を示している。最終問題を解いて、七つの砲台をめぐる青色LEDの道――要するに聖水路を順番に辿っていけば、最後に『ウスイフタズラス』へたどり着くのだろうね」

すらすらと説明した雨月に、不破はしかめっ面を向ける。

「なんだよ、そこまで分かってんなら、三井くんだけにでも教えてやればよかったのに」

「いずれ気づく。それより僕らは、この天使文明の作者を捕まえないと」

「やっぱり残月が作者なのか？」

不破が尋ねるも、雨月はちらりと首だけで振り返り、迷惑そうに言った。

「残月は関係ない。なんのつもりかは知らないけど、あれは事件とは無関係の部外者」

「じゃあ誰なんだよ。抜き打ち的に潜入してる奴だったら探しようがないぞ」

「僕は、物見さんが、心理実験の物語を紡ぐストーリーテラーなのだと思っている」

唐突な発言に、不破が仰天する。

「はああ⁉ 嘘だろ、あんな若い子が大ボス⁉」

「違う。彼女は心理実験のストーリーを書かされていて、この天使文明の物語は、あの子のSOSだ。優生思想の陰謀論も、星の涙も、ウスイフタズラスも、全部繋げれば組織の告発になっているはず」

「いや、全然分かんないです。どういうことですか？」

混乱する玲に、雨月はゆっくりと語って聞かせる。

「七芒星って、英語でヘプタグラムっていうんだけど。並べ替えてごらん」

「……ヘプタグ、ヘプタム、ヘグラム……ああ、ヘグムラプタになるわ」

「うわっ、ぜんっぜん気づきませんでした。先生、いつから気づいてたんですか？」

「最初にふたりのワンピースとエンブレムを見たときに、アナグラムで名前をつけたのかなと思った。けど、深い意味は無いだろうと思ってスルーしていて、その後エトワの関連企業のリストを見たら、こちらも星だらけだと気づいた。まあそれも、天使文明のストーリーを見るまでは、特段重要なことでもないと思っていたのだけど」

エトワは、フランス語のエトワール。音楽レーベルのセブンスター。日向のブランドは星の涙がコンセプトで、新作ネックレスは、星が連なったデザイン……。

「星が関連してるっていうのは分かりました。でもなんでそれが、物見さんが書いたSOSってことになるんですか？」

「人が連続した犯罪を犯すとき、普通なら、関連性を隠そうとするでしょう。でもこれは、わざわざ連想させるようなものを分かりやすく入れていて、気づいてくれと言っているように見える」

「そんな回りくどいことするかぁ？」

不破が首をひねるも、雨月は動じず、淡々と答える。

「戦争中に捕虜になった兵士が、相手国のビデオに撮られているときに、まばたきのモールス信号でSOSの隠しメッセージを入れた……なんていう話を聞いたことない？」

「あ、聞いたことあります。相手の国はモールス信号に気づかないで、映像を流したんですよね」

「そういうことです。物見優梨奈は監視下に置かれていて、普通の方法では助けを求められないでいる」

雨月の歩くスピードが速まる。不破は雨月の両肩を摑んだ。

「おい、有島。なんで北に向かってんだ。天空船の周りを捜した方がいいだろ」

「いや、もうあそこには居ないよ。彼女にとっては、最終問題で全員集合したときが唯一単独行動できるチャンスだ。いまは灯台に向かっているはず。理由はあとで話すから、とにかくいまはついてきて」

不破が雨月の背中を押しながら、急ぎ足で天空河沿いに北へ進む。その道中、なぜ雨月はこのような推理に至ったのかを語った。

「僕が他人の記憶の箱を開けるとき、『聞き出せない』というのもまた、ひとつの情報になるんだ」

雨月が物見に聞いた質問は、『この脱出ゲームを作った団体の名前は？』だった。しかし物見は、言葉を詰まらせ、そのまま口を閉じてしまった。言いたくないとか黙秘しているということではなく、文字どおり、言葉が詰まってそのまま声が出なくなってしまったという感じ。

玲は不思議に思ったのだが、「箱が開かなかった」という雨月の表現を聞いて、しっくりきた。

「彼女は、３で開けられないほどの重大な隠し事をしている。彼女にとって、脱出ゲームを作った団体の名前は、人生の根幹に関わるような秘密なのか……と思ったのが、物見さんに着目したきっかけ」

しかし不破はイマイチ納得できていないようで、首をひねる。

「でも、他の逮捕者から名前が出たのは、率野だぞ？」

「そうだね。それで不破が率野から聞いてきてくれたわけだけど……その内容を聞いて、大元のボスについて考え直す必要があると思った」

「エスケーパーのバックについてる、転職エージェント会社のことか？」

「うん。僕らは、エスケーパーは利用されている側だと考えていた。でも、率野の発言の中に、『理想どおりのシステムを開発してくれて、感謝している』というのがあったでしょう？　あれって裏を返すと、心理実験の内容となるストーリーはエスケーパー側が書いたもので、エージェント会社は、それに合わせたシステムを開発したということになるじゃない。これで話が逆になった」

　エトワ事件は、ボス会社が提供した陰謀論やエセ科学をそのまま、配信で喋(しゃべ)っているだけだった。イベントの企画運営もユイリはやらされていただけだというし、単純に上から操られている形だった。しかしエスケーパーは、自ら心理実験を企画している。

「じゃあ、エスケーパーがボス会社だったってことか？　率野が物見に命令して書かせてた？　いや待て、年齢がおかしい。子供のころから研究機関相手に闇商売してたことになっちまう」

「そう、会社が若すぎる。なので、エスケーパーボス説は却下されて、ボス会社の一員である物見優梨奈がエスケーパーに送り込まれたと考えた」

「いやいやいや、待ってくださいよ。そしたら今度は、物見さんがちっちゃいころからボス会社で心理実験を書いてたことになっちゃうじゃないですか」

ちんぷんかんぷんの玲が話を止めるも、雨月は同じ調子で続ける。

「織辺さん、正解。物見優梨奈は、子供のころからボス会社でストーリーを書かされていた。ほら、君たちも心当たりがあるでしょう。塾を謳（うた）いながらもろくな教育をさせず、ひたすら文章を書かされていた……」

「ああ、そこでヘグムラプタが出てくるのか」

物見は現在二十三歳。聖奈たちのように幼いころから閉じ込められていたのだとしたら、歪んだ教育に洗脳されていたり、人生を握られて逃げ出せない可能性もある。

「つまり、ヘグムラプタの運営母体は、三十年以上にわたり、引きこもり監禁ビジネスの成果を、心理実験データとして売っていたということだ。そしてうまく教育できた物見さんに若者向けのシナリオを書かせて、さらに詐欺行為を拡大していった」

「まー……筋書きとしては通ってる気はするけど、摘発するにはイマイチ決め手に欠けるな」

不破のぼやきに、雨月はこくりとうなずく。

「おっしゃるとおり、ここまでの話は全部推論、僕の主観と予想でしかない。けど、ひとつだけ催眠で証言を聞ければ、彼女が天使文明の創造主だと分かるはず」

北の灯台のふもとにたどり着いた。雨月が地面をトントンと蹴（け）る。

「聖水路、見つけたよ」

足元にあったのは、マンホールだった。フタには『うすい』と書いてある。

「あっ！　薄いじゃなくて、雨水ですか！」

「そう。マンホールのフタには、汚水管と雨水管を識別するための文字が書かれている。というかこのマンホール、織辺さんも一緒に見たじゃない。問題に水路だという大ヒントまで書いてあったのに、どうして分からなかったの」

「……すみません、全っ然気づきませんでした」

そういえば雨月は灯台に来たとき、このマンホールのフタを蹴りながら、島の排水のことを気にしていた。でもまさか、それが最終問題に繋がっているなんて、謎解き初心者が考えられるはずもなく……。

「不破。フタをずらしたいんだけど、あいにく全く持ち上げられる気がしなくて。よろしく」

「いや、さすがに俺も工具無しでは無理……ん？　開いてる？」

アケル、ではなく、ズラス。聖水路のフタは、何者かにより開けられているストーリーだった。

この先に何かがあるよと、誘うように。

マンホールの下は、トンネル状の地下空間になっていた。足元には水が流れており、古いながらも、一応コンクリートで整備されている。

雨月の予想では、排水のためだけに作ったにしては大きいので、これもなんらかの戦争の名残で、観光地化するときに整備して、雨水の排出に利用しているのではないかということだった。

「残月が灯台の謎を解いてくれて助かった。万が一ここを解いた参加者がマンホールのことを覚えていて、地下に水路と呼べるものがあったことを思い出していたら、あっという間に最終問題が解けてしまっていたかもしれない」

「重要なインフラを片っ端から解いていたのは、最終問題の妨害行為だったんでしょうか」

「あちらにもなんらかの理由で、学生参加者に解かれては困る事情があったのかもね」

トンネルの先が見えず、玲は不安になってくる。ゆるやかに下り坂になっているせいで、要らぬ想像が頭をチラついてしまうのだ。

「あの、これ、雨水って海に直接流されてる感じですか？　このまま行くと崖から滝みたいに落っこちるなんてことは……」

「普通は海岸から流されると思うし、方角的に、北側の岩場に出ると思うけど」

北の岩場も立ち入り禁止になっていて、不破の水上バイクはこの辺りに停めてあるという。

緊張しつつ進む……と、通路の終わりが見えてきた。トンネルの向こうは、満天の星空と、黒い海だ。遠くには、水平線の境目を縁取るように、本土の灯りが並んでいるのが見える。

「お、やっぱり岩場だな」

つぶやいた不破が、出口の手前に、冒険服姿の人物がひざを抱えてうずくまっている
ことに気づいた。

「おっと……」

距離を保ったまま、不破が優しく声を掛ける。

「物見優梨奈さんですか」

「……はい」

顔を上げた物見の表情は、先ほどテントの下で見た快活な笑顔が幻だったのではない
かと思うくらい、疲れ切っていた。

雨月は安堵（あんど）したようにため息をつく。

「よかった、変な気を起こしていなくて。ゲームの景品が死体だなんて、少々悪趣味が
過ぎるもの」

「えっ？　どういうことですか？」

玲も不破も驚いたが、物見はなぜか、クスッと笑った。

「そうですね。そんなストーリーの脱出ゲームがあったら、それは駄作でした」

「君が天使文明の物語を書いたんだね？　心理実験のデータを取るためのストーリー」

物見は目を見開いて驚き、しかしすぐに、険しい表情を見せる。

「……あなたは、どこまで分かっているんですか？　誰に言われてここに？　私を消しに来たんですか」

「僕らは部外者だよ。君がいままで書いてきた事件のシナリオからSOSを見つけて、助け出しにこの島に来た」

物見は明らかに戸惑っていた。信じていいのか分からないのだろう。

「世間話は苦手なので、早速本題に入らせてもらうね」

雨月が人差し指を立て、戸惑う物見に一歩近寄る。使える催眠はこれで最後だ。お願いだから効いて——玲が強く願うのと同時に、雨月は物見の目を覗き込んだ。

「君は、僕と川瀬のぞみにそっくりな人物を、付き人の堤宏之に見せてもらったことがある？」

ふっと、物見の表情が消える。

「はい。一九九八年八月十三日付の東都新聞朝刊で、有島保通さんの写真を見ました」

雨月は何かを堪えるように長く息を吐いたあと、物見の肩にポンと触れた。正気を取り戻した物見は、呆然と三人を見ている。

「よかった、これで僕の推測が全部繋がった」

「ええ？　どういうことですか？」

「物見さん。君は、ヘグムラプタ教育塾を創業した一族の子供だね？」

「はい。堤さんは、私のお世話をしてくれていたひとです」

あまりにもあっさり認めるので、玲は驚く。不破も予想外だったようで、唖然としている。

「ま、まじ……？」

「はい。隠しても意味が無さそうなので、お話ししますよ。……だって、堤さんに散々見せられてきた新聞と同じ顔のひとが一日にふたりも現れて、何か変なことになっているんだろうなっていうのは、もう分かっていたので」

距離を詰めても大丈夫そうだ。三人は物見を囲むようにしゃがみ、簡単に身分を明かす。

不破が刑事だと伝えると驚いていたが、取り押さえられるわけではないと理解してからは、少し安堵したようだ。

「君は子供のころから、過激な心理実験のストーリーを作る訓練をさせられていた……と僕は考えているのだけど、合ってる？」

「はい。私だけじゃなくて、上の兄弟やいとこたちもですけど、五歳からストーリー執筆の英才教育を受けていました。現在のヘグムラプタはもはや塾でもなんでもないですが、元々は、曽祖父が作った教育メソッドで、ちゃんとしてたらしいんです。ただ、私が生まれる前に父が継いで、外部のひとを経営に入れてからおかしくなっちゃったみたいで。過激な心理学モドキを実践する教育方法になり、一族の子供たちは実際にそれを教えこまれました」

物見の父は、心理実験に傾倒していた。曽祖父の代から続いていた塾は、詐欺やマルチ商法で金をむしり取る装置に変わり、身内の子供だけではできない集団実験をするために、人を集めた。

「私は生まれたときから父の教育方法が正しいと信じていたし、他の友達のお父さんはそんなに熱心に勉強を教えてくれたりはしないと聞いていたから、すごく幸せな家庭だと思っていましたよ」

「そして君は、なんの疑問も抱かないまま大人になり、当然のようにストーリーを書き続けてしまったんだね？」

「はい。引きこもりの人々が人生を挽回するために、新しい物語を提供してあげるのは、善だと信じていました。実験のデータを集めるのも、世界中の心理学の発展に貢献できると思っていましたし。でも、大人になってからふとおかしさに気づいて、辞めたいと思ったけれど、辞めたら自分がどうなってしまうのか分からなくて。……家族全員から縁を切られて、ひとりぼっちで生きていけるのかなと」

玲は物見の心境を想像して、胸を痛めた。

信じて疑わなかった大好きな家族が、たくさんのひとの人生を壊していたと気づいたら。自分が作ったものが、その大部分を担ってしまっていたと気づいたら——

「皆さんはどうやって、私にたどり着いたんですか？」

「玲ちゃんがエトワの陰謀論の事件に巻き込まれたのがきっかけで、関連団体が次々出てきて、この脱出ゲームも怪しいっていうんで潜入した」

「陰謀論……懐かしいですね。辞めたいと思ってから最初に作った話です。もう一年以上前になります。織辺さん、巻き込んでしまってごめんなさい」

「いえいえっ。いいんです。結果オーライってことで」

玲がペコペコと頭を下げると、雨月も同意するようにうなずいた。

「あまりに短期間に、逮捕者が出すぎていたからね。ストーリーの完成度は高いのに、犯罪としては失敗ばかりしてしまうのは、作者があえて失敗する筋書きにしていたからだと思った。君の勇敢なSOSがちゃんと届いたということだ」

「受け取ってくれてありがとうございます。こんなことをやって意味があるのかなと思いながら、続けていたので」

「七芒星（しちぼうせい）は、救助信号としてはかなり強いメッセージだった」

雨月がしみじみと言うと、物見は両手を握り、声を震わせながら言った。

「私にとって、家族がやってきたことは、大量殺戮（さつりく）と同じです」

ヘグムラプタ教育塾は、半年前、聖奈たちが入塾する少し前に新設されたもので、塾名と、服や教材のデザインなどが物見に任されたのだという。

物見が七芒星というモチーフを選んだのは、戦時中のナチス・ドイツを連想させるためだった。

ヒトラーは優生思想に基づき、病気や障害がある人々をガス室に閉じ込め、大量殺戮を行った。また、ユダヤ人を迫害するために、ユダヤ教の象徴である六芒星——ダビデの星の着用を義務付け、徹底的な人種差別を行った。

「塾の服だけでなく、マルチの教材にも七芒星のデザインを入れたのは、父が計画した『バグ』の心理実験の内容を、外部の人に知らせたかったからです。これから塾に閉じ込められる子供たちは人権を失い、人間とすら思われない状況になってしまう。そのことに一刻も早く気づいてもらいたくて、父が確立していたマルチの商材に、隠しメッセージとして、七芒星を入れることにしました」

物見が語り終えると、不破は怒り心頭という表情だった。玲も、同世代の女の子がこんな人生を歩まざるを得なかったことが、信じられない。

黙って聞いていた雨月が、無表情のまま話を戻す。

「君はその他のストーリーにも、星が関連するものを織り交ぜていって、ヘグムラプタとの関連を匂わせようとした。……でも、この捨て身の作戦は、長くは続かないよね」

雨月が言葉を切ると、物見は自嘲気味に笑って言った。

「このまま失敗させ続けていたら、ストーリーは書かせてもらえなくなるだろうし、口封じに殺されちゃうかもなって思い始めました。それで、無駄に殺されるくらいならいっそ自殺でもして、家族も丸ごと暴かれればと思って……それでできたのが、天使文明の島の設定です」

「役目を終えた成年天使が、最期を迎える島」

雨月がつぶやくと、物見はこくりとうなずいた。

「謎解きの結末にあるのは、用無しになった天使の死骸です。……自分のことを天使っていうのは、若干恥ずかしいですけどね。でも、地上で働かされているヘグムラプタ出身の子たちはみんな、本当に天使みたいな、無垢な子ばかりなんです」

語り終えた物見は、うっすら微笑む。

「本当はこの話、謎解きでここにたどり着いた学生の皆さんの前でしようと思ってたんです。哀れな天使モドキの最期を大勢で目撃してもらえば、こんな嘘みたいな話も本当なのだと、世間に知れ渡ると思って」

「え……？　最期？」

「脱出ゲームで死人が出たらきっと大きなニュースになるから、警察が捜査してくれると思いました。わざわざ刑事さんが来てくれてありがたいです」

物見は目を伏せふっと笑い、立ち上がった。

「レンガでできた偽の弾薬でも、人は殺せるんですよ」

背負っていたリュックの中身がゴロリと音を立てる。物見は玲の横をすり抜け、岩場に向かって走り出した。

「ちょっ、待て……！」

反射神経で不破が立ち上がり追いかける。パンパンのリュックの生地は重たそうに下に引っ張られていて、いまにもはち切れそうだ。背負った物見は、どんどん波打ち際へ進んでいく。

「物見さん！　ダメです！」

あんなものを背負ったまま海に飛び込んだら、あっという間に沈んでしまう。

追いかける玲を、雨月が追い抜く。見たこともないダッシュで物見の背後に追いつくと、回し蹴りのように踵でリュックを蹴り、バランスを崩す物見の体を受け止めた。

「やだ！　離して！」

雨月は暴れる物見を摑んでいるが、体力を消耗しすぎていて、振り回され気味だ。

このままでは、ふたり揃って海に落ちる——と思った、そのときだった。

「お嬢さん。俺の大事な弟を道連れにしないで」

岩場のギリギリから現れた人影が、物見のリュックを引き剝がし、ボトンと海へ放り投げる。

「残月⁉」

大声を上げたのは不破だった。

「ってめえ、さっきはよくも記憶消してくれたな！」

「おっとっと、物騒物騒」

摑み掛かろうとした不破の体を、残月はバックステップで軽く避ける。そして、ポケットから取り出した手帳をはらりと開けた。

「ここまで隠していて申し訳ない。警察庁特別捜査官の有島残月です」

「は？　さ、さっちょー……？」

不破は振り上げかけていた拳をおろし、物見を守るように後ろに回す。

「どういうことか、説明しろ！」

玲もパニックのまま尋ねる。

「え？　え？　あの、どういうことですか。残月さん、警察の方なんですか？」

「うん。まあ、すごく簡単に言うと、『警察庁』は日本の警察を束ねる国家機関で、東京都の地方公務員である警視庁より偉い」

予想外の発言に驚き、玲は素っ頓狂な声を上げる。

「な、なんで不破さんに催眠使ったんですか？　味方？　ってことですよね？」

「ああ。俺は堤のルートからこの事件を追ってたんだけど、ノンキャリ警部補に先を越されちゃ困るから、時間を稼ごうと思って。ゴメンね」

「てめっ、ふざけんなよ」

「へえ、元ヤンってこういう感じなんだ。実物はじめて見た」

残月は珍獣でも見るように不破のことを眺めている。不破はいら立ちをあらわにしつつ、グッと堪えて雨月の横にしゃがんだ。

雨月が取り押さえていた物見は、静かに泣き出した。

「死なせてよ……もう死にたい、どうせひとりぼっちになる。そんな生き地獄味わいたくない」

不破は泣きじゃくる物見の目を覗き込み、落ち着かせるように語りかける。

「物見ちゃんは、役目を終えた天使なんかじゃない。生身の、世界でたったひとりの君だ。やっとこれから、君だけの人生が始まるんだよ。だから死んじゃだめだ」

物見は力が抜けたように、肩を落とす。玲はその腕をそっと掴み、海から離すように、少しずつうしろへ引っ張っていく。

雨月は一歩二歩と、よろよろした動きで残月に近づいた。

「ねえ、残月。警察ってどういうこと？　悪者に攫われたんじゃないの？　催眠術を悪用させられているんじゃ……」

消え入るような声で問いかける雨月を見て、残月は困ったような笑みを浮かべながら、雨月の肩をそっと叩いた。

「そうか、母さんは何も説明してくれなかったんだね」

雨月は何も言わない。残月は何かに納得したように何度かうなずいたあと、雰囲気を変えるように、パンと両手を合わせて言った。

「とりあえず、いまは人命救助を第一に考えよう。警察庁の秘蔵っ子である俺の権限で、警察用大型船舶をご用意しました。物見さんとゲームの参加者は、必ず安全に本土へ送り届ける。ただ、船の定員が四十五名で少し足りないので、追加の船が来るまで、警視庁の不破警部補はここに残ってくれるかい？」

「……てめえ」

不破は眉間にしわを寄せているが、怒りを抑えるように咳払いをひとつし、物見をトンネルの入口まで誘導する。

「残月もその船に乗って帰ってしまうの？」

「一緒に居てほしい？」

「うん。……どういうことなのか、ちゃんと一から説明してほしい」

「分かった、雨月が言うんじゃしょうがないね。それじゃあ、この場は一旦解散して、船を見送ってから話をしよう。物見さん、行こうか」

残月は笑顔で不破の横をすり抜け、物見の手を取る。お姫様のようにエスコートされた物見は、涙を拭いながら小さく一礼して、残月とともにトンネルを戻っていった。

体力ゲージゼロの雨月を不破が背負う形で、南の桟橋へ向かう。

雨月は不破の背中にぐったりともたれながら、ぶつぶつと感想を垂れ流している。

「驚いた。警察庁。なるほど、催眠術の能力を買ったのは謎の組織ではなく、国家機関」

不破は星空に向かって大声を上げる。

「あーうぜー！　あれほんとに双子か？　嫌味ったらしすぎてうーちゃんと全く似てねえ」

「いや、わたしはすごい双子っぽいなと思いましたけど……」

玲から見れば、残月のひねくれ方は、普段の雨月の嫌味とそう変わらないように思えるが、不破には雨月がピュアな人間にでも見えているのだろうか？

友達補正がかかっているのか、よほど残月のことが嫌いなのか……。

「警察内部の行方不明者リストに名前が無かったのも、警察で働いていたというのなら納得だ」

「保通さんに関係する資料が全消しされてたのも、それが理由なんですかね？」

「警察庁の秘蔵っ子と、自分で言っていたよ。残月が在籍していることが悟られそうな情報は、消されていたんじゃないかな。残月の存在は警察の中でも秘密になっているんじゃないの。ねえ、不破？」

完全にむくれていた不破が、渋々答える。

「さっちょーに特別捜査官なんていねえんだよ。警視庁にはいるけど、それもサイバー警察とか科学捜査とか、特殊技能が必要な役職のことを言ってるだけで、正体隠してなんてありえねえの」

「でも、その特殊技能が催眠術だとしたら、隠さざるを得ないじゃない」

「……そうだけどさぁ」

不破も、京橋大学有島准教授に捜査協力を依頼しているのは、あくまでも心理学者としてであり、催眠術のことは周りの刑事は知らない。

「まあ、いいじゃないですか。ご兄弟揃って催眠術で市民の平和を守ってたなんて、少年漫画みたいでかっこいいです」

砂浜にたどり着くと、雨月は不破の背中から飛び降り、海辺に向かって歩き出した。

桟橋の上では、残月が海に向かって大きく手を振っており、参加者とエスケーパーのスタッフを乗せた大型船舶は、本土へ出航している。

「残月！」

呼ばれて振り返った残月の表情は、この世の慈愛を全て集めたかのような笑顔だった。

「大丈夫？　催眠を使いすぎたんじゃない？　お前はいつも考えなしに使ってへばっていたから」

「平気。……それより、どういう状況なのか教えてほしい。どうしていなくなったの？　母さんが言ってくれなかったことってなに。二十五年間、何してたの」

「うーん、じゃあ時系列に話そうかな。みんな座って？　俺の激動の半生を教えてあげる」

おどけた調子で始められた有島残月の二十五年間は、語り口とは裏腹に、壮絶なものだった。

十歳の誕生日、熱を出した双子の弟と母を置いて父とともに遊園地へ行き、その帰り道に、突然男に襲撃された。相手は単独犯で、個人的に恨みがあるようなことを喚きながら、残月の前で保通をめった刺しにした。

「一部始終を目撃してしまって、パニックになった俺は、相手の男に記憶を消す催眠を使っちゃったんだよね。それでまんまと逃げられて絶望してたところに警察が来て、俺は保護された。すぐに家に帰れると思ったよ？　でも、母さんが引き取りを拒否したんだ」

「え……？　母さんが？　なんで？」

「もう育てるのが無理だったんじゃない？　そのときはなんでだよって思ったけど、いまなら分かる。元々訳分かんない能力持ちの双子の育児で限界だったところに、旦那(だんな)が惨殺されたら、精神的にキャパオーバーだろ。無理だったんだ」

引き取りを拒否された残月は、児童養護施設で育てられた。元々社交的な性格で、学業の成績も優秀だったため、施設でも学校でも浮くことはなく、一般的に見ても順調な人生を歩んでいたという。

ただ、残月の心にはずっと、罪悪感が残り続けた。

「家族がバラバラになったのは、俺が殺人犯の記憶を消したせいだろ？　俺のせいで雨月や母さんを不幸にしてしまって、でも犯人は多分、自分が人を殺したこと自体忘れて、どこかで幸せに暮らしてる。……って考えると、のこのこ雨月の前に出て行くことはできないなって思ってた」

雨月は納得できていなそうな顔をしている。寂しげで、しかし、残月の考えを否定したくはないのだろうということも見て取れる。

「でも、チャンスは来たんだ」

「チャンス？」

聞き返す玲に、残月は大きくうなずく。

「十七のとき、ある日急におっさんの刑事が施設に来てさ。何事だよと思ったら、『君は催眠術が使えるんじゃないか』って言われて。話を聞いたら、そのおっさんは、あの事件のときに現場に駆けつけた警察官で、俺が『催眠術を使っちゃった』と言って大泣きしてるのを、応援が来るまで、なぐさめてくれてたんだって」

刑事はまさか本当にそんなことがあるわけがないと思い、誰にも言わず、ずっと黙っていた。

しかし、来月の定年退職を迎える前に、どうしてもそのことを聞きたくなったのだという。そして、『もし本当にそうなら、警察で働かないか』……と持ち掛けてきた。

「俺は事件以来、一度も催眠術を使っていなかったけど、父さんを殺した犯人を見つけられたら、雨月に会う決心がつくと思ったんだ。……まあ、その前に会えちゃったわけだけど」

残月は少しはにかんだように頬を搔く。雨月はこてんと首をかしげながら尋ねた。

「じゃあ、残月は十七歳から警察庁で働いていたの？」

「まさか。それじゃあ高卒ノンキャリアと一緒じゃない」

残月はチラリと不破を見る――不破は不機嫌マックスだ。

「霞ヶ関に連れて行かれて、長官に会うとき、いまなら何言っても許されそうって思ったから、ダメ元で『アメリカで大学院まで卒業させてほしい』って言ってみたら、案外すんなり通っちゃって。高三から渡米して、臨床心理の博士号を取って帰ってきて、約束どおり警察庁で働くことになって、いまに至る」

地獄からのスーパーエリートキャリアを披露して満足げな残月を見ながら、玲は内心思う。相当変なひとだとは思っていたが、この半生ならやむなしだ、と。

雨月は子供のような顔で口をとがらせていたが、しばらくすると、海を見つめたままつぶやいた。

「恥ずかしい。僕は残月を取り戻すために、ありもしない謎の組織を探してたんだよ」

「全然恥ずかしくない。勘違いをするのも無理ないし、俺だけ一方的に全部知ってる状態だったんだから、フェアじゃないだろ？　ずっと忘れないで、捜してくれててありがと。それから、不破くん。君にもお礼を言わないと」

「あ……？　なにが」

残月は居住まいを正し、敬礼をする。

「雨月を守っていてくれてありがとう。不破くんが居なかったら、雨月はきっと生きられなかった。俺は、どんなに雨月を好きだ心配だと言ったって、実際に雨月を支えたわけじゃないし、不破くんには逆立ちしても勝てないから」

「めちゃくちゃマウント取ってきたくせに」

「あまりにも親しそうだから、ちょっと意地悪したかっただけ。そこだけ記憶消しちゃおうかな」

敬礼が二本指に変わったのを見て、不破はギョッとする。

「ふざけんな、お前のツラも言われたことも、一生忘れねえからな！」

「あはは、好かれちゃったなあ」

ギャンギャン吠え合うふたりの横で、雨月は、拾った小枝を砂に突き刺している。

残月はその姿を見て「ふーん」とつぶやいたあと、ちょいちょいと玲に手招きをした。

「玲ちゃん、ちょっと」

「……？　なんですか」

「ひとつ聞きたい。雨月が急にしゃべり方が幼くなったり、子供みたいな行動を取ったりするのは、よくあることなの？」

「あ、はい。しょっちゅうですし、研究室の半分だけハンモックとかおもちゃで固めてたり、フエラムネのおまけを集めてたり、大きいお子様ですかって聞きたくなるようなわがまま言うとかも」

「ふむ……なるほど」

残月は真面目な顔でしばし考え込んだあと、何かの考えにたどり着いたように、うんうんとうなずいた。

「雨月のことで、君に伝えたいことがある。手紙を書くよ」

「分かりました。京橋大の有島ゼミ宛に送ってください」

「自宅は教えないって？　身持ち堅いんだね、玲ちゃんは」

海の向こうに、小型の船舶が見えてきた。

「お迎えだ。どうしよう、不破くん、水上バイクで来てるんだよね？　孤独に帰る？」

また焚(た)き付けて……！　と玲は焦ったが、意外にも不破は挑発には乗らず、苦笑いしながら肩をすくめた。

「有島、兄弟ふたりきりで話したいこともあるだろ？　玲ちゃんは俺がしっかり送るから、行って来い」

「……ありがと。織辺さんも」

ふたりの止まった二十五年が、動き出してほしい——夜空に浮かぶ真っ白な満月と、散らばる星屑(ほしくず)たちを見ながら、そう願った。

エピローグ ～催眠術の科学的仮説～

事件から二週間が経った、ある日の午後。

玲は事務センターから運んできた郵便物を、雨月の執務机の上に積んだ。

「雨月先生、きょうの分持ってきましたよ」

「うん」

雨月は礼も言わず目を合わせることすらなく、手紙の束の一番上に手を伸ばす。ペーパーカッターで封を開け、速読でさっと目を通して、机の端へ。

いつもの流れ作業なので、邪魔をしないよう隠し部屋から出ようとしたところで、ちょっとと呼び止められた。

「なんですか？」

「不破から連絡が来てね。ヘグムラプタの本部に強制捜査が入ったみたい。それで、物見父とその関係者を逮捕したと」

「え、すごい！」

約三十年間摘発できなかった団体の長を、ついに逮捕した。

気さくなお兄さんキャラなので忘れそうになるが、不破は、知能犯を追う精鋭・警視庁捜査二課の刑事なのだ。

「えっと、物見さんはどうなったんでしょうか？」

「彼女も書類送検されているみたいだけど、多分不起訴になると言っていたよ。直接危害を加えたり、脅迫行為をしたわけじゃないから」

「よかったぁ……」

巨大組織の逮捕劇には、保通が遺した脱会支援の記録が大いに役立った。

西東京就労訓練センター事件の発覚から解決、その後の社会復帰支援までが詳細に記してあり、他の系列団体も次々見つかっているという。

「まあ、海外まで及んでいる事件だし、全容解明までは時間がかかるだろうけども」

「いい方向に進んでるならよかったです。助けが必要なひとたちがちゃんと救済されればいいなって思います」

そうだね、と棒読みで同意した雨月が手を伸ばしていたのは、真っ白な封筒だった。

「あ……！」

玲は競技かるたのように勢いよく奪って、部屋の隅へ移動する。

「ちょっと、君。勝手に手紙を取らないでよ」

「いえ、わたし宛なんで。ほら」

おもてには、流麗な文字で『織辺玲様』とある。

「大学の住所を私書箱にしないでほしい」

不機嫌そうに次の手紙を手に取る雨月に背を向け、玲は封筒を裏返す。

差出人は有島残月。住所は無し。閉じ口には、三日月と羅針盤がデザインされた赤い封蠟(ふうろう)が施されている。

玲ちゃんへ
お元気ですか。俺はいま、窓の外に広がる皇居の自然を眺めながら、君のことを考えていました。月夜の出会いもドラマティックでよかったけれど、よく晴れた青空の下で出会っていたら、もっと違うものだったかもしれない……なんてね。

さて、あの日言えなかった雨月のことを伝えたくて、手紙をしたためます。

雨月がときたま子供のようになる現象、あれは、雨月の心の一部が十歳当時で止まっている可能性が高いです。

帰りの船の中で、色々な話をしました。過去のこと、いまの仕事や暮らしぶり、催眠術の能力のこと、そして、家族についてどう思いながら過ごしてきたか……。

そんな会話の中で気づいたのは、雨月は、十歳以前の話題に差し掛かると急に、子供のような態度になるということです。正確には、五歳から小学校高学年くらいまでの精神状態をゆらゆらしているという不安定な状態です。

これは、心の防衛本能のようなもので、臨床の現場ではよくある話です。雨月だけが酷く特殊だという訳ではありません。

ただ、一般的には、こういう状態を見せるのは、家族や恋人など、親しい間柄のひとが多いです。どうして教え子の玲ちゃんの前でそんなふうになるのかが、不思議です。

玲ちゃんは何か、雨月が特別に心を開くようなことに心当たりはありますか。

こういうものは、決まった治療法や薬があるわけではなく、心が実年齢に追いつくか、本人が折り合いをつけて暮らしていけるようになるのを待つしかありません。

本当は俺がそばに居てあげられればいいのですが、職務の関係でそれができません。

赤の他人である玲ちゃんや不破くんに、これからも迷惑を掛けてしまうかもしれませんが、負担の無い範囲で、雨月を見守ってくれると嬉しいです。

やっぱり玲ちゃんとは、普通に出会いたかったな。なんてね。　　　　残月

玲は細く息を吐きながら、雨月の様子を盗み見た。

相変わらずの仏頂面で、さらさらと万年筆を走らせている。革張りのチェアの上で組んだ脚はスラリと長く、どう見ても大人の男性だ。でも、心の一部が十歳で止まっている。

「心を開く……ねえ」

「なに？」

「いえ、なんでもないです」

数々のひねくれ発言を思い返すと、本当に心を開いてくれているのかは、ちょっと怪しい。

ただ、玲には催眠術が効かないということが雨月にとって安心材料なのだとしたら、それは心を開いてくれていると呼んでもいいのかもしれない、とは思う。

「ああ、織辺さん。そういえば、ちょっと意見を聞かせてほしいことがあって」

「意見？　と言いますと？」

「催眠術のメカニズムについて、ひとつ仮説を思いついたの。全く効かない鈍感な織辺さんの体感で、どう思うか教えてほしい」

「……人にものを頼むのに微妙にディスるのやめてもらっていいですか」

玲は文句を垂れつつ、執務机のそばにパイプいすを寄せる。

「僕はやっぱり、催眠術なんて無いと思う」

「ええ？　何言ってるんですか、いままで散々見せられてきたんですけど。ありますよ」

「無い」

雑に言い放った雨月は、無表情で頬杖(ほおづえ)をつく。

「世にいる多くの自称・催眠療法士が言うように、催眠はかける側に不思議なパワーがあって相手を操っているわけではなく、相手が記憶を引き出せるよう誘導しているにすぎないのだと思う」

「えー？　でも先生は、指の本数で違う箱が開けられるし、絶対覚えてないような正確な時間とかまで聞き出すじゃないですか」

「指の本数は、相手に作用しているんじゃない。僕に作用している」

ちんぷんかんぷんの玲に、雨月は一冊の本を開いてみせた。

「臨床心理基礎の講義で、『マインドフルネス』については習ったよね？」

「はい。瞑想から発展した治療法ですよね」

「そう。これは実際に精神科でも用いられている方法で、『いま現在、ここで起きていること』だけに目を向けて、うつや不安状態の解消を試みる治療なの。静かな場所で目をつむって、ゆっくりと呼吸をしながら、何も考えないようにする。考えが浮かんできそうになったら、呼吸だけに集中する」

マインドフルネスは、悪い考えを無理にポジティブシンキングに変えたりするわけではなく、考えること自体をやめるように、『いま現在にだけ焦点を当てて、ぼーっとする』というやり方だ。

「僕の指はこれの応用で、『いま自分が聞き出したいことだけに集中する』ということを、無意識的にやっているんじゃないかと思う。本数を変えて聞ける内容が違うのは、集中する場所を変えているから。聞き出す内容が難しくなるほど体力を消耗するのも、集中力の使い方が違うからなのではないかな、と」

「あっ、ラグビーの選手が、ボールを蹴る前にポーズ取って集中するのと同じ感じですか？」

「ああ、似てるかも。なるほど、まっさらの無知なひとの意見から学ぶこともあるね」

……このひとは何か、ひねくれ発言を挟まないと生きられない運命でも背負っているのだろうか？

むっとしつつ、玲は質問をする。

「雨月先生の箱を開けてる感覚は、なんとなく分かりました。で、相手のひとが記憶を言っちゃうのはなんなんですか？」

「そちらはちょっとまだ、ファンタジックな想像でしかないのだけど」

雨月は人差し指で、自分の頭をトントンと叩く。

「認知心理学では、人間の記憶が忘却される仕組みにいくつかの説があって、その中のひとつに『検索失敗説』というのがある。これは、記憶は完全に消えるわけではなく、脳内にはあるものの、その記憶にうまくアクセスできないせいで思い出せない……という説なの。逆に言うと、何かのきっかけで、全く忘れていた記憶を不意に思い出す可能性があるということ」

「あー、ちっちゃいころのすごい些細なことを、急に思い出すとかありますもんね」

雨月はうなずきつつ、懐古するようなしみじみとした口調で言った。

「僕、残月の能力について、ひとつ勘違いしていたことがあって。残月は体の動きを制御するような能力もあったと思っていたんだけど、あれはどうやら、催眠ショーで行われているものと同じく、相手の思い込みを利用しているだけだったみたい」

雨月は子供のころに、手が開かなくなる催眠をかけられたことがあるらしい。

雨月が握り拳を作り、残月はそれを包み込んで『五秒数えたら開かなくなる』と言った。そしてふたりでカウントダウンすると、本当に開かなくなった。

「残月曰く、あれは術でもなんでもなく、『開かなくなるかもしれない』という緊張を起こして、筋肉の動きがこわばるのを利用していただけなんだって」

残月は帰りの船の中で、実際に船員にかけて見せてくれたのだという。

「筋肉の動きは脳の信号でしかない。と考えると、ものすごく集中した僕が、視線なり仕草なりで、相手の脳を刺激して、検索に失敗していた記憶を思い出させているのではないか……という仮説に至った。どう？」

「…………ぜんっぜんピンときません。意味分かんないです。もう一回説明してもらっていいですか？」

玲が眉間にしわを寄せると、雨月はうんざりした表情を見せる──かと思いきや、まさかの、うっすらとした苦笑いを浮かべた。

「ダメか。まあ、非科学的だなと自分でも思っていたけども。でもいまのところ、このくらいしか説明が思いつかない」

「もしそれが本当だとしても、それって結局、わたしが効かないのは鈍感すぎて脳の信号が働いてないだけ、みたいな話になりませんか？」

「そうだね。この仮説の信憑性(しんぴょうせい)は、君のその鈍感さにしか支えられていない」

「……そうですか」

玲はどっと疲れて、脱力する。雨月は立ち上がり、ハンモックの上に載っていたアヒルを手に取って、ぴよぴよと鳴らした。

「いつか、催眠術なんてこの世に存在しないと証明したいね。残月捜しは済んだけれど、これからも検証は続けたいから、警察の捜査には協力し続けることにした。君も卒業するまでは、反証テストの対象者としてしっかり働いてね」

「普通に教え子として見てください」

「レポートはできたの？」

うっ、と言葉に詰まる。他の参加者を観察する余裕が全く無かったため、締め切り三日前にして、玲のレポートはまだ二行である。

「と、とりあえず飼育室のお掃除行きません？　わたし、ガラスとか細かいところ洗うの得意なんですよ！　トカゲちゃんのケージもピッカピカにしますね」

「………おぼろ」

「え？」

「トカゲの名前。おぼろ」

「ああ、おぼろ月。可愛いですね。ぽやんとしたお顔によく似合ってます」

生き別れた双子を繋(つな)いでいた、『月』という名前。

兄を想ってトカゲにもそう名付けたのかと考えると、このひねくれた人物も、少し可愛らしく見えてくる。

「雨月先生を見てると、心理学科が文学部な理由が、なんとなく分かる気がします」

「……？　哲学から派生しただけだよ」

「いえいえ。先生は結構ポエティックですよ。名付けのセンスも、独特すぎるひねくれ発言も、文学してます」

アヒルを片手にキョトンとしていた顔が、少し恥ずかしそうな、むくれた表情になる。

「まあ……そうだね。論文を書いているときはいつも、生きているかも分からない兄に向けて、手紙を書いているような気持ちだった」

「届いてよかったです」

近ごろ玲は、雨月がハンモックに寝そべり、ゆっくりと本のページをめくる姿を見るとき、記憶の海を周遊する一隻のボートを思い浮かべる。

この世に催眠術なんて存在しない――雨月を苦しめ続けた悪魔の証明はきっと、知的冒険へと形を変えたのだろう。

ぜひとも催眠術の謎を解いて、忘れっぽい脳から、都合よく記憶を取り出してほしい。

織辺玲は、催眠術にかかってみたい。

参考文献

『徹底図解　社会心理学』山岸俊男監修　新星出版社
「ニュートン別冊　ゼロからわかる心理学　増補第2版」ニュートンプレス
『暴力と紛争の〝集団心理〟いがみ合う世界への社会心理学からのアプローチ』縄田健悟　ちとせプレス
『入門　犯罪心理学』原田隆之　筑摩書房
『はじめての催眠術』漆原正貴　講談社
『刑事ドラマ・ミステリーがよくわかる警察入門』オフィステイクオー　実業之日本社

また、以下のサイトを参考にしました。
https://psych.or.jp/publication/rinri_kitei/
https://www.nli-research.co.jp/report/detail/id=64727?pno=2&site=nli
https://www.businessinsider.jp/post-1264
https://www.npa.go.jp/about/overview/sikumi.html
https://www.nazomap.com/

本書は書き下ろしです。
この作品はフィクションです。実在の人物、団体等とは一切関係ありません。

雨月(うげつ)先生(せんせい)は催眠術(さいみんじゅつ)を使(つか)いたくない

奥野(おくの)じゅん

令和5年 3月25日 初版発行

発行者●山下直久

発行●株式会社KADOKAWA
〒102-8177 東京都千代田区富士見2-13-3
電話 0570-002-301(ナビダイヤル)

角川文庫 23589

印刷所●株式会社暁印刷
製本所●本間製本株式会社

表紙画●和田三造

●お問い合わせ
https://www.kadokawa.co.jp/(「お問い合わせ」へお進みください)
※内容によっては、お答えできない場合があります。
※サポートは日本国内のみとさせていただきます。
※Japanese text only

ISBN 978-4-04-113520-4 C0193

◇◇◇

角川文庫発刊に際して

角川源義

第二次世界大戦の敗北は、軍事力の敗北であった以上に、私たちの若い文化力の敗退であった。私たちの文化が戦争に対して如何に無力であり、単なるあだ花に過ぎなかったかを、私たちは身を以て体験し痛感した。西洋近代文化の摂取にとって、明治以後八十年の歳月は決して短かすぎたとは言えない。にもかかわらず、近代文化の伝統を確立し、自由な批判と柔軟な良識に富む文化層として自らを形成することに私たちは失敗して来た。そしてこれは、各層への文化の普及滲透を任務とする出版人の責任でもあった。

一九四五年以来、私たちは再び振出しに戻り、第一歩から踏み出すことを余儀なくされた。これは大きな不幸ではあるが、反面、これまでの混沌・未熟・歪曲の中にあった我が国の文化に秩序と確たる基礎を齎らすためには絶好の機会でもある。角川書店は、このような祖国の文化的危機にあたり、微力をも顧みず再建の礎石たるべき抱負と決意とをもって出発したが、ここに創立以来の念願を果すべく角川文庫を発刊する。これまで刊行されたあらゆる全集叢書文庫類の長所と短所とを検討し、古今東西の不朽の典籍を、良心的編集のもとに、廉価に、そして書架にふさわしい美本として、多くのひとびとに提供しようとする。しかし私たちは徒らに百科全書的な知識のジレッタントを作ることを目的とせず、あくまで祖国の文化に秩序と再建への道を示し、この文庫を角川書店の栄ある事業として、今後永久に継続発展せしめ、学芸と教養との殿堂として大成せんことを期したい。多くの読書子の愛情ある忠言と支持とによって、この希望と抱負とを完遂せしめられんことを願う。

一九四九年五月三日